# FANTASY

Wolfgang Hohlbein im Goldmann Verlag:

ENWOR

In Zusammenarbeit mit Karl-Ulrich Burgdorf:

# Wolfgang HOHLBEIN

# DAS VERGESSENE HEER

## ENWOR 9

GOLDMANN VERLAG

# Originalausgabe

Der Goldmann Verlag
ist ein Unternehmen der Verlagsgruppe Bertelsmann

Made in Germany · 3. Auflage · 10/91
© der Originalausgabe 1988 by
Wilhelm Goldmann Verlag, München
Umschlagillustration: D. Chory / Agt. Schlück
Umschlaggestaltung: Design Team München
Satz: Fotosatz Glücker, Würzburg
Druck: Elsnerdruck, Berlin
Verlagsnummer: 23911
Lektorat: SN
Herstellung: Peter Papenbrok/SC
ISBN 3-442-23911-7

Es war kein körperlicher Schmerz, der das Erwachen begleitete und zu einer Qual machte, sein erster klarer Eindruck war vielmehr der einer tiefen Verbitterung und Leere, die aber fast schlimmer als körperliche Pein war.

*Herr...*

Er hatte es gewußt. Großer Gott, er hatte es gewußt, fast vom ersten Tag an, aber er hatte es einfach *vergessen!* Vergessen oder nicht wahrhaben wollen, weil das Eingeständnis dessen, was Trashs letzte Worte wirklich bedeutet hatten, zu entsetzlich gewesen wäre.

*Sie sind wieder da, Satai! Sie sind wieder da!*

Erst nach diesen Gedanken kamen die körperlichen Empfindungen, als wäre sein Geist ein wenig zu früh aus der Bewußtlosigkeit erwacht: die harte, kalte Unterlage, auf die man ihn gebettet hatte, ein Luftzug, der über seine nackte Brust strich und eine Spur zu kühl war, um angenehm zu sein, ein leichter, aber penetranter Schmerz in seiner linken Armbeuge. Stimmen, die gedämpft und in einer Sprache miteinander redeten, die er nicht verstand. Gerüche, allesamt fremdartig und beunruhigend.

*Sie sind wieder da, Satai!*

*Ein goldenes Gesicht, das Quorrl und doch nicht Quorrl, Mensch und doch nicht Mensch, eine Mischung aus beidem und doch etwas völlig Fremdes, Unheimliches war, und...*

Skar drängte die Bilder mit aller Macht beiseite und versuchte sich auf seine Umgebung zu konzentrieren, aber es gelang ihm nicht. Seine Erinnerungen waren außer Rand und Band geraten und tobten wie eine Schar bissiger Ratten in seinem Kopf herum. Es fiel ihm schwer, zwischen Realität und Traum zu unterscheiden, die Bilder, die aus der Vergangenheit in seinem Kopf aufstiegen, von denen zu trennen, die er wirklich gesehen hatte.

*Sie sind wieder da.*

*Herr!*

Beides waren Worte gewesen, die ein Quorrl gesprochen hatte, und er hatte ihre Bedeutung beide Male zu spät erkannt.

Schritte näherten sich, und dann spürte er ganz deutlich, daß jemand neben ihm stand. Er versuchte erneut, sich auf das Hier und Jetzt zu konzentrieren und Trashs Stimme und den Anblick des goldenen Gesichts dorthin zu verbannen, wo sie hergekommen waren, und diesmal gelang es ihm; vielleicht, weil er spürte, daß die Gestalt neben ihm sein Erwachen bemerkt hatte. Vorsichtig hob er die Lider und schloß sie sofort wieder, denn das Licht stach in seine Augen. Er konnte nicht sagen, wer neben ihn getreten war; nur, daß es kein Mensch war. Der Schatten war zu groß und zu breitschultrig dafür. Aber etwas anderes hatte er erkannt: sie waren nicht mehr in der Wüste. Er befand sich in einem großen, sehr hohen Raum mit schwarzen Wänden aus Metall oder Stein, und das grelle Licht war von einer Art, die er noch nie gesehen hatte: heller als das der Sonne, aber weiß und kalt und irgendwie falsch. Wie lange war er bewußtlos gewesen?

*Nicht sehr lange,* flüsterten seine Gedanken. Die Erinnerungen kamen allmählich wieder. Er war nach einer Stunde erwacht, aber nur kurz, und nicht völlig, so daß er seine Umgebung nur wie in einem Fiebertraum wahrgenommen hatte. Sie hatten nicht zugelassen, daß er wirklich wach wurde, sondern ihn in einen tiefen, zum ersten Mal seit Wochen traumlosen Schlaf versetzt. Aber er spürte, daß nicht sehr viel Zeit vergangen war. Wenige Stunden, eine Nacht im Höchstfall. Zu dem Stechen und Brennen in seiner Armbeuge gesellte sich ein dumpfes Pochen in seinem Nacken, das bald schmerzhaft und dann quälend werden würde, um dann in unerträgliche Kopfschmerzen überzugehen. Skar war oft genug niedergeschlagen worden, um Erfahrung in *dieser* Art des Erwachens zu haben. Er begriff, daß er sein Leben nur purem Glück und seiner überdurchschnittlichen Konstitution zu verdanken hatte. Er war zäh. Einen normalen Mann hätte Titchs Schlag getötet.

»Ich weiß, daß du wach bist.«

Skar öffnete ein zweites Mal die Augen und blickte in Titchs Gesicht. Der Quorrl trug wieder die wuchtige goldene Rüstung, die ihn größer und vor allem schwerfälliger erscheinen ließ, als er war. Er lächelte, aber seine Augen waren hart und kalt wie polierter Stahl. Angst stand darin und noch etwas, das Skar nicht richtig einordnen konnte, das aber tiefer ging als bloße Furcht. Unendlich viel tiefer.

»Was willst du?« fragte Skar. Das Sprechen fiel ihm schwer. Auf seiner Zunge lag ein bitterer, fremdartiger Geschmack. Sie fühlte sich taub an. Er versuchte sich auf seinem Lager in die Höhe zu stemmen und bemerkte erst nach zwei vergeblichen Anläufen, daß er es nicht konnte: er war an Händen und Füßen gebunden; mit weichen, aber sehr widerstandsfähigen Fesseln aus Leder, die ihm nur wenige Zoll Bewegungsfreiheit gewährten.

Titch beugte sich vor und riß die Bänder kurzerhand entzwei; ohne sichtliche Anstrengung und mit beiden Händen. Skar bemerkte, daß die Wunde in seiner Rechten aufgehört hatte zu bluten. Fragend sah er den Quorrl an.

»Sie verstehen viel davon, Wunden zu heilen«, sagte Titch, der seinen Blick bemerkt und richtig gedeutet hatte.

»Und noch mehr davon, sie zuzufügen.«

Titch erstarrte für einen Moment mitten in der Bewegung. Sein Blick wirkte gequält. Dann drehte er sich abrupt um, beugte sich über Skars Beine und zerriß auch die Bänder, die seine Fußgelenke hielten. Unsicher stemmte Skar sich auf dem Rand der Liege hoch, stützte die Ellbogen auf den Knien auf und verbarg das Gesicht zwischen den Händen. Er wartete darauf, daß ihm übel oder schwindelig wurde, wie so oft in letzter Zeit, aber keines von beidem geschah. Das verzehrende Feuer in seinem Inneren war erloschen.

Nur das Flüstern war noch da; und das furchtbare Wissen,

die Wahrheit die ganze Zeit über gewußt zu haben. *Sie sind wieder da, Satai!*

»Ich hielt es nicht für eine gute Idee«, sagte Titch unvermittelt. »Aber Ennart bestand darauf.«

»Worauf?« Skar nahm die Hände herunter. Die Wand hinter dem Quorrl war schwarz, und sie bestand tatsächlich aus Metall, wie er im ersten Moment angenommen hatte. Titchs Bewegungen spiegelten sich darin wider wie in einem riesigen, matten Spiegel, als der Quorrl die Hand hob und eine zugleich erklärende wie unwillige Geste machte.

»Bei dir zu sein, wenn du erwachst. Du mußt ... mich hassen.«

Was für Unsinn, dachte Skar. Er verstand Titchs Beweggründe vielleicht besser als der Quorrl selbst. Wäre Titch ein Mensch gewesen, dann wäre er jetzt vielleicht aufgestanden und hätte ihm einfach die Hand auf die Schulter gelegt, in einer einfachen, aber erklärenden Geste. Aber Titch *war* kein Mensch, und so blieb er einfach sitzen und sah schweigend zu dem Quorrl hoch.

»Er ... er glaubt, es wäre besser, wenn *ich* dir alles erkläre«, fuhr der Quorrl fort, stockend, ohne Skars Blick standhalten zu können, und mit einer Stimme, die seine Qual deutlich machte. Seine Hände spielten nervös an den Schuppen seiner goldenen Rüstung.

»Das brauchst du nicht«, sagte Skar leise. Er lächelte bitter. »Du hättest mich nicht einmal niederzuschlagen brauchen, weißt du das eigentlich?«

»Ich mußte es«, murmelte Titch. »Ich ... konnte nicht anders. Ennart ist ... sie sind ...«

»Die *Alten*«, unterbrach ihn Skar. Titchs Augen weiteten sich erschrocken, und Skar fuhr mit leiser, kraftlos klingender Stimme fort: »Ich weiß es, Titch. Du bist deinem Gott begegnet, als er den Helm abnahm. Ich hätte nicht anders gehandelt, an deiner Stelle. Niemand hätte das.« Und trotzdem tat es weh, in dem Moment, in dem er es aussprach, zehnmal mehr als zuvor. Titch hatte nicht anders gekonnt. Sein Verrat war kein Verrat gewesen.

Aber Skar hatte trotzdem das Gefühl, den letzten Freund verloren zu haben, der ihm noch geblieben war.

»Du ... weißt?« murmelte Titch überrascht.

»Schon seit langer Zeit«, antwortete Skar. »Dein Vater ... Trash ... er hat es mir gesagt, ehe er starb. Ich habe nur nicht verstanden, was er gemeint hat. Vielleicht wollte ich es auch nicht verstehen.«

»Er hat es ... gewußt?« murmelte Titch fassungslos.

»Ja. Ich ... glaube es wenigstens. Ich habe nicht verstanden, was er gemeint hat, aber jetzt ...« Er stand auf, blickte einen Moment lang an Titch vorbei auf die spiegelnde Wand aus Metall und schüttelte müde den Kopf. »Sie sind wieder da«, murmelte er. »Das waren seine letzten Worte.«

Titch starrte ihn an. Vielleicht spürte er, daß Skar nicht die Wahrheit sprach, daß es da noch etwas gab, was er ihm verschwieg. Trash hatte noch etwas gesagt. Aber er sprach ihn nicht darauf an, und Skar seinerseits fühlte, daß jetzt nicht der Moment war, dem Quorrl auch den Rest zu erzählen. Vielleicht hatte er den einzig möglichen Augenblick dafür längst verpaßt.

Er sah sich suchend um und entdeckte seine Kleider auf einem Schemel neben dem Bett, sauber gewaschen und zusammengefaltet. Ohne ein weiteres Wort zog er sich an. Dabei fiel ihm ein breites, silbernes Band aus einem anschmiegsamen Material auf, das sich um sein linkes Handgelenk spannte und bisher unter der Fessel verborgen gewesen war, so daß er es gar nicht bemerkt hatte. Er fühlte es nicht, und als er die Muskeln anspannte, machte es die Bewegung mit wie eine zweite, silberne Haut. Er streckte die Hand danach aus und zog sie wieder zurück, ohne es zu berühren. Irgend etwas sagte ihm, daß es sinnlos war, es abreißen zu wollen. Achselzuckend griff er nach seinem Umhang und streifte ihn ganz gewohnheitsmäßig über, obwohl es hier drinnen behaglich warm war.

»Was geschieht jetzt?« fragte er.

Titch starrte ihn an. Skar wartete darauf, daß der Quorrl ihn nun fragte, was er damit gemeint hatte, ihn auf Trashs letzte Worte ansprach, aber er tat es nicht, sondern senkte nach ein paar Augenblicken den Blick und fuhr fort, an seiner Rüstung herumzuzerren. »Er will dich sehen. Mit dir reden.«

»Worüber?«

»Es ist vorbei, Skar«, sagte Titch gequält. Er hob die Hände, breitete sie in einer hilflosen Geste vor dem Körper aus und trat einen halben Schritt auf Skar zu. Seine Augen waren weit und dunkel vor Furcht. »Du kannst nicht gegen Götter kämpfen.«

»Es sind nicht meine Götter«, antwortete Skar. Etwas leiser und in fast beschwörendem Ton fügte er hinzu: »Und auch nicht deine, Titch. Sie sind sterbliche Wesen wie du und ich. Er hat geblutet, als ich ihn verletzt habe«, erinnerte er. Aber er spürte auch schon, während er diese Worte aussprach, wie sinnlos sie waren. Titch mochte vielleicht sogar wissen, daß er recht hatte, aber das nutzte nichts. Der Quorrl war ein hochintelligentes und sehr empfindsames Wesen trotz seines raubtierhaften Äußeren, aber er blieb ein Quorrl. Ein Quorrl, der seinem Gott ins Gesicht geblickt hatte, als Ennart den Helm abnahm. Skar wußte, daß er ihn verloren hatte.

»Bring mich zu ihm.«

»Warte.« Titch hob die Hand, als Skar an ihm vorbeigehen wollte. »Da sind ... ein paar Dinge, die du wissen solltest, ehe du ihm gegenübertrittst.«

»So?« Skar schluckte die scharfe Bemerkung hinunter, die ihm auf der Zunge lag. Für ihn war Ennart kein Gott und würde es nie sein, sondern eher das Gegenteil. Aber er gewann nichts, wenn er Titch quälte.

»Der Zauberpriester«, fuhr der Quorrl fort, noch immer, ohne ihn direkt anzusehen, »der mit dir gesprochen hat ...«

»Ian.«

»Ian, ja. Er hat dich nicht belogen. Sie wollen dir helfen. Sie haben dich gesucht, nicht um dich zu töten, sondern weil du ... krank bist. Weil du sterben wirst, wenn nichts geschieht.«

Skar glaubte ihm sogar, wie er auch Ian am vergangenen Abend geglaubt hatte. Sie brauchten ihn, aus welchem Grund auch immer. Skar war nicht so unrealistisch, sich im Ernst einzubilden, er hätte all die Zeit gegen eine Macht bestehen können, die sich nichts weniger vorgenommen hatte, als eine ganze Welt zu erobern. Nicht, wenn sie nicht aus irgendeinem Grunde Rücksicht auf sein Leben nehmen mußte.

»Sicher«, antwortete er. »Und weiter?« Sein Ton wurde verletzend, ohne daß er es wollte. »Willst du mir vielleicht als nächstes erzählen, daß alles nur ein Mißverständnis war? Daß sie in Wirklichkeit gar nicht unsere Feinde sind?« Er schnitt Titch mit einer ärgerlichen Handbewegung das Wort ab, als der antworten wollte, und deutete abermals zur Tür. Diesmal versuchte der Quorrl nicht, ihn zurückzuhalten.

Der Korridor, auf den sie hinaustraten, war auf seine Weise genauso gespenstisch wie das leere Zimmer, in dem er erwacht war. Auch seine Wände bestanden aus schwarzem spiegelndem Stahl, und auch hier herrschte das gleiche grelle Licht, das aus dem Nichts zu kommen schien, aber überall war, so daß es keine Schatten gab. Es war warm, aber wie bei seinem Erwachen spürte Skar einen raschen, eisigen Lufthauch, als wäre irgendwo ein Fenster geöffnet worden. Dabei gab es, so weit er sehen konnte, weder Fenster noch Türen. Der Gang war einfach ein rechteckiger Schacht aus schwarzem Metall, der endlos zu sein schien.

Titch machte eine Geste nach links, und sie gingen los. Ihre Umgebung kam Skar mit jedem Schritt unheimlicher vor. Der metallene Boden unter seinen Füßen zitterte, aber es war kein regelmäßiges Beben, sondern ein dumpfes, arhythmisches Pochen, das ihn auf unheimliche Weise an das Schlagen eines gewaltigen Herzens erinnerte. In das monotone Klacken ihrer Schritte mischten sich Geräusche, die direkt aus den Wänden zu kommen schienen und für Skar allesamt fremd und unidentifizierbar blieben. Er hatte das sehr sichere Gefühl, beobachtet zu werden, obwohl sie allein waren.

Nach vielleicht zwei Dutzend Schritten blieb Titch stehen und berührte eine Stelle an der Wand vor sich. In dem scheinbar massiven Metall erschien ein Spalt, der sich rasch zu einer Tür erweiterte, die völlig lautlos vor ihnen aufglitt. Dahinter lag eine winzige, kaum zwei Schritte im Quadrat messende Kammer. Skar sah Titch fragend an. Titch machte eine knappe Handbewegung auf die Tür. Als er nicht reagierte, zuckte er mit den Schultern und trat mit einem einzigen Schritt hindurch. Skar folgte ihm zögernd.

Die Tür schloß sich so lautlos hinter ihm, wie sie aufgegangen war. Skar hörte ein leises, sehr helles Zischen, und plötzlich hatte er das Gefühl, sich zu bewegen. Mehr neugierig als erschrocken sah er sich um und berührte schließlich mit spitzen Fingern die Wand. Sie war kalt wie Eis und so hart, wie ihr Anblick vermuten ließ. Wenn sie sich bewegten, dachte er verwirrt, dann mußte es dieses ganze Zimmer sein, das nach oben glitt.

Seine Vermutung wurde wenige Augenblicke später zur Gewißheit, als sich die Tür abermals öffnete und Titch ihn mit einer Geste aufforderte, die Kammer zu verlassen. Sie befanden sich nicht mehr in dem Gang, in dem sie das kleine Zimmer betreten hatten. Dieser hier war breiter, und es gab zahlreiche, wenn auch ausnahmslos geschlossene Türen an beiden Seiten. Durch eine Öffnung am Ende des Korridors fiel Tageslicht herein, das gegen den grellen weißen Glanz der Luft trüb und fast armselig wirkte.

Trotzdem atmete Skar fast erleichtert auf, als sie nach einigen Augenblicken ein großes, an drei Seiten von Fenstern gesäumtes Zimmer betraten, das nicht von dem unheimlichen kalten Schein, sondern von normalem Sonnenlicht erhellt wurde. Der Raum war leer. Unter einem der großen Fenster stand ein gewaltiger Tisch aus dem gleichen, mattschwarzen Metall, aus dem dieses ganze Gebäude zu bestehen schien, aber die Stühle davor waren ganz normale Stühle aus Holz, schon ein wenig abgewetzt und schäbig, und an den Wänden hingen Bilder und kleine bunte

Stickereien, die offensichtlich alle von derselben Hand gefertigt waren. Es gab ein hölzernes Regal neben der Tür, auf dem Krüge aus Ton und ein paar Zinnbecher standen, und auf dem Tisch lag sogar ein kleines Deckchen. Jemand hatte versucht, dem Raum etwas von seiner gespenstischen Kälte zu nehmen, und wenn es ihm auch nicht ganz gelungen war, so erleichterte Skar doch allein der Gedanke, daß er es *versucht* hatte.

Fragend sah er Titch an. Der Quorrl und er waren allein.

»Er wird ... gleich kommen«, sagte Titch unsicher. Er wich seinem Blick noch immer aus, aber er hatte sich nicht gut genug in der Gewalt, um völlig zu verbergen, wie peinigend es für ihn war, mit ihm zu reden.

»Ich verstehe«, sagte Skar spöttisch. »Er ist ein vielbeschäftigter Mann, der nicht viel Zeit für einen armseligen Satai wie mich erübrigen kann, nicht wahr?« Er schüttelte den Kopf, maß den Raum mit einem weiteren, sehr viel aufmerksameren Blick, ohne indes mehr Einzelheiten als zuvor zu erkennen, und trat schließlich an eines der deckenhohen Fenster heran. Es war nicht offen, wie er geglaubt hatte. In der Füllung befand sich Glas, das allerdings so klar war, daß er es nicht einmal sah, als er unmittelbar davor stand, sondern nur fühlte. Neugierig beugte er sich vor, so weit es der unsichtbare Widerstand zuließ.

Skar wußte sofort, wo er war, obwohl er den Turm niemals wirklich gesehen hatte. Unter ihm breitete sich ein quadratischer, an drei Seiten von stählernen, sicherlich hundertfünfzig Fuß hohen Wänden umschlossener Innenhof aus. Winzige Gestalten bewegten sich darauf, aber sie waren zu klein, um sie zu erkennen, und das Fenster verschluckte jedes Geräusch. Das emsige Treiben unter ihm war stumm. Die Bewegungen der Menschen und Tiere im Hof verliefen in absolutem Schweigen, und es war eine Art von Stille, die Skar sich fürchten ließ, denn es nahm der Bewegung dort unten gleichzeitig auch etwas von ihrem Leben. So, wie die titanischen Flanken des Turmes alles Licht aufsaugten, so daß man sie selbst aus unmittelbarer Nähe gar nicht richtig *sehen* konnte, sondern vielmehr durch die Abwesenheit alles Sichtbaren erahnte, so schien auch etwas alle Geräusche zu verschlucken. Es war eine Stille, die Skar an den unheimlichen Zauber erinnerte, dem er im Lager der *Errish* begegnet war. Und es war der Turm aus seinen Träumen. Die Quelle des tödlichen Flüsterns, das ganz Enwor in Brand gesetzt hatte.

Er hörte Titchs Schritte hinter sich und suchte ganz automatisch nach einer Spiegelung in der Fensterscheibe, sah aber nur den stahlblauen Himmel über dem Tal. Kopfschüttelnd drehte er sich herum.

Es war nicht mehr Titch, der hinter ihm stand.

Der Quorrl befand sich noch im Zimmer, aber er war zur Tür zurückgewichen und hatte seinen Platz einer Gestalt geräumt, die selbst ihn um mehr als Haupteslänge überragte. Anders als am Abend zuvor trug das Wesen nicht mehr die bizarre Rüstung, sondern ein einfaches, vollkommen schmuckloses Gewand aus schwarzem und blauem Stoff, das den größten Teil seines Körpers verhüllte und nur Kopf und Arme freiließ. Aber dieses schlichte Gewand nahm der Erscheinung nichts; im Gegenteil. Obwohl Skar geglaubt hatte, auf den Anblick vorbereitet zu sein, erschütterte er ihn fast noch mehr als beim ersten Mal, denn er war Ennart jetzt näher, und er sah ihn im hellen Tageslicht, nicht im flackernden Schein eines erlöschenden Feuers.

Der Gott der Quorrl war über acht Fuß groß und so muskulös, daß selbst Titch neben ihm wie ein Kind wirkte, dabei aber so perfekt proportioniert, daß er nicht wie ein Riese aussah. Alles an ihm war perfekt, eine vollkommene Harmonie von Kraft und Schönheit, die es selbst Skar für Sekunden unmöglich machte, irgend etwas anderes zu tun, als einfach dazustehen und dieses Wesen zu bewundern. Ennarts Gesicht war eindeutig das eines Quorrl, aber es hatte einen edlen und trotz seiner Kraft fast sanften Zug, dem auch das fürchterliche Raubtiergebiß hinter seinen Lippen nichts anzuhaben vermochte. Seine Augen waren groß und dunkel und ohne sichtbare Pupillen, wie die Titchs, aber sie waren gleichzeitig ... andes. Weiser? Skar weigerte sich einen Moment, das Wort zu benutzen, aber es gab keinen anderen Ausdruck, der gepaßt hätte. Er suchte vergeblich nach der abgrundtiefen Bosheit, die er erwartet hatte. Was er spürte, war die Nähe eines Wesens, das unendlich alt und unendlich mächtig war und das ihn durch seine bloße Anwesenheit zu lähmen drohte, so wie beim ersten Mal. Ennart war ein Geschöpf, das nicht Macht symbolisierte, sondern Macht *war*.

Länger als eine Minute stand er einfach da und starrte das Wesen mit der goldenen Haut an, unfähig, etwas zu sagen, sich zu bewegen oder auch nur einen klaren Gedanken zu fassen. Ennart rührte sich nicht, sondern blieb reglos stehen, wie um ihm Gelegenheit zu geben, ihn in aller Ruhe zu mustern. Aber es war etwas sonderbar Störendes in dieser Reglosigkeit; vielleicht etwas in seinem Blick. Seine Geduld erinnerte Skar an die eines Menschen, der sich nicht rührt, um das Vertrauen eines eingeschüchterten Tieres zu gewinnen.

Schließlich hob Ennart die Hand und machte eine Bewegung in Titchs Richtung, bei der er Skar jedoch nicht aus den Augen ließ. Skar begriff erst jetzt, daß er ihn ebenso interessiert gemustert hatte wie er selbst umgekehrt ihn. »Laß uns allein, Titch.«

Der Quorrl entfernte sich rückwärts aus dem Raum, aber Ennart schwieg weiter, bis sich die Tür hinter ihm geschlossen hatte. Dann verzogen sich seine Lippen zu einem milden, aber gleichzeitig auch ein ganz kleines bißchen überheblich wirkenden Lächeln. »Wie fühlst du dich, Skar?«

»Danke«, antwortete Skar kalt. »Es geht mir gut.«

»Ich frage nicht aus Höflichkeit«, sagte Ennart. »Es freut mich wirklich, dich unverletzt zu sehen. Aber du bist krank. Wir haben deine Schmerzen besiegt und deinem Körper geholfen, die Schwäche zu überwinden. Aber das ist nicht mehr als eine Täuschung. Es wird noch lange dauern, bis das Gift aus deinem Körper verschwunden ist.«

»Lange genug, mich hier festzuhalten, bis ihr gewonnen habt?«

fragte Skar höhnisch.

Ennart seufzte. Skars Spott schien ihn mehr zu betrüben als zornig zu machen. »Das haben wir bereits«, antwortete er. »Schon vor langer Zeit. Du kannst uns nicht aufhalten.«

»Dann frage ich mich, warum ihr euch so große Mühe gemacht habt, mich zu fangen«, sagte Skar.

»Weil du unsere Pläne störst«, antwortete Ennart unverblümt, aber noch immer in freundlichem Ton. »Und weil wir dich brauchen. Nicht notwendig, um zum Ziel zu kommen, aber es wäre einfacher mit dir als ohne dich, und sehr viel leichter als *gegen* dich.« Er machte eine einladende Geste auf einen der Stühle, die Skar ignorierte.

»Und jetzt bist du gekommen, um mich zu überzeugen, wie?« fragte Skar.

Ennart schüttelte den Kopf. »Keineswegs. Ich bin kein Narr, Skar. Und ich kenne dich zu gut, um versuchen zu wollen, dich zu irgend etwas zu *zwingen*. Ich weiß, daß das unmöglich ist.«

»Warum bist du dann hier?« schnappte Skar. Er spürte, daß er die Auseinandersetzung bereits verloren hatte, noch ehe sie richtig begann. Ennarts bloßes Dasein drängte ihn in die Defensive. Aber er versuchte vergeblich, Zorn zu empfinden. Alles, was er fühlte, war Hilflosigkeit.

»Um mit dir zu reden«, sagte Ennart. »Deine Fragen zu beantworten. Dir die Wahrheit zu sagen. Dir zu erzählen, wer du wirklich bist. Vielleicht ist es danach gar nicht mehr nötig, dich überzeugen zu wollen.«

»Dann tu es«, sagte Skar. »Fang an.«

Ennart wiederholte seine einladende Handbewegung. Skar ignorierte sie auch dieses Mal. Der Goldene blickte ihn einen Moment lang stirnrunzelnd an, eher amüsiert über seinen Stolz als wirklich zornig, dann ging er an ihm vorbei zum Tisch und setzte sich behutsam auf einen der hölzernen Stühle. Obgleich Skar stehenblieb, befanden sich ihre Gesichter jetzt auf gleicher Höhe.

»Den größten Teil der Wahrheit kennst du bereits«, sagte Ennart. »Du weißt mehr über die Geschichte dieser Welt als irgendein anderer Mensch, Ian und ein paar seiner Brüder vielleicht ausgenommen. Es ist einfacher, wenn du fragst und ich antworte.«

»Was habt ihr mit Kiina gemacht?« fragte Skar.

»Nichts. Sie lebt und ist unverletzt. Du kannst sie sehen, wann immer du willst.«

»Das meine ich nicht. Ihr habt sie . . .« Er suchte vergeblich nach Worten. »Ihr habt sie verzaubert«, stieß er schließlich hervor. »Ihr habt sie zu einer Puppe gemacht, genau wie die *Errish*.«

Ennart lächelte. »Wenn du es so nennen willst . . . ja. Wir haben sie für eine Weile ihres freien Willens beraubt, so wie Anschi und ihre Schwestern. Aber es geschah zu ihrem eigenen Schutz.«

Die Freimütigkeit, mit der Ennart dies zugab, machte Skar rasend, aber wieder war es ihm unmöglich, seinem Zorn Ausdruck zu verleihen. Er brodelte irgendwo dicht unterhalb der Ebene seines Bewußtseins, auf der er ihm zugänglich gewesen wäre. »Wer bist du?« fragte er. »*Was* bist du?«

»Wofür hältst du mich?« fragte Ennart anstelle einer direkten Antwort. »Wer willst du, daß ich für dich bin?«

»Wie wäre es mit jemandem, der Fragen einfach beantwortet, statt den Geheimnisvollen zu spielen und in Rätseln zu sprechen?« gab Skar mühsam beherrscht zurück.

Ennart lächelte auf eine Art, die Skar verriet, daß er sehr zufrieden mit seiner Antwort war. Er fühlte sich mehr und mehr wie ein Spielzeug, das der Goldene nach Belieben hin und her schob; auf einem Spielbrett, das nichts weniger als eine ganze Welt war. Aber der Zorn, den dieser Gedanke hervorrufen sollte, kam nicht. Er fühlte sich mehr und mehr hilflos; verloren auf eine Art, die dem Wort eine völlig neue Bedeutung gab. Aber bevor er seinen Gefühlen Ausdruck verleihen konnte, hob Ennart die Hand und fuhr fort: »Du weißt es, Skar. Unser Volk nannte sich Ssirhaa; lange, bevor ihr kamt. Aber das ist nur ein Name.

Er ist längst in Vergessenheit geraten. Niemand erinnert sich mehr daran. In euren Legenden nennt ihr uns die *Alten*, so wie wir euch die *Sternengeborenen*. Auch wir haben überlebt, nicht nur ihr.«

*Ssirhaa...* Skar versuchte vergeblich etwas Vertrautes in diesem Wort zu entdecken. Es mußte wohl so sein, wie Ennart behauptete: der Name seines Volkes war untergegangen wie die Welt, in der es gelebt hatte. Vielleicht hatte er ihn sich auch erst in dem Moment ausgedacht, in dem er ihn aussprach – welche Rolle spielte das schon?

»Überlebt? Wo?«

Ennart beantwortete auch diese Frage, aber er tat es erst nach geraumer Zeit und mit einem neuerlichen, fast spöttischen Lächeln. »Du kannst nicht aus deiner Haut, wie? Wäre ich dein Feind und du mein Gefangener, wäre es ziemlich töricht, diese Frage zu beantworten, denn immerhin bestünde die Möglichkeit, daß du mir entkommst und unserem Volk Schaden zufügst. Aber du bist nicht mein Feind. Unser Volk lebt, ja. Wir sind nur wenige, aber wir waren niemals viele. Die die Ewigkeit überstanden haben, leben in einem Land, das kein Mensch jemals betreten hat.«

»Im Land der Toten«, vermutete Skar.

»Titch nennt es so, ja. Es liegt weit im Norden, noch jenseits der Länder, die die Quorrl bewohnen.«

»Im Norden?«

»Was du denkst, ist richtig«, sagte Ennart. »Du warst ihm einmal sehr nahe. Vielleicht näher als je ein anderer vor dir. Es ist die Heimat der *Dronte*. Und anderer, noch erstaunlicherer Lebewesen.« Er lächelte flüchtig. »Du siehst, ich gehe kein Risiko ein, dir diese Information zu geben. Selbst wenn es dir gelänge, das Land zu erreichen, würde es dich töten. Kein menschliches Wesen kann dort überleben und kein Quorrl.«

»Und ihr?«

»Es tötet selbst uns«, sagte Ennart. »Nur in unserer Festung sind wir sicher. Ein Ort, den du dir nicht einmal vorzustellen vermagst. Er hat uns beschützt, all die endlosen Jahre lang. Aber er war auch unser Gefängnis. Wir haben gewartet.«

»Ich weiß«, sagte Skar bitter. »Auf einen Narren wie mich.«

»Auf einen *Mann* wie dich«, verbesserte ihn Ennart ruhig. »Warum bist du so bitter, Skar? Wir sind nicht deine Feinde. Und die, auf deren Seite du zu stehen glaubst, sind nicht deine Freunde.«

»Das hast du jetzt schon ein paarmal gesagt«, antwortete Skar. »Aber dadurch wird es nicht überzeugender, weißt du?« Ennart reagierte nicht auf seinen scharfen Ton, und Skar fügte noch zorniger hinzu: »Was erwartest du? Daß ich mich auf eure Seite stelle und *gegen* sie kämpfe?«

»Gegen wen?« fragte Ennart lauernd. »Sprich das Wort aus. Tu es!«

Skar starrte ihn an. Er spürte, daß ihre Unterhaltung längst keine pure Konversation mehr war. Was er für eine geschickte Einleitung Ennarts gehalten hatte, harmloses Geplauder, um die Spannung zwischen ihnen abzubauen, war eine Falle gewesen, in die er längst hineingetappt war. »Gegen die Menschen«, sagte er.

»Aber du bist keiner.«

Skar schloß für Sekunden die Augen. Ennart hatte recht. Er wußte es seit Wochen, und gespürt hatte er es vielleicht schon seit Jahren, vielleicht von dem Moment seiner Geburt an. Aber es aus dem Munde des Ssirhaa zu hören, tat weh. Mehr, als er geglaubt hatte.

»Du glaubst, du gehörst zu ihnen«, fuhr Ennart fort, mit einer Stimme, die leise und fast sanft und trotzdem so erbarmungslos wie schneidender Stahl war. »Du siehst aus wie sie, du bist als einer von ihnen geboren und erzogen worden, und du fühlst wie sie. Aber du bist es nicht, Skar. Du warst es niemals. Und tief in deinem Innern hast du es immer gewußt. Du bist so wenig Mensch wie Titch oder ich.«

»Und was... bin ich dann?« flüsterte Skar. Seine Stimme zitterte. Er wollte schreien, aber nicht einmal diese Erleichterung blieb ihm. Er wußte, daß Ennart die Wahrheit sprach. »Zu welchem Volk gehöre ich, Ennart? Zu euch?«

»Nein.« Der Ssirhaa stand auf, trat ans Fenster und blickte über die Mauer hinweg nach Norden. Er sah Skar nicht an, als er weitersprach. »Es wäre verlockend, dir das zu erzählen«, gestand er. »Ich gebe zu, mit dem Gedanken gespielt zu haben, für eine kurze Weile. Aber ich glaube nicht, daß man einen Mann wie dich lange belügen kann.« Er drehte sich wieder herum, sah Skar an und wartete sichtlich auf eine Reaktion. Als sie nicht kam, ging er zu seinem Stuhl zurück und ließ sich wieder darauf niedersinken.

»Vela hat dir die Geschichte der *Alten* erzählt, und die deine«, sagte er. »Sie hat dir die Wahrheit gesagt oder das, was sie dafür hielt. Aber sie wußte nicht alles.«

»Sie hat in eurem Auftrag gehandelt«, vermutete Skar.

»Ohne es zu wissen, ja«, gestand Ennart. »Und sie war nicht die erste. So wenig, wie du der erste warst, der nach Combat ging, um das Siegel zu brechen. Aber du warst der erste, dem es gelang. Oh, wir haben es oft versucht, immer und immer wieder. Wir schickten die Besten der Besten, aber keinem gelang es, den Stein der Macht von seinem Platz zu entfernen.«

»Wieso mir?« fragte Skar. Er schrie fast. *Wieso hatte ausgerechnet er es sein müssen, der die Dämonen aus ihrem jahrhunderttausendelangen Schlaf erweckte?*

»Weil du *du* bist«, antwortete Ennart. »Weil du bist, *was* du bist. Nicht irgendein Abenteurer. Nicht irgendein Krieger oder nur ein tapferer Mann. Du bist der *Wächter*, Skar. Der einzige, den es gibt. Nicht du hast das Siegel gebrochen, sondern die Macht, die du trägst.«

*Die Macht...* Skar hätte am liebsten aufgeschrieen. Für ihn war es keine Macht, für ihn war es ein Fluch, der sein ganzes Leben bestimmt und am Ende zerstört hatte. Ob Ennart wußte, daß er einen Körper bekommen hatte?

»Es war deine Hand, die den Stein von seinem Platz entfernte«, fuhr Ennart fort. »Aber sie wäre verbrannt, wie alle anderen zuvor, hättest du nicht das Recht dazu gehabt, es zu tun.«

»Was bin ich?« murmelte Skar.

»Ich weiß es nicht«, gestand Ennart. »Nicht wirklich. Vielleicht halb Mensch, halb Ssirhaa, vielleicht auch etwas völlig anderes. Es hat lange gedauert, bis wir überhaupt begriffen, daß es jemanden wie dich gab, Skar. Und noch länger, dich zu finden, denn sie waren klug. Sie haben dafür gesorgt, daß auch der Wächter selbst nichts von seiner wahren Natur ahnte. Tausende von Generationen mögen vergangen sein, in denen es Männer wie dich gab. Männer, die ihr Leben lang nicht einmal ahnten, wer sie waren, und vor allem *was*.«

»Der Wächter.« Skar seufzte. »Wenn ich das wirklich bin, Ennart, dann habe ich versagt.«

»Nein«, widersprach der Goldene. »Das hast du nicht. Vela hat dir erzählt, daß sie versuchten, ein Wesen zu schaffen, das Teil beider Welten war, und das war die Wahrheit. Aber es war nie seine Aufgabe, zwischen beiden Völkern zu vermitteln.«

»Sondern?«

»Den Gegner kennenzulernen«, sagte Ennart. »Seine Stärken und Schwächen zu ergründen und einen Weg zu finden, ihn zu schlagen. Es ist gelungen. Unser Volk wurde geschlagen.«

»Dann verstehe ich um so weniger, warum du dir die Mühe machst, mit mir zu reden«, sagte Skar. »Denn wenn es so ist, dann muß ich dein Todfeind sein.«

»Weil Zeit vergangen ist«, antwortete Ennart. »Unendlich viel Zeit. Enwor hat sich weiterentwickelt, Skar, denn auch eine Welt altert, wie die Wesen, die auf ihr leben. Wie sie trägt sie Narben davon, und wie sie kann man sie verwunden und töten. Aber wie sie kann sie lernen. Die *Sternengeborenen* obsiegten am Schluß, aber um einen Preis, den sie sich nicht einmal vorzustellen vermochten. Wir wurden geschlagen, aber auch sie gingen unter. Es waren nicht unsere Waffen, die sie vernichteten, sondern ihre eigene Kreatur. Das Wesen, das du kennengelernt hast. Es zerstörte unsere Länder, es vernichtete unsere Armeen und verheerte unsere Städte, eine nach der anderen. Aber es gelang ihnen nicht mehr, es zu bändigen. Als keine Ssirhaa mehr da waren, die es töten konnte, da wandte es sich gegen seine Schöpfer und vernichtete auch sie. Als letztes Mittel schließlich, als schon alles zerstört war und Enwor die Hölle, in der wir heute leben, da schritt der Wächter selbst ein und bannte das Ungeheuer, das er erschaffen hatte. Nur er konnte es, denn er war ein Teil von ihm.«

Es dauerte Sekunden, bis Skar wirklich begriff, was Ennart da gerade gesagt hatte. »Und ihr habt es ... ihr habt es wieder erweckt?« murmelte er fassungslos. »Ihr habt all das gewußt und es trotzdem erweckt?«

»Nur einen kleinen Teil«, sagte Ennart mit einer beschwichtigenden Handbewegung. »Es steht in unserer Macht, es zu vernichten, sobald es seinen Dienst getan hat.«

»Das haben die, die es erschufen, mit ziemlicher Sicherheit auch gedacht«, sagte Skar zornig.

»Aber sie wußten nicht, was wir wissen«, widersprach Ennart. »Sie erschufen eine Waffe, aber ihnen blieb keine Zeit, sie zu studieren, ehe sie sie einsetzten. Sie waren in der Situation des ersten Menschen, der das Feuer entdeckte, ohne sich über die Gefahr im klaren zu sein, die es mit sich bringt.«

»Aber ihr kennt sie«, sagte Skar höhnisch.

Ennart nickte. »Wir sind keine Narren«, sagte er sanft. »Oh, ich weiß, unser Wissen ist nichts gegen das ihre, und doch hatten wir etwas, was ihnen fehlte: Zeit. Wir haben die Kreatur, die ihr die *Sternenbestie* nennt, gründlich studiert. Jahrhundertelang. Wir kennen ihre wahre Natur, und wir wissen, was sie falsch machten, damals. Wir werden die Fehler der *Sternengeborenen* nicht wiederholen.«

»Da bin ich sicher«, schnappte Skar. »Ihr werdet eigene machen.«

Seine Worte amüsierten Ennart, aber der Blick des Ssirhaa blieb ernst. »Vielleicht«, räumte er ein. »Doch selbst wenn es so ist ... ich sagte bereits, es ist Zeit vergangen. Unendlich viel Zeit. Mehr, als wir alle uns vorzustellen vermögen. Mehr als eine Million Jahre, Skar.«

Er schwieg einen Moment, um der Zahl das Gewicht zu verleihen, das ihr gebührte, aber Skar war nicht einmal mehr beeindruckt. Vielleicht war er einfach über das Stadium hinaus, in dem ihn noch irgend etwas erschüttern konnte.

»Auch die Kreatur hat sich verändert in dieser Zeit«, fuhr Ennart schließlich fort. »Sie ist nicht mehr, was sie war. Sie ist noch immer wild und furchtbar, aber sie ist sterblich geworden. Du selbst hast einen Teil von ihr getötet, erinnere dich.«

»Du bist wahnsinnig, Ennart«, flüsterte Skar.

»Warum?« fragte Ennart lauernd. »Weil ich Augen habe, zu sehen? Weil ich die Wahrheit ausspreche?«

»Welche Wahrheit?«

»Es gibt nur eine! Und die lautet, daß Enwor eine Hölle ist, für Menschen *und* für Quorrl. Wie viele Kriege habt ihr geführt, allein in der kurzen Spanne deines Lebens? An wie vielen Feldzügen hast du teilgenommen? Wie viele Sommer hast du erlebt, in denen die Menschen verhungerten, weil die Dürre ihre Felder verbrannte? Wie viele Winter, in denen sie erfroren, weil sie nichts hatten, sich gegen die Kälte zu schützen? Wie viele Städte hast du gesehen, die geschleift wurden, nur weil irgendein König mehr Macht wollte, oder ein wenig mehr Land?«

»Und ihr wollt das alles ändern?« fragte Skar höhnisch. »Ihr führt diesen Krieg also nur aus reiner Menschenfreundlichkeit? Verzeih, daß ich mich so in euch getäuscht habe.« Er deutete eine spöttische Verbeugung an.

In Ennarts Augen blitzte es zornig auf. Zum ersten Mal schien es Skar gelungen zu sein, seinen Gleichmut zu erschüttern. »Ich weiß nicht, was dieses Wort bedeutet«, sagte er kalt, »denn ich bin kein Mensch, vergiß das niemals. Was wir wollen?« Er sprang auf und deutete zum Fenster. »Das da, Satai. Wir wollen wiederhaben, was uns gehörte, ehe ihr kamt. Unsere Welt, die ihr uns gestohlen habt!«

»So, wie ich es sehe, seid ihr auf dem besten Wege dazu, sie euch zu nehmen«, sagte Skar.

»Aber wir wollen sie so wiederhaben, wie sie war«, fuhr Ennart erregt fort. »Keine Hölle, in der sich das Leben nicht mehr lohnt. Wir werden uns Enwor nehmen, das ist wahr, aber nicht nur aus Eroberungslust. Wir werden Enwor wieder zu dem machen, was es war.«

»Oh«, sagte Skar spöttisch. »Mehr nicht?«

»Mehr nicht«, bestätigte Ennart ungerührt. »Keiner von uns wird den Tag erleben, das weiß ich. Es wird lange dauern, unendlich lange. Doch der Tag wird kommen, an dem Enwor wieder ein Paradies ist, keine verbrannte Wüste.«

»Dann gib mir eine Schaufel«, sagte Skar. »Ich fange an zu graben.«

»Ich meine, was ich sage, Skar«, widersprach Ennart, plötzlich wieder ruhig. »Die Macht der *Sternengeborenen* war unvorstellbar. Sie haben mehr getan, als Städte zu bauen. Sie haben diese ganze Welt *verändert*. Sie schufen Enwors Gesicht neu, vielleicht nach dem Vorbild ihrer Heimat, die irgendwo jenseits der Sterne liegt. Dieser Kontinent hier wurde von ihnen *gebaut*. Und wir werden ihr Wissen wiederentdecken und dazu nutzen, die Wunden zu heilen, die unsere beiden Völker der Welt schlugen.«

»Und warum stürzt ihr eine ganze Welt ins Chaos, wenn ihr so mächtig seid?« fragte Skar. »Ich glaube dir kein Wort, Ennart.« Er hob die Stimme, als Ennart ihn unterbrechen wollte. »Und selbst wenn du die Wahrheit sprichst, dann ist es nur das, was du glauben willst, nicht was ihr wirklich tut. Niemand kann die Vergangenheit verändern. Was geschehen ist, ist geschehen. Nicht einmal eure Macht reicht aus, die Zeit zurückzudrehen.«

»Du hast recht«, sagte Ennart. Er war jetzt wieder sehr ruhig. So schnell er die Beherrschung verloren hatte, so rasch gewann er sie wieder zurück. »Auch wir kennen nur noch wenige Geheimnisse der *Alten*.« Er machte eine weit ausholende Geste, die das Zimmer und den ganzen Turm einschloß. »Was du hier siehst, Satai, ist alles, was geblieben ist. Du wirst Wunder über Wunder erleben, und doch ist all dies nichts gegen die Welt, wie sie war, ehe dein Volk und das meine sich gegenseitig vernichteten.« Plötzlich war es *seine* Stimme, die bitter wurde. »Es sind ... Trümmer. Ihr Vermächtnis, das noch immer da ist, nach all dieser Zeit, und noch immer mächtig genug, die Welt zu erschüttern. Wir haben gelernt, einige ihrer Maschinen zu benutzen, und wir haben einen Schatten ihres alten Wissens zurückgewonnen. Aber im Grunde wissen wir nichts. Wir kratzen die alten Reste eines Zeitalters zusammen und versuchen, eine neue Welt daraus zu bauen.«

»Indem ihr die alte zerstört?«

»Wenn wir das wollten, hätten wir es längst getan«, sagte Ennart ruhig. »Die Waffe, die Elay zerstörte, hätte auch Ikne treffen können, oder irgendeine andere Stadt. Sie kann es noch. Aber das wollen wir nicht. Der Wahnsinn muß ein Ende haben. Was dir grausam erscheinen mag, ist notwendig. Auch das Messer eines Arztes fügt Schmerzen zu, wenn es schneidet.«

»Aber es schneidet nur die Krankheit aus dem Körper, nicht das Leben«, widersprach Skar. »Ist es das, als was du uns siehst? Als Krankheit? Als Geschwür, das man wegschneiden muß?«

»Bitte, Skar.« Ennarts Blick flatterte, und Skar spürte, daß es ihm gelungen war, ihm weh zu tun. Er wußte nicht einmal, ob er mit seinen Worten der Wahrheit auch nur nahe gekommen war, aber das spielte auch keine Rolle. Was zählte war, daß es ihm gelungen war, Ennart weh zu tun, ihm einen wenn auch noch so kleinen Teil des Leids zurückzuzahlen, das er und seine Rassegenossen ihm zugefügt hatten.

»Und die Quorrl?« fuhr er fort. »Was ist mit ihnen? Was ist mit Titch und seinen Brüdern? Sie sind eure Nachkommen! Ihr vernichtet auch sie!«

»Das sind sie nicht«, sagte Ennart traurig. »Sie sind das, wofür ihr sie haltet. Tiere.« Er machte eine müde Geste auf die Tür, durch die Titch verschwunden war. »Sie waren unsere Antwort auf die *Sternengeborenen*. Kreaturen, die geschaffen wurden, um zu kämpfen. Nicht mehr.« Er lachte bitter, als er Skars Erstaunen bemerkte. »Wir haben unseren Schwertern das Laufen beigebracht, das ist alles.«

»Du willst damit sagen, sie wurden ... erschaffen?«

Ennart nickte. »Ja. Aber sie haben versagt. Nur wenige überlebten, und sie flohen in die Wälder im Norden. Die Quorrl sind ihre Nachkommen.«

»Das ist nicht wahr!« widersprach Skar. »Titch ist ...«

»Titch«, unterbrach ihn Ennart, »ist nicht irgendein Quorrl. Er ist ... etwas Besonderes. So wie sein Vater.«

»Ein besonders intelligentes Tier, wie?«

Ennart ignorierte den bitteren Hohn in Skars Stimme. »Wenn du so willst, ja. Vielleicht sind Männer wie er die Zukunft seines Volkes. Auch an den Quorrl ist die Zeit nicht spurlos vorübergegangen.« Er atmete tief und hörbar ein, starrte einen Moment ins Leere und machte dann eine abgehackte, bestimmende Handbewegung.

»Genug jetzt. Wir werden noch viel Zeit miteinander verbringen, aber ich wollte, daß du die Wahrheit kennst, ehe du dich entscheidest.«

»Wozu? Ob ich gegen euch kämpfe oder mit euch? Du bist verrückt, alter Mann.«

»Ob du als Gefangener oder als Gast bei uns bleibst«, sagte Ennart ruhig. »Denn nur diese Wahl bleibt dir. Dieser Raum hier wird dein neues Zuhause sein, Skar. Für wenige Wochen, bis alles vorüber ist, oder für die Ewigkeit. Die Wahl liegt bei dir.«

»Warum tötet ihr mich nicht einfach?« fragte Skar.

»Warum sollten wir?« Ennart lächelte verzeihend. Er hatte sich jetzt wieder vollkommen unter Kontrolle. Vor Skar stand wieder das sanfte, beinahe gottgleiche Wesen, als das er den Ssirhaa das erste Mal gesehen hatte. Und trotzdem wußte er jetzt, daß dieser Eindruck falsch war, eine Maske, hinter der sich nichts anderes als ein böser alter Mann verbarg. Skar wußte plötzlich mit unerschütterlicher Sicherheit, daß Ennart wahnsinnig war. Er war kein Gott, sondern nur ein alter Mann, der von vergangener Größe träumte und einfach nicht wahrhaben wollte, daß er so wenig in diese Welt gehörte wie Skar. Vielleicht war alles, was er erzählt hatte, wahr, vielleicht alles erlogen; es spielte keine Rolle. Wichtig war, daß Ennart dabei war, die ganze Welt in Brand zu setzen. Und daß er über die Macht verfügte, es auch zu tun.

»Du hast deine Aufgabe erfüllt«, fuhr Ennert fort, als Skar keine Anstalten machte, auf seine Frage zu antworten. »Es wäre sinnlos, dich zu töten.«

»Wenn ich die *Sternenbestie* erwecken konnte«, sagte Skar zornig, »dann kann ich sie auch wieder vernichten.«

»Kaum.« Ennart lachte leise. »Jetzt überschätzt du dich, Satai. Du hast das Siegel gebrochen, aber Zerstören ist immer leicht. Wir brauchten Hunderte von Jahren, um die Natur jenes Wesens zu ergründen – wie willst du es in den wenigen Wochen schaffen, die dir noch bleiben? Dir fehlt das Wissen, das mit denen unterging, die dich erschufen. Und selbst wenn . . .« Er machte eine bedauernde Geste auf Skars linken Arm. »Du kannst diesen Turm nicht verlassen.«

Skars Blick folgte Ennarts Bewegung. Der Ssirhaa hatte auf das silberne Band gedeutet, das sich um sein linkes Handgelenk spannte. »Was ist das?«

»Etwas, das dein Leben rettet, es aber auch zerstören kann«, antwortete Ennart geheimnisvoll. »Titch hat dir die Geschichte des Sternenfeuers erzählt?« Skar nickte, und Ennart fuhr fort: »Sie ist wahr. Der Staub, den du in der Stadt der *Errish* eingeatmet hast, ist tödlich. Wir können dich heilen, und wir werden es tun, aber es wird lange dauern. Monate, wenn nicht Jahre. Bis es soweit ist, schützt dich dieser Reifen.« In seiner Stimme schwang hörbarer Stolz mit, während Skar den Arm hob und das harmlos aussehende Band aus metallenem Gewebe näher betrachtete.

»Er reinigt dein Blut«, fuhr Ennart fort, »und neutralisiert das Gift, so lange du ihn trägst. Aber er kann dich auch töten.«

»Wenn du es willst«, vermutete Skar.

»Nicht, so lange du nicht versuchst, den Turm zu verlassen. Tätest du es, so würde sich seine Wirkung ins Gegenteil verkehren, und du stirbst binnen weniger Stunden.« Er breitete die Arme aus. »Du siehst, es besteht kein Grund für mich, dich zu töten. Nicht, solange du hier bist. Und später wird es keinen Grund mehr für dich geben, uns zu bekämpfen.«

Er stand auf und wandte sich zur Tür, blieb aber noch einmal stehen, ehe er das Zimmer verließ. »Willst du das Mädchen sehen?«

Kiina? Natürlich wollte er sie sehen. Er hatte sich nach nichts so sehr gesehnt wie danach, Kiina noch einmal wiederzusehen, in den Momenten, in denen er geglaubt hatte, sterben zu müssen. Trotzdem zögerte er.

»Wenn sie ... wenn sie wieder sie selbst ist«, sagte er. »Sonst nicht. Ich habe keine Lust, mit einer Puppe zu sprechen.«

»Dann wird Titch dich zu ihr bringen«, sagte Ennart. »Folge mir.«


Kiinas Quartier lag auf dem gleichen Korridor wie das Skars, aber an seinem entgegengesetzten Ende, und zwischen ihm und Skars Zimmer befanden sich nicht weniger als drei massive Wände aus Metall, die zwar lautlos auseinanderglitten, wenn Ennart sich ihnen näherte, in Skar aber jeden Gedanken an einen gewaltsamen Ausbruchsversuch zunichte machten. Sie waren weiter allein. Vorhin, als er aus dem Fenster geblickt hatte, hatte er gesehen, daß der Turm vor Leben schier überquoll; auf dem rechteckigen Hof bewegten sich Hunderte von Menschen und Quorrl und Tieren. Aber hier oben herrschte eine gespenstische Stille. Es verwunderte ihn ein wenig, daß ein Mann wie Ennart keine Leibwache hatte, bis er sich ins Gedächtnis zurückrief, daß der Ssirhaa nicht nur mächtig, sondern auch ungeheuer *stark* war. Und augenscheinlich so gut wie unverletzlich. Die Wunde, die Skar selbst ihm am vergangenen Abend beigebracht hatte, war nicht nur geheilt, sondern so spurlos verschwunden, als hätte es sie niemals gegeben.

Kiina schlief, als sie das Zimmer betraten, das so groß und hell war wie das Skars, aber nicht so leer. Neben Kiinas Bett stand eine verwirrende Anordnung sonderbarer Gerätschaften und Dinge, deren bloßer Anblick Skar einen eisigen Schauer über den Rücken laufen ließ; gefährlich aussehende Dinge, von deren Seiten sich dünne gerippte Schläuche wie Schlangen aus Metall unter Kiinas Decke wanden. Einige endeten in dünnen Nadeln, die tief in ihr Fleisch gestochen worden waren.

Das Mädchen war nicht allein. Ein schlanker, dunkelhaariger Mann stand halb über sie gebeugt da, als sie eintraten. Die Tür hatte sich lautlos geöffnet, aber er schien ihr Eintreten zu spüren, denn er drehte sich mit einem Ruck um.

Es war Ian. Auf seinem Gesicht spiegelten sich Ehrfurcht beim Anblick des Ssirhaa, aber auch Schrecken und dann purer Haß, als er Skar erkannte. Trotzdem sagte er kein Wort, sondern trat nur mit einem demütigen Senken des Hauptes zurück und machte Ennart Platz.

»Wie geht es ihr?« fragte der Ssirhaa, während Skar rasch auf die andere Seite der schmalen Liege eilte und neben ihr niederkniete. Er hörte Ians Antwort nicht, sondern starrte nur Kiina an. Ihr Anblick war ein Schock für ihn. Er hatte gewußt, daß sie krank war, aber jetzt sah sie aus wie eine Tote. Ihr Gesicht war grau und von Geschwüren und kleinen nässenden Wunden entstellt, die Lippen gerissen und voller Eiter. Mehr als alles andere erinnerte ihr Anblick ihn an den der sterbenden *Margoi*. Er streckte die Hand nach ihr aus, wagte es aber nicht, sie zu berühren. Er hatte Angst, sie aufzuwecken.

»Sie wird leben.«

Es dauerte einen Moment, bis Skar registrierte, daß Ians Worte nicht mehr dem Ssirhaa galten, sondern ihm. Mit einem Ruck sah er auf und starrte den Zauberpriester an. Ians Augen flammten noch immer vor Zorn, aber Skar spürte auch, daß er die Wahrheit sagte. Er würde es nicht wagen, ihn im Beisein Ennarts zu belügen.

»So?« fragte er bitter. Er machte eine Handbewegung auf Kiinas zerstörtes Gesicht und das Gewirr aus metallenen Schläuchen und Nadeln.

»Nicht so.« Ian schüttelte den Kopf und machte eine flatternde Handbewegung auf die Ansammlung erschreckender Geräte und Apparaturen neben Kiinas Lager. »Das alles ist nötig, um ihr Leben zu retten. Und es wird auch nötig sein, um *dein* Leben zu retten.« Er wiederholte seine unwillige Geste, als Skar den linken Arm mit dem blitzenden Silberband hob.

»Das ist nur ein Provisorium«, sagte er. »Es hält das Gift auf, aber es entfernt es nicht aus deinem Körper. Ihr seid spät gekommen. Fast zu spät. Aber wir können euch retten. Das Mädchen wird wieder so gesund, wie es war. Und so schön.« Er versuchte zu lächeln, aber der Haß in seinem Blick machte eine Grimasse daraus. »Wer ist sie?« fragte er. »Deine Geliebte? Oder deine Tochter?«

»Keines von beidem«, antwortete Skar. »Einfach nur ein Mädchen, das mir sein Leben anvertraut hat.«

»Dann gib ihm einen guten Rat, wenn es erwacht«, sagte Ian böse. »Wenn es so etwas das nächste Mal tut, soll es sich den Mann vorher genauer ansehen.«

»Ian!« Ennarts Stimme war scharf, und der Zauberpriester fuhr wie unter einem Hieb zusammen. Unsicher sah er zu dem Ssirhaa auf.

»Verzeiht, Herr.« Er seufzte, biß sich auf die Lippen und wandte sich mit einer fragenden Geste wieder zu Kiina um. »Soll ich sie aufwecken? Wenn du mit ihr sprechen möchtest...«

Skar schüttelte den Kopf. Er wollte nicht, daß Kiina sich so sah.

»Dann wird Titch dich jetzt in dein Zimmer zurückbringen«, bestimmte Ennart. »Ich muß dich um etwas Geduld bitten.« Er wandte sich an Ian. »Wie lange wird es dauern, bis die Maschinen frei sind?«

Ian überlegte. »Zwei Tage«, sagte er nach einer Weile. »Vielleicht auch drei.«

Ennart nickte. »Du hast es gehört«, fuhr er fort, wieder an Skar gewandt. Er deutete auf Skars Armband. »Bis dahin wirst du damit Vorlieb nehmen müssen. Aber du brauchst keine Furcht zu haben. Es schützt dich.«

*Angst?* Skar hätte fast gelacht. Es war leicht, aus Ennarts und Ians Worten zu schließen, daß er der nächste sein würde, der auf diesem Bett lag und an diese entsetzlichen Maschinen angeschlossen sein würde. Wenn er Angst hatte, dann *davor*, nicht vor dem Gift in seinem Blut. Kiinas Anblick erinnerte ihn an das Opfer einer Spinne, das sich in einem gigantischen silbernen Netz verfangen hatte. Er schauderte.

»Du brauchst dich nicht zu fürchten«, sagte Ennart. »Ich weiß, daß es dir wie Zauberei vorkommen muß, oder wie Schwarze Magie. Aber es ist nichts von beidem. Ian ist der beste Arzt, den es gibt. Vielleicht auf ganz Enwor.«

»Er haßt mich«, sagte Skar. Er blickte weder Ennart noch Ian an, aber er sah aus den Augenwinkeln, wie der Zauberpriester bei seinen Worten zusammenfuhr und Ennart rasch und besänftigend die Hand hob.

»Du hast seinen Bruder getötet.«

Jetzt sah Skar doch auf. Ians Augen waren wie schwarze Flammen, die ihn verbrennen wollten. Der Gedanke, diesem Mann sein Leben anzuvertrauen, war schlichtweg absurd. »Brol war dein Bruder?«

»Er ist unter meinen Händen verblutet«, sagte Ian.

»Das tut mir leid.«

»So?« Ian machte ein abfälliges Geräusch. »Das braucht es nicht. Und du brauchst auch keine Angst zu haben, daß ich mich an dir räche. Nicht jetzt.«

Ennart unterbrach ihre Unterhaltung, ehe sie vollends zum Streit geraten konnte, indem er Skar abermals mit einer Geste aufforderte, den Raum zu verlassen. Skar gehorchte, wenn auch erst nach kurzem Zögern. Er fürchtete Ian nicht, aber er war sich darüber im klaren, daß seine letzten beiden Worte ein Versprechen gewesen waren, das er irgendwann einmal einlösen würde. Und er war ein Feind, den er nicht unterschätzen durfte.

Sie verließen den Raum. Ennart begleitete sie ein Stück weit den Korridor hinab, dann trat er in eine jener sonderbaren beweglichen Kammern, und Skar ging allein mit Titch weiter. Auch der Quorrl wollte sich umwenden und ihn allein lassen, als er sein Quartier erreicht hatte, aber Skar rief ihn noch einmal zurück.

»Hast du alles gehört?« fragte er.

Titch nickte. Sein Gesicht war wie eine Maske ohne Leben. Er sah Skar nicht an. »Ich war dabei.«

Skar machte eine unwillige Handbewegung. »Das meine ich nicht. Ich rede von unserem Gespräch hier. Du hast gehört, was Ennart gesagt hat?«

Skar wußte, daß es so war. Der Quorrl hatte draußen auf dem Gang gewartet, aber die Tür war offen gewesen, und sie hatten nicht leise gesprochen. Er mußte jedes Wort verstanden haben. Trotzdem vergingen Sekunden, ehe er nickte.

»Es hat wohl nicht viel Sinn, wenn ich dich frage, auf welcher Seite du stehst«, vermutete Skar.

Er hatte kaum damit gerechnet, daß Titch überhaupt antworten würde, aber er tat es, mit leiser, bitterer Stimme, in der Qual und unendliche Verzweiflung mitschwangen. »Sie sind unsere Götter, Skar.«

»Götter?« Skar lachte leise. »Wenn du alles verstanden hast, dann hast du doch auch gehört, was er über euch denkt. *Tiere.* Mehr seid ihr nicht für ihn.«

»Wie für euch?«

»Unsinn«, widersprach Skar. »Du bist –«

»Ich rede nicht davon, was *ich* bin«, unterbrach ihn Titch. »Vielleicht machst du es dir zu einfach. Du redest von mir, und du redest von den Quorrl, aber du meinst nicht dasselbe.«

»Du bist längst kein Quorrl mehr, Titch«, sagte Skar. »Du . . .«

»Doch, das bin ich!« Titch schrie plötzlich. »Ich war es immer, und ich werde es immer sein, Satai! Du machst es dir leicht. Du machst mich zum Menschen, damit du nicht zugeben mußt, daß wir nicht die primitiven Bestien sind, als die ihr uns so gerne bezeichnet. Für dich bin ich kein Quorrl, das stimmt. Aber nur, damit du die Wahrheit nicht eingestehen mußt.«

Skar starrte ihn an. Er war . . . erschüttert. Er begriff plötzlich, daß Titch mit jedem Wort recht hatte.

»Vielleicht ist es so, wie Ennart gesagt hat«, fuhr Titch fort. »Ja, wir sind Tiere! Dinge, die man benutzen kann, wie man will. Und? Sie haben uns erschaffen, Skar!«

»Aber das gibt ihnen nicht das Recht –«

»Es gibt ihnen jedes Recht«, fauchte Titch. »Sie sind unsere *Schöpfer*, begreifst du das nicht? Unsere *Götter!* Habt ihr *Götter*, Satai?«

»Natürlich«, antwortete Skar automatisch.

»Nein«, widersprach Titch. »Das habt ihr nicht. Ihr glaubt, sie zu haben. Ihr blickt in den Himmel und bevölkert ihn mit Wesen, die eurer Einbildung entspringen. Ihr habt euch eure Götter *erdacht*, Mensch. *Unsere* Götter sind wirklich. Ennart ist einer von ihnen.«

»Aber er ist wahnsinnig!« sagte Skar. »Er wird Enwor vernichten!«

»Er wird die Welt vernichten, die ihr erschaffen habt, ja«, antwortete Titch ungerührt. »Er hat das Recht dazu. Sie gehört ihm.«

»Das Recht? Das Recht, unsere beiden Völker auszulöschen?«

»Wenn er will, ja«, sagte Titch hart. »Aber er wird es nicht tun. Warum sollte er? Um über eine Welt der Toten zu herrschen?

Über einen leeren Planeten? Du hast mich gefragt, ob ich zugehört habe, und das habe ich. Ich habe gehört, und ich habe verstanden. Jedes Wort, Skar. Die Zukunft gehört uns. Eure Zeit ist abgelaufen, auch wenn du es nicht wahrhaben willst. Vielleicht waren wir Tiere, und vielleicht sind wir es noch. Aber irgendwann einmal werden wir es sein, die das Schicksal dieser Welt bestimmen.«

Skar sagte nichts mehr. Aber er glaubte plötzlich noch einmal Trashs letzte Worte zu hören, so deutlich, als stünde der Quorrl hinter ihm und wiederholte sie. *Sie sind wieder da!*

Aber das war nicht alles, was er gesagt hatte. Er hatte noch etwas hinzugefügt, etwas, das er auch Titch nicht gesagt hatte, vielleicht nie mehr sagen würde, denn er spürte, daß es bereits zu spät dazu war. *Sie sind wieder da, Satai. Und sie werden uns alle töten, erst uns und dann euch.*

Sie hatten sich gefragt, wo die Drachen waren, die diesem Tal seinen Namen und dem ganzen östlichen Teil dieses Kontinents seinen Ruf verliehen hatten. Jetzt sah er sie: nördlich des Turmes, vielleicht hundert Fuß tief, eine Meile breit und sich in schwer zu schätzender Entfernung zu einem unregelmäßigen Oval verbreiternd, erstreckte sich eine offensichtlich künstlich angelegte Felsenschlucht, und da waren sie. Hunderte. Hunderte und Hunderte und Hunderte der riesigen geschuppten Bestien, eingepfercht in einer Koppel. Manchmal, vor allem nachts und wenn der Wind günstig stand, konnte Skar sie hören: ein dumpfes, unruhiges Grollen und Knurren, das niemals ganz aufhörte, manchmal aber fast so etwas wie eine Melodie zu bilden schien, wie ein fremder, schwermütiger Rhythmus, den er mit seinen groben menschlichen Sinnen nicht zu erfassen vermochte, der aber auch in ihm eine Saite zum Klingen brachte.

Skar stand oft hier oben und sah zu den Drachen hinab. Abgesehen vom Flüstern des Windes, der sich an den stählernen Flanken des Turmes brach, war ihr Grollen der einzige Laut, der in sein Gefängnis drang. Obgleich der Turm gar kein Turm war, sondern ein gewaltiges Geviert aus schwarzen stählernen Wänden, hatte Skar für sich beschlossen, ihn weiter als *Turm* zu sehen; obgleich dieser Turm also von Menschen und Quorrl (und auch einigen anderen Lebewesen, die er nie zuvor zu Gesicht bekommen hatte) schier überzuquellen schien, war es hier oben absolut still. Hatte er noch während seines Gespräches mit Ennart geglaubt, es wären einfach die Fenster aus unsichtbarem Glas, die jedes Geräusch verschluckten, so hatte er bald danach begriffen, daß es mehr war. Ein weiteres Wunder dieses Turmes, das von der ungeheuren Macht seiner Erbauer kündete.

Zwei Tage waren seit dem ersten und bis zum Moment auch einzigen Gespräch mit Ennart verstrichen, und der dritte neigte sich seinem Ende entgegen. Er hatte den Ssirhaa nicht wiedergesehen, so wenig wie Titch, und er hatte den allergrößten Teil dieser Zeit hier draußen verbracht, auf einem kleinen, von einem nur hüfthohen schmiedeeisernen Gitter umschlossenen Balkon vor einem der drei Fenster. Obwohl es hier draußen merklich kühler als in seinem Quartier war, ging er fast nur hinein, wenn er es mußte. Drinnen hatte er das Gefühl, nicht mehr richtig atmen zu können. Hier draußen ...

Nun, hier konnte er sich wenigstens einreden, frei zu sein. Und in gewissem Sinne war er es auch. Jenseits des Balkongitters war nichts mehr, nur fünfhundert Fuß Tiefe und ein sekundenlanger, rasend schneller Fall, dem die Erlösung folgen würde, wenn er das wollte. Manchmal fragte er sich, ob Ennart ihm diesen Ausweg absichtlich offengelassen hatte, und wenn ja, warum: ob aus Grausamkeit oder Achtung.

Dabei war er keineswegs in seinem Zimmer eingesperrt. Er war ein Gefangener, aber er wurde behandelt wie ein Fürst. Vor der Tür seines Zimmers – die kein Schloß hatte! – standen Tag und Nacht zwei Männer, die ihm jeden Wunsch erfüllten. Wenn er um etwas bat und es nicht bekam, dann höchstens, weil es in der Stahlfestung nicht existierte. Der einzige Wunsch, den Ian ihm abgeschlagen hatte, war der nach einem Pferd und achtundvierzig Stunden Vorsprung gewesen. Im Turm durfte er sich frei bewegen, so lange und wohin er wollte. Aber es war eine Freiheit, die an den schwarzen Stahlwänden des Turmes endete, denn anders als bei Ennart oder Titch glitten sie nicht von selbst auseinander, wenn er sich einer der verborgenen Türen näherte. Ein paarmal war er zu Kiina gegangen, aber ihr Anblick hatte ihn jedesmal aufs Neue erschreckt, obwohl Ian die Wahrheit gesagt zu haben schien: ihr Zustand besserte sich sichtlich. Ihr Gesicht war noch immer von Krankheit und Siechtum gezeichnet, aber es war keine Totenfratze mehr, die ihm entgegengrinste, wenn er sich über ihr Lager beugte. Was ihn viel mehr erschreckte war, was sie mit ihr taten, denn er verstand es nicht. Und der Gedanke daran, daß nach Kiina auch er auf diesem Bett liegen sollte, gefangen im Netz einer stählernen Spinne, die sein Blut trank.

Aber sein eigenes Schicksal war nicht der Grund für seine Sorge. Skar hatte längst mit dem Leben abgeschlossen, und irgendwoher nahm er die zwar unbegründete, aber unerschütterliche Gewißheit, daß dieser Kampf so oder so mit seinem Tod enden würde. Was ihn beschäftigte, war vielmehr das, was außerhalb dieses Tales geschah. Wenn die Rechnung stimmte, die er für sich angestellt hatte, dann stand Del mit seinem Heer jetzt am Besh, noch zweihundert Meilen und mithin mindestens fünf Tagesmärsche von Ikne entfernt. Aber vielleicht war auch schon alles zu spät; die Schlacht, die er mit allen Mitteln hatte verhindern wollen, längst entschieden. Del mochte schneller vorangekommen sein, als sie angenommen hatten. Das Wetter mochte ihn begünstigt haben, der Widerstand geringer gewesen sein als erwartet ... es gab tausend Wenn und Aber, die zwischen einem Plan und seiner Ausführung lagen. Er hatte Ian auch danach gefragt, aber der Zauberpriester hatte nur mit den Schultern gezuckt, und die Männer vor der Tür wechselten fast täglich und schienen wirklich nicht zu wissen, was außerhalb dieses Tales vorging. Manchmal glaubte er zu spüren, daß es schon zu spät war. Vielleicht war es schon zu spät gewesen, als es begonnen hatte.

Der Wind trug den zornigen Schrei eines Drachen heran, und Skar schrak abrupt aus seinen Gedanken. Einer der grauen Schatten bewegte sich auf den Ausgang der Schlucht zu. Skar wußte, daß er ihn nicht erreichen würde. Das Tal lief in einer geröllübersäten Böschung aus, die selbst für einen der großen Drachen zu ersteigen war, aber keines der Tiere tat es. Skar hatte mehrmals beobachtet, wie einer der Drachen aus seinem Gefängnis auszubrechen versuchte, und jeder Anlauf hatte gleich geendet. Auch dieses Tier stürmte wütend los, aber schon nach wenigen Dutzend Schritten erlahmten seine Bewegungen wieder, wurden langsamer, verloren ihre zornige Kraft und wurden schließlich zu einem fast unschlüssig wirkenden Schlendern. Ehe der Drache noch die Hälfte der Böschung erstiegen hatte, blieb er ganz stehen. Der Kopf auf dem langen schlangenartigen Hals bewegte sich verwirrt hin und her, und schließlich machte die Riesenechse kehrt und trottete zu ihren Artgenossen zurück. Anfangs hatte Skar geglaubt, daß es dort unten so etwas wie eine unsichtbare Mauer geben müsse, aber je länger er das Verhalten der Tiere beobachtete, desto mehr gelangte er zu der Überzeugung, daß es etwas anderes war. Vor dem Ausgang der Felsenschlucht *war* etwas, aber es war kein faßbarer Widerstand. Die Tiere benahmen sich, als lösche etwas ihren Willen aus, das Tal überhaupt zu verlassen.

Skar hatte dieser Beobachtung anfangs kaum Bedeutung zugemessen. Sie war nichts gegen all die anderen Wunder, die er in den letzten beiden Tagen erlebt hatte. Aber je länger er die Drachen beobachtete, desto wichtiger erschienen sie ihm. Es mußte einen Grund dafür gegeben haben, daß sie die Drachen zusammengetrieben und in dieses Tal gesperrt hatten. Sie hatten bewiesen, daß sie in der Lage waren, das geistige Band zwischen Drachen und *Errish* zu unterbrechen und selbst diese gigantischen Tiere unter ihren Willen zu zwingen. Wenn sie es nicht taten, sondern den Großteil der Drachen einsperrten, dann bedeutete das, daß auch ihrer Macht Grenzen gesetzt waren. Und dieser Gedanke beruhigte Skar.

Er glaubte nicht, daß ihm dies in irgendeiner Form helfen würde. Er hatte verloren, endgültig und total. Selbst die Stimme seines Dunklen Bruders schwieg. Der *Daij-Djan*, so schien es, war fort, ebenso ausgesperrt wie das Flüstern in seinen Träumen, das ihn fast in den Wahnsinn getrieben hatte. Der Turm mochte die Quelle des bösen Flüsterns sein, aber er schien seine Bewohner auch gleichzeitig davor zu schützen.

Er wollte sich schon umdrehen und auf sein Zimmer zurückgehen, als ihm eine Bewegung über dem nördlichen Rand des Tales auffiel; ein rasches Flattern hoch oben in der Luft, das nach Augenblicken zu einem Schatten wurde, der sich nach wenigen weiteren Sekunden wieder teilte, bis Skar einen Trupp von insgesamt sechs Daktylen erkennen konnte, die sich in direkter Linie und sehr schnellem Flug auf den Turm zubewegten. Anschi und ihre Mädchen, die von ihrer täglichen Patrouille zurückkehrten. Skar hatte sie gestern beobachtet, und den Tag zuvor. Sie flogen immer zur gleichen Zeit fort und kehrten erst spät am Nachmittag zurück. Er fragte sich, was sie suchten, jetzt, wo Titch und er in der Gewalt der Zauberpriester waren.

Die Daktylen kamen rasch näher, und Skar konnte jetzt die schlanken, in bestickte schwarze Mäntel gehüllten Gestalten auf ihren Rücken erkennen. Reglos blieb er auf dem kleinen Balkon stehen, bis die riesigen Flugechsen in kleiner werdenden Spiralen in den Hof der Festung hinabtauchten und damit aus seinem Blickwinkel verschwanden, dann drehte er sich um und ging in sein Zimmer zurück. Er merkte erst jetzt, wie kalt es draußen gewesen war, und auf seinen nackten Oberarmen erschien nachträglich eine Gänsehaut, obgleich hier drinnen eine behagliche Temperatur herrschte. Ein weiteres Wunder dieses Alptraumturmes: ganz gleich, wie kalt es draußen war, es war immer warm hier drinnen, obwohl nirgendwo ein Feuer brannte. Es war auch immer hell, obwohl es keine Fackeln oder sonstige Lichtquellen gab. Die Luft selbst schien in einem milden, gelben Licht zu strahlen.

Etwas geschah.

Skar konnte nicht sagen, was. Er sah nichts, hörte nichts, fühlte nichts ... und doch: für den Bruchteil einer Sekunde glaubte er, eine Erschütterung zu spüren, etwas wie ein Wanken des Bodens unter seinen Füßen, ohne daß er sich auch nur um den Bruchteil eines Millimeters bewegte. Es war wie ... ein Beben, nicht der Dinge, sondern der Realität. Als wären zwei Welten aufeinandergeprallt, hätten sich für einen unendlich kurzen Moment berührt und glitten nun wieder auseinander.

Skar taumelte. Für die Dauer eines Atemzuges wurde ihm schwindlig, und plötzlich war es ihm, als würde ein unsichtbarer Schleier von seinen Gedanken gehoben, eine erstickende Decke, die die ganze Zeit über dagewesen war, ohne daß er sie auch nur bemerkt hatte.

Verwirrt hob er die Hände ans Gesicht, fuhr sich über die Augen und sah sich um. Nichts hatte sich verändert. Der Raum war so kalt und unwohnlich wie immer, jeder Gegenstand an seinem Platz, und doch ...

Es war, als sähe er ihn das erste Mal.

Das erste Mal so, wie er wirklich war.

Draußen auf dem Gang polterte etwas, und aus dem Hof klang das schrille, unwillige Kreischen einer Daktyle herauf. Skar hörte eine Stimme, ohne die Worte zu verstehen, die sie sagte. Er wollte sich zur Tür wenden, hielt dann aber mitten in der Bewegung inne, als die Stimme ein zweites Mal und näher erscholl.

Und plötzlich wußte er.

Von einer Sekunde auf die andere sah er alles ganz deutlich vor sich, so klar und logisch, daß er eine weitere Sekunde damit verschwendete, sich verblüfft zu fragen, wieso er nicht schon vor Wochen darauf gekommen war. Plötzlich wußte er, wer Ennart wirklich war, was er wirklich wollte und warum. Alles war ganz klar und logisch, alle Widersprüche mit einem Male erklärt, alle offenen Fragen beantwortet; einschließlich der, wieso es so lange gedauert hatte, bis er endlich begriff.

Etwas hatte ihn am Denken gehindert. Die gleiche Macht, die die Seelen jeder denkenden Kreatur Enwors vergiftete, hatte auch sein Bewußtsein getrübt. Nicht so sehr, daß es ihm aufgefallen wäre, sondern behutsam, wie ein schleichendes, heimtückisches Gift, das seine Gedanken immer nur dann unterbrach, wenn sie sich in eine ganz bestimmte Richtung bewegten ...

Del! dachte Skar entsetzt. Großer Gott! Del und das gesamte Heer würden ...

Der Gedanke entglitt ihm. Etwas wie ein unsichtbarer, stählerner Besen schien durch seinen Schädel zu fahren und sein Bewußtsein umzustülpen. Plötzlich war wieder nichts als Chaos in seinen Gedanken, alle Teile des Mosaiks noch immer da, aber wieder in heilloser Unordnung. Das Bild, das er für den Bruchteil einer Sekunde in aller Deutlichkeit gesehen hatte, zerbarst wie eine Glasscheibe in Millionen Teile, und dann glaubte er zum zweiten Mal etwas wie ein Erdbeben der Schöpfung selbst zu fühlen. Der Schleier war wieder da. Skar konnte fühlen, wie sich ein ganz bestimmter Aspekt seines Bewußtseins trübte, ohne daß er in der Lage war, etwas dagegen zu tun. Was immer geschehen war, sie hatten es rückgängig gemacht, kaum daß sie ihren Fehler bemerkt hatten.

Verwirrt sah er sich um. Es war wieder still. Aber die Betonung lag auf dem Wort wieder. Er hatte den Schrei der Daktyle nicht vergessen. Auch das magische Schweigen des Turmes war fort gewesen, so wie das unsichtbare Spinnennetz in seinem Kopf, das ihn am Denken hinderte. Für Augenblicke, da war er sicher, hatte die gesamte ungeheuerliche Maschinerie dieses Turmes versagt. Und diese Erkenntnis war ungeheuer wichtig. Er hielt sie fest wie einen Schatz. Mit einem Ruck drehte er sich um und eilte zur Tür.

Im nächsten Moment taumelte er zwei Schritte zurück und sank mit einem Schmerzlaut auf die Knie, denn die Tür wurde so hart aufgestoßen, daß sie ihm vermutlich alle Knochen im Leib zerschmettert hätte, hätte sie ihn voll getroffen und nicht nur gestreift. Unter der Öffnung erschien eine taumelnde Gestalt: einer der beiden Männer, die draußen bereitgestanden hatten, um seine Wünsche zu erfüllen. Sein Gesicht war eine Grimasse der Qual, und sein Mund hatte sich zu einem Schrei geöffnet, ohne daß auch nur der geringste Laut über seine Lippen kam. Sein Wams war rot. Etwas hatte seine Kehle zerfetzt.

Skar fand kaum Zeit, seinen Schrecken zu überwinden, denn hinter dem Sterbenden wuchs plötzlich eine riesenhafte, breitschultrige Gestalt mit einem Gesicht aus Schuppen und Panzerplatten in die Höhe. Von ihrer rechten Hand tropfte Blut.

Skar ließ sich einfach zur Seite fallen, als der Quorrl mit einem Wutschrei auf ihn losstürmte, wobei er den sterbenden Zauberpriester einfach beiseite schleuderte. Er entging dem Fausthieb des Giganten nur um Haaresbreite, rollte sich blitzschnell zur Seite und versuchte auf die Füße zu kommen, aber er hatte die Schnelligkeit seines Gegners unterschätzt. Der Quorrl tobte vor Zorn, aber es war nicht jene Art von Zorn, die ihn blind gemacht hätte. Noch ehe Skar sich halb erhoben hatte, war er heran, packte ihn und schleuderte ihn quer durch den Raum. Skar prallte mit furchtbarer Wucht gegen die Wand neben dem Balkon, sank halb benommen zu Boden und kämpfte mit aller Macht gegen die Bewußtlosigkeit an, die seine Gedanken zu verschlingen drohte. Er hörte die Schritte des Quorrl und sah den Giganten als verzerrten Schatten auf sich zustampfen. Er wollte die Fäuste heben, um sich wenigstens zu wehren, aber seine Arme schienen plötzlich Zentner zu wiegen. Der Angriff war so vollkommen überraschend gekommen, daß er nicht die Spur einer Chance gehabt hatte.

Draußen auf dem Gang erscholl ein gellender Schrei. Waffen klirrten, und eine weitere schuppengepanzerte Gestalt erschien unter der Tür.

Wahrscheinlich war es das Auftauchen dieses zweiten Quorrl, das Skar das Leben rettete, denn der Reptilienkrieger rief seinem Kameraden etwas zu, woraufhin dieser mitten in der Bewegung innehielt und sich zu ihm herumdrehte, um ihm zu antworten. Und so kurz diese Frist war, sie reichte.

Es war, als rastete irgendwo tief in Skar etwas mit einem spürbaren Ruck ein, und plötzlich war die Kraft da, die er all die Zeit über so schmerzlich vermißt hatte. Die unsichtbaren Tonnengewichte an seinen Gliedern waren fort, der grausame Schmerz in seinem Rücken erlosch, nicht abgeschaltet, aber in einem Winkel seiner Wahrnehmungen zurückgedrängt, in dem er ihn nicht mehr behinderte. Von einer Sekunde auf die andere war Skar nur noch Satai.

Mit einem Ruck stemmte er sich in die Höhe und hob die Hände; die linke zur Faust geballt und gegen die Hüfte gepreßt, die andere lose und halb geöffnet vor der Brust kreisend. Jeder Muskel in seinem Körper war bis zum Zerreißen angespannt.

Der Quorrl registrierte die Bewegung und griff übergangslos wieder an, aber Skar reagierte plötzlich mit einer Schnelligkeit, die er nicht erwartet hatte. Der Quorrl schlug nach seinem Gesicht, aber Skar drehte blitzschnell den Kopf zur Seite, so daß seine Faust gegen die Wand krachte. Der Quorrl schrie vor Schmerz, und Skar gewann einen weiteren, kostbaren Sekundenbruchteil. Seine Handkante traf den Kehlkopf des Quorrl mit aller Macht; ein Hieb, der einen Menschen auf der Stelle getötet hätte und selbst diesen Giganten aufstöhnen ließ.

Er beging nicht den Fehler, den Quorrl wirklich angreifen zu wollen. Der Schuppenkrieger wog mindestens doppelt so viel wie er und bestand nur aus Muskeln und stahlharten Panzerplatten. Selbst wenn Skar bewaffnet gewesen wäre, wäre der Ausgang dieses Kampfes höchst ungewiß gewesen. Aber er hatte seinen Gegner erschüttert und damit die winzige Frist gewonnen, die er brauchte. Skar tauchte blitzschnell unter den Armen des

Quorrl hindurch, brachte zwei, drei Schritte Distanz zwischen sich und seinen riesenhaften Gegner und fuhr herum.

Der Quorrl stand noch immer neben dem Fenster und preßte seine Hand gegen die Kehle. Er atmete röchelnd. Blut lief über seine Schuppenhaut. Seine Hand mußte gebrochen sein, und das Atmen bereitete ihm sichtliche Mühe. Der zweite Quorrl war unter der Tür stehengeblieben und rührte sich nicht, nur sein Blick folgte mißtrauisch jeder Bewegung Skars. Wenn sie ihn gemeinsam angriffen, dachte er, dann war er verloren.

Aber das geschah nicht. Nach einer Sekunde drehte sich der zweite Quorrl wortlos herum und verschwand wieder auf dem Gang, offensichtlich vollkommen davon überzeugt, daß sein Kamerad allein mit Skar fertig werden würde.

Skar teilte diese Überzeugung sogar. Er hatte mehr als einmal gegen Quorrl gekämpft, und er hatte mehr als einen von ihnen getötet, aber da war er bewaffnet gewesen oder hatte zumindest *Platz* gehabt, um den einzigen Vorteil auszuspielen, den ein Mensch einem Quorrl gegenüber hatte: seine Schnelligkeit. Jetzt hatte er nichts als seine leeren Hände und ein Zimmer, das zwar groß war, aber nicht groß genug, um seinem Gegner davonzulaufen. Und selbst wenn es ihm gelang: draußen auf dem Gang wartete mindestens ein weiterer Quorrl auf ihn; dem Lärm nach zu schließen, den er hörte, sogar mehrere.

Skar hatte keine Angst. Dazu war er viel zu angespannt, sowohl körperlich als auch geistig. Sein Blick glitt über die riesige Gestalt des Quorrl, suchte nach einer Blöße, einem noch so winzigen Anzeichen von Schwäche oder Unaufmerksamkeit und fand keines. »Was soll das?« fragte er, nur um Zeit zu gewinnen. »Wieso greift ihr mich an? Ich gehöre zu euch!«

Der Quorrl antwortete nicht. Skar bezweifelte sogar, daß er seine Worte überhaupt verstanden hatte; vielleicht nicht einmal gehört. Der Quorrl war ... nicht normal, dachte Skar alarmiert. Nicht im Sinne von verrückt, sondern ... verändert. Was ihm gegenüberstand, war kein denkendes Wesen mehr. Die Wildheit in den Augen des Quorrl war die einer reißenden Bestie. Der Quorrl schien nur noch aus Haß zu bestehen. Sie sind Tiere, hatte Ennart gesagt.

Mit wiegenden, vorsichtigen Schritten kam der Quorrl näher. Er bewegte sich langsam, aber jeder Muskel in seinem gewaltigen Körper war angespannt, und seine Augen waren trotz der lodernden Mordlust darin hellwach und erschreckend klar. Seine Hände – sowohl die gesunde als auch die gebrochene – waren zu Krallen geöffnet und vor die Brust erhoben; die Beine des Quorrl waren gespreizt und leicht eingeknickt. Er hob die Füße kaum vom Boden, sondern schlitterte mehr auf Skar zu, als er ging. Reißende Bestie oder nicht: Skar begriff, daß der Quorrl die Kampftechnik, deren Verteidigungshaltung er eingenommen hatte, sehr wohl kannte und wahrscheinlich auch darauf zu reagieren wußte. Bedrückt dachte er an einen seiner Lieblingssätze zurück, die er Del immer und immer wieder eingebleut hatte: Wenn zwei Männer die gleiche Art zu kämpfen beherrschen und gleich gut sind, dann gewinnt am Schluß einfach der, der stärker ist oder die größere Ausdauer hat. Und er war nicht einmal sicher, ob dieser Quorrl wußte, was das Wort Erschöpfung bedeutete...

Hastig wich er zwei, drei Schritte vor dem graugrünen Giganten zurück, prallte mit dem Rücken gegen die Wand und sah sich gehetzt um. Er saß in der Falle. Der Quorrl hatte ihn in eine Ecke des Zimmers getrieben, aus der es kein Entkommen mehr gab. Wenn er nach rechts auswich, würde er direkt in die tödlichen Klauen des Riesen laufen, und in der anderen Richtung war nur das Fenster und der kleine Balkon, der...

Skar faßte keinen bewußten Plan, aber sein Unterbewußtsein wußte plötzlich ganz genau, was zu tun war, und es übernahm kurzerhand die Kontrolle über seine Handlungen. Er bewegte sich blitzschnell, und auf eine Art, die jeden Gegner überrascht hätte: ein angedeuteter Schritt nach links, den der Quorrl als Trick durchschaute und auch durchschauen sollte, eine blitzschnelle Bewegung nach rechts und eine blitzschnelle Drehung, die ihn mitten aus der Bewegung heraus abermals nach links und aus der Reichweite der fürchterlichen Krallen seines Gegners brachte.

Der Quorrl brüllte vor Zorn, als seine Hände ins Leere griffen, und kämpfte für eine halbe Sekunde um sein Gleichgewicht. Skar war mit einem Satz bei der Tür, stürmte auf den Balkon hinaus und warf sich zur Seite. Seine weit ausgestreckten Hände packten das dünne Ziergitter, während sein Körper einen grotesken Dreiviertel-Salto in der Luft schlug und dann mit entsetzlicher Wucht gegen die Außenwand des Turmes prallte. Seine linke Hand glitt von dem dünnen Metall ab. Für einen schrecklichen Moment hing er nur an einer Hand über dem Abgrund, dann fanden seine Finger wieder Halt und drohten ein zweites Mal abzugleiten, als der gesamte Turm unter der Wucht zu erzittern schien, mit der der Quorrl gegen die Balkonbrüstung prallte. Der Quorrl brüllte vor Schrecken und Schmerz, wurde vom Schwung seines eigenen ungestümen Ansturmes weitergerissen und kippte mit hilflos rudernden Armen nach vorne. Er schrie. Seine Hände griffen verzweifelt um sich, bekamen für einen Sekundenbruchteil das Metallgitter zu fassen und glitten wieder ab. Mit einem gellenden Schrei stürzte der Quorrl an Skar vorbei in die Tiefe.

Auch Skar kämpfte verzweifelt um seinen Halt. Seine Schultern schmerzten unerträglich, und der furchtbare Ruck, mit dem er seinen Sturz abgefangen hatte, hatte etwas in seinem Rücken verzerrt; er konnte den rechten Arm nur unter Schmerzen bewegen. Seine Fußspitzen glitten scharrend über die glatte Außenwand des Turmes und suchten nach Halt, ohne ihn zu finden. Der Abgrund schien an seinen Beinen zu zerren wie mit unsichtbaren Schlangenarmen. Der Druck auf seine Schultern wurde unerträglich. Noch ein paar Sekunden, und er würde dem Quorrl auf seinem Weg in die Tiefe Gesellschaft leisten.

Mit zusammengebissenen Zähnen arbeitete Skar sich Hand über Hand in die Höhe, zog in einer letzten, verzweifelten Kraftanstrengung die Knie an den Körper und versuchte den Fuß über die Balkonbrüstung zu schwingen.

Seine Kraft reichte nicht. Sein Fuß glitt ab, und Skar kämpfte ein zweites Mal mit verzweifelter Anstrengung darum, nicht vom eigenen Körpergewicht in die Tiefe gerissen zu werden. Der Schmerz in seinem Rücken wurde stärker. Er mußte ernsthaft verletzt sein. Es gelang ihm nicht länger, das Stechen und Wühlen zu ignorieren, und er spürte voller Entsetzen, wie es langsam in eine betäubende Schwere überging, die seine Schulter lähmte, dann seinen Oberarm.

Als die Lähmung seine Hand erreichte und seine Finger endgültig abzurutschen drohten, packte eine gewaltige Kralle nach seinem Arm. Skar wurde brutal nach oben gerissen. Seine Brust schrammte schmerzhaft über das Balkongitter, und dann legte sich eine zweite, entsetzlich starke Hand um seine Kehle und drückte zu. Das schuppige Gesicht des Quorrl starrte ihn an, die Lippen zu einem tödlichen Raubtiergrinsen gebleckt. Der Druck auf Skars Hals wurde unerträglich. Noch eine Sekunde, und der Quorrl würde ihm einfach den Kehlkopf zerquetschen.

Und in diesem Augenblick erkannte Skar den Quorrl.

»Titch!« keuchte er ungläubig.

Er wußte nicht, woher er den Atem nahm, dieses Wort zu flüstern, aber es gelang ihm, und Titch hörte es. Für eine winzige, endlose Sekunde erstarrte der Quorrl. Der Druck seiner Hand ließ nicht nach, aber er steigerte sich auch nicht noch mehr. Titch stand einfach reglos da, wie gelähmt, Skar an einem Arm und dem Hals gepackt haltend wie ein Spielzeug.

Skar wehrte sich verzweifelt mit dem bißchen Kraft, das er noch hatte. Er versuchte nach dem Quorrl zu treten, traf aber nur das eiserne Gitter, das sich noch immer zwischen ihm und Titch befand. Seine freie Hand schlug nach Titchs Gesicht, aber in seinen Hieben war keine Gewalt mehr, und Titchs Augen befanden sich nicht in Reichweite seiner tastenden Finger.

Titch stöhnte; ein tiefer, grollender Laut, der nicht aus seiner Kehle kam, sondern tief aus seiner Brust. In die flackernde

Mordlust in seinem Blick mischte sich Entsetzen; Schmerz, der weit über körperliche Pein hinausging. Er wankte, riß Skar mit einem jähen Ruck noch weiter in die Höhe und ließ ihn unvermittelt los.

Skar stürzte schwer auf den metallenen Boden des Balkons und blieb liegen. Sein Herz raste. Titchs Hand schien noch immer an seinem Hals zu sein. Er konnte nicht atmen, und in seinen Lungen war ein stacheliger Ball aus Feuer, der ihn vor Schmerz hätte aufschreien lassen, hätte er die Luft dazu gehabt. Mit letzter Kraft wälzte er sich auf den Rücken und konzentrierte all seinen Willen darauf, zu atmen, eine simple Tätigkeit, die plötzlich unendlich schwer geworden war.

Es gelang ihm. Flüssiges Feuer rann seine Kehle hinab und verbündete sich mit dem Schmerz in seinen Lungen, aber plötzlich bekam er wieder Luft. Tränen des Schmerzes in den Augen, richtete Skar sich auf, schlug beide Hände gegen den Hals und atmete keuchend und so schnell, daß ihm schwindlig wurde. In seinem Kopf drehte sich alles. Schwäche überflutete ihn wie eine warme, schmeichelnde Woge. Aber er durfte der Verlockung nicht nachgeben. Wenn er die Augen schloß und sich gestattete, das Bewußtsein zu verlieren, würde er nie wieder erwachen. Mit aller Macht zwang sich Skar, den Kopf zu heben.

Als er die Augen öffnete, stand Titch über ihm, breitbeinig, noch immer halb gelähmt vor Schrecken und Entsetzen, aber in veränderter Haltung: seine rechte Hand war zur Faust geballt und zum tödlichen Schlag erhoben. Seine Augen waren weit. »Du!« flüsterte er. »DU!«

Der Klang dieses einzelnen Wortes ließ Skar erschauern, denn es lag ein Haß darin, wie er ihn niemals zuvor in der Stimme eines lebenden Wesens gehört hatte.

»Titch!« würgte Skar hervor. »Ich bin es! Skar! Titch!«

Titchs Blick flackerte. Sein Mund öffnete sich zu einem hellen, fast winselnden Stöhnen – und plötzlich fuhr er herum, schrie wie unter unerträglichem Schmerz auf und schlug die Faust mit aller Gewalt gegen die Wand. Seine Knöchel platzten auf. Blut lief über seine Hand und besudelte Titchs Lippen, als er zurücktaumelte und die Faust gegen den Mund preßte.

Skar versuchte auf die Beine zu kommen, aber seine Beine knickten einfach unter ihm weg. Mühsam kroch er auf den Quorrl zu, hob den Arm und versuchte nach ihm zu greifen, aber Titch wich mit einem neuerlichen Schrei vor ihm zurück, preßte sich gegen die Wand und begann zu wimmern.

»Nein!« stöhnte er. »Geh ... weg, Skar. Flieh! Flieh, oder ich muß dich töten!«

»Das wirst du ... nicht tun«, krächzte Skar. Er wollte den Quorrl anschreien, aber er konnte es nicht: sein Hals war ein einziger, pulsierender Schmerz. Alles, was er zustande brachte, war ein heiseres Flüstern. »Kämpfe dagegen. Du kannst es, Titch. Es ist dasselbe, was ... sie mit mir getan haben, und allen anderen. Aber jetzt trifft es euch. Es ist ... nicht dein ... Wille.«

Der Quorrl schlug die Hände vor das Gesicht und begann zu schluchzen. Langsam sank er an der Wand entlang zu Boden und legte den Kopf auf die Knie. Seine Krallen fuhren mit scharrenden Geräuschen über den Stahl des Turmes.

»Geh, Skar«, keuchte er. »Ich will es nicht, aber etwas ... zwingt mich.«

»Kämpfe dagegen!« sagte Skar beschwörend. »Du kannst es. Es ist dieser verdammte Turm, Titch. Die gleiche Macht, die mich zwingen wollte, dich zu töten! Ich habe sie besiegt, und du kannst es auch!«

Der Quorrl krümmte sich wie unter Schlägen. Sein ganzer Körper bebte, und seine Augen schienen aus den Höhlen zu quellen, als er Skar ansah. Speichel quoll über seine Lippen und vermischte sich mit dem Blut auf seinem Kinn. Er sah nun wirklich aus wie ein Ungeheuer; ein Raubtier, das soeben sein Opfer gerissen hatte.

»Kämpfe dagegen an!« sagte Skar noch einmal. »Du kannst es. Wenn ich es gekonnt habe, dann kannst du es auch. *Titch!*«

Titch schrie wie unter Schmerzen, bäumte sich auf – und löschte Skars Bewußtsein mit einem einzigen, furchtbaren Fausthieb aus.

Es war alles vorbei, als er erwachte. Der Turm war wieder vom wispernden Pulsschlag seines metallenen Herzens erfüllt, und in seinem Kopf war wieder das graue Gespinst, das einen kleinen, aber ungemein wichtigen Teil seines Gedächtnisses verhüllte. Aber es gab einen Unterschied, und der war immens: er *wußte* jetzt, daß es da war. Er wußte, daß es Fragen gab und die dazu passenden Antworten, und daß er beides kannte. Das Wissen war da, verborgen, aber da. Irgendwie würde es ihm gelingen, es zutage zu fördern.

Skar öffnete behutsam die Augen und blinzelte in das grelle, schattenlose Licht des Turmes. Gestalten bewegten sich um ihn herum, redeten miteinander und taten etwas mit ihm. Sein Kopf tat ein wenig weh – nicht sehr, gerade genug, ihn daran zu erinnern, *warum* er das Bewußtsein verloren hatte – und in seinem Mund war der Geschmack von Blut. Vorsichtig versuchte er sich aufzusetzen und stellte zu seiner eigenen Überraschung fest, daß es leichter ging, als er erwartet hatte.

In seiner linken Armbeuge war ein dünner, stechender Schmerz. Skar sah an sich herab und gewahrte einen durchsichtigen, biegsamen Schlauch, der sich über seinen Arm ringelte und in einer dünnen Nadel endete, die in seiner Vene stak. Angewidert riß er beides ab und warf es zu Boden. Die Belohnung waren ein weitaus heftigerer, brennender Schmerz in seinem Arm und ein unwilliger Ausruf einer der Gestalten, die mit ihm im Zimmer waren. Skar sah auf und blickte in ein Gesicht, das er im ersten Moment für das Ians hielt, bis ihm auffiel, daß es älter war und die Augen darin nicht so voller Haß und Zorn wie die Ians.

»Was tust du da?« herrschte ihn der Zauberpriester an. »Wie zum Teufel sollen wir . . .«

»Laß ihn, Cal«, unterbrach ihn eine Stimme. »Es ist gut. Ich mache das schon.«

Obwohl er die Stimme erkannt hatte, war er ein wenig überrascht, Anschi zu sehen. Mit einem Lächeln trat sie neben den Zauberpriester und machte eine rasche, besänftigende Bewegung. »Bitte laß uns allein.«

Cal zögerte. Aus irgendeinem Grund schien er Respekt vor Anschi zu empfinden, aber zugleich maß er Skar mit einem Blick, der ihm klarmachte, daß er ihn für gefährlich hielt und daß ihm der Gedanke nicht gefiel, die *Errish* mit ihm allein zu lassen. Aber schließlich zuckte er nur mit den Schultern und verließ den Raum.

»Bleib sitzen«, sagte Anschi, als Skar sich erheben wollte. Sie drehte sich zu einem kleinen Tischchen um, nahm eine blitzende Schale aus Metall und einige saubere Tücher an sich und kam auf ihn zu. Mit einem schnellen, harten Griff nahm sie seine linke Hand, drehte sie so herum, daß sie seine Armbeuge sehen konnte, und runzelte mißbilligend die Stirn. Wo die dünne Nadel gesessen hatte, quoll ein einziger Blutstropfen aus Skars Haut. Es tat sehr weh.

Was Anschi anschließend mit ihm tat, auch. Sie tupfte das Blut von seinem Arm, träufelte einige Tropfen einer farblosen, durchdringend riechenden Flüssigkeit auf seine Haut, die im ersten Moment wohltuend kühlten, dann aber wie Säure brannten, und legte ihm abschließend einen dünnen Verband an, der es ihm fast unmöglich machte, den Arm zu krümmen. Dann stand sie auf, betastete mit geübten Bewegungen seinen Rücken und murmelte ein paar Worte, die er nicht verstand und die vermutlich auch nicht ihm galten. Ihre Berührung fachte den Schmerz in seinem Rücken zu neuer Wut an, statt ihn zu mildern, aber Skar ließ alles mit zusammengebissenen Zähnen und ohne einen Laut über sich ergehen. Sie hatte ihm schon einmal bewiesen, daß sie vielleicht nicht besonders zartfühlend, aber nichtsdestotrotz eine gute Heilerin war.

Als sie fertig war, trat sie einen Schritt zurück und begutachtete ihn mit schräggehaltenem Kopf. »Deine Quorrl-Freunde haben dich ganz schön zugerichtet«, sagte sie. »Hast du Schmerzen?«

»Würde es dich zufriedenstellen, wenn ich *ja* sage?« gab Skar zurück.

Anschi ignorierte seine Antwort. Nach einem kurzen Moment des Nachdenkens nahm sie ein weißes Tuch vom Tisch und band es zu einer Schlinge, die sie ihm über die Schulter hing. Skar wollte protestieren, als sie seinen Arm ergriff und kurzerhand hineinlegte, aber Anschi berührte nur kurz eine Stelle unterhalb seines Schulterblattes, und er stöhnte vor Schmerz auf. Anschi blickte ihn fragend an, und Skar zwängte sich ein gepreßtes »*Danke*« ab.

»Wofür?« Die *Errish* trat abermals einen Schritt zurück und maß ihn mit einem langen, kopfschüttelnden Blick. »Du hast Glück, daß du noch lebst, weißt du das?«

Etwas war an dieser Frage nicht so harmlos, wie es klingen sollte, das spürte Skar. Er fragte sich, wieviel Anschi von dem wußte, was *wirklich* geschehen war. Und auf welcher Seite sie stand. Er zuckte nur mit den Achseln.

Anschi wirkte enttäuscht, hatte sich aber gut genug in der Gewalt, keine weitere Frage zu stellen, sondern sich für die nächsten Sekunden damit zu beschäftigen, so zu tun, als sortiere sie ihre Utensilien auf dem kleinen Tisch neben Skars Lager. Sie war eine gute Schauspielerin; aber nicht gut genug, Skar täuschen zu können. Er war plötzlich sicher, daß sie nicht hier war, um sich um sein Wohlergehen zu kümmern; abgesehen von allem anderen hätten Ian und seine Maschinen das wahrscheinlich ungleich besser gekonnt als sie. Sie war eine *Heilerin*, Ian ein *Arzt*. Und Skar begann allmählich zu begreifen, daß das ein größerer Unterschied war, als er bisher auch nur geahnt hatte.

»Was ist passiert?« fragte er.

Anschi zuckte mit den Schultern und fuhr fort, Tücher und Instrumente von einer silbernen Schale in eine andere silberne

Schale und zurück zu sortieren. »Ich weiß es nicht genau«, sagte sie. »Ein paar der Quorrl haben einfach durchgedreht, denke ich. Wundert dich das?« Sie hielt für einen Moment in ihrer unsinnigen Tätigkeit inne und sah ihn abschätzend an, ehe sie ihre eigene Frage beantwortete. »Ja, sicherlich wundert dich das. Du schätzt diese Tiere ja höher ein als menschliches Leben, nicht wahr?«

Skar überhörte die Beleidigung, nicht nur willentlich, sondern *wirklich*. Anschi log; und nicht einmal besonders gut. Es waren nicht nur *ein paar Quorrl* gewesen. Irgend etwas Gewaltiges, Grundsätzliches, das diesen ganzen Turm betroffen hatte, nicht nur die Quorrl. Er fragte sich, warum sie ihn belog, und noch dazu so offensichtlich.

»Ist Kiina unverletzt?«

»Natürlich«, antwortete Anschi. »Es geht ihr sogar besser als je zuvor.« Sie lächelte spöttisch. »Du liegst in ihrem Bett.«

Skar fuhr hoch, was Anschis Lächeln noch ein wenig breiter und abfälliger werden ließ. »Wo ist sie?«

»In einem anderen Zimmer. Du kannst sie sprechen – später. Im Augenblick schläft sie.« Anschi machte eine unwillige Handbewegung auf die Liege, von der Skar so abrupt aufgesprungen war. »Du kannst gleich hierbleiben«, fuhr sie fort. »Ian brennt darauf, dich in die Finger zu bekommen ...«

»Das kann ich mir denken«, knurrte Skar.

»... um dir die gleiche Behandlung zuteil werden zu lassen wie ihr«, fuhr Anschi unbeeindruckt fort. »Sie ist wieder vollkommen gesund.«

Skar antwortete nicht, aber sein Blick schien eine sehr beredte Sprache zu sprechen, denn Anschi seufzte tief und irgendwie resignierend, fuhr sich mit gespreizten Fingern durch das Haar und machte eine müde Geste auf seinen linken Arm und das silberne Band um sein Gelenk. »Wie lange willst du das Ding noch tragen?«

»Glaubst du, daß es auf ein paar Stunden mehr oder weniger

ankommt?«

»Es spielt keine große Rolle, was *ich* glaube. *Du* scheinst immer noch nicht zu glauben, daß du hier unter Freunden bist.« Sie seufzte wieder. Während sie sprach, hatte ihre Stimme jenen leicht singenden, halb resignierten Tonfall angeschlagen, in dem man mit einem störrischen Kind spricht. Sie wartete Skars Antwort auch gar nicht ab, sondern drehte sich zur Tür und machte eine einladende Geste.

»Du kannst mit Kiina reden, wenn du Angst hast, daß wir dich vergiften wollen«, sagte sie spöttisch. »Oder vielleicht *verzaubern.*«

»Sagtest du nicht gerade, daß sie schläft?«

»Wir wecken sie auf.«

Skars Mißtrauen war keineswegs beseitigt; und wie auch? Er hatte erlebt, wie mühelos Ennart und seine Zauberpriester den Willen eines Menschen zu brechen vermochten. Schließlich war auch Anschi nicht sie selbst; nichts an ihrer Stimme, ihren Bewegungen und Gesten und ihrem Blick erinnerte an einen Menschen, der nicht Herr seines Willens war, und doch war die junge *Errish* nicht mehr als eine Marionette, die Ennart zu ihm geschickt hatte, um ...

Ja, was eigentlich? Er wußte es nicht, und noch bevor er sein vages Mißtrauen in einen Gedanken oder gar eine Frage kleiden konnte, wandte Anschi sich endgültig um und verließ den Raum. Skar folgte ihr über den Eisenkorridor bis zu einer weiteren, gleichförmigen Tür, hinter der sich ein überraschend heller Raum befand. Kiinas Zimmer, das drei Fenster hatte wie sein eigenes. Draußen über dem Hof schien die Sonne; noch oder schon wieder. Entweder, er war nur wenige Augenblicke bewußtlos gewesen, oder die ganze Nacht, dachte er erschrocken. Vielleicht *mehr* als nur eine Nacht.

Kiina schlief, wie Anschi behauptet hatte, aber sie lag nicht im Bett, sondern saß in einem hochlehnigen, geschnitzten Stuhl direkt vor dem größten der drei Fenster, so daß der Sonnenschein direkt auf ihr Gesicht fiel und Skar für einige Sekunden Gelegenheit bekam, sie in aller Ruhe zu betrachten. Ihre Züge waren entspannt und wirkten sehr friedlich. Sie sah noch immer ein wenig krank aus, aber wirklich nur noch ein *wenig* – ihre Haut war blaß, und unter den Augen und auf den Wangen lagen angedeutete Schatten, die ihr etwas sonderbar Verwundbares und gleichzeitig Reizvolles gaben. Wie fast immer in letzter Zeit, wenn Skar sie ansah, überkam ihn ein rasches, heftiges Gefühl von Zuneigung, eine Wärme und Verbundenheit, die ein bißchen wie Liebe war, aber von einer Art, wie er sie nie zuvor kennengelernt hatte. Eine Zärtlichkeit völlig neuer, ihn selbst verwirrender Weise. Das schlafende Mädchen hatte etwas an sich, das es schutzbedürftig machte. Skar verspürte plötzlich den Wunsch, die Hand auszustrecken und Kiinas Wange zu streicheln. Er war zornig auf sie gewesen, weil sie ihm die Verantwortung für ihr Leben aufgebürdet hatte, ohne ihn zu fragen, ob er das überhaupt wollte, aber jetzt begriff er, wie lächerlich er sich verhalten hatte. Sie verlangte nicht nur, sie gab auch. So schwer es sein mochte, für das Leben eines anderen zu bürgen, so wichtig war es auch, denn es gab dem eigenen Leben einen Sinn.

Anschi zerstörte den Zauber des Augenblicks, indem sie neben Kiina trat und sie unsanft an der Schulter rüttelte, bis sie die Augen aufschlug. Das Mädchen blinzelte, hob verwirrt die Hand ans Gesicht und sah erst die *Errish*, dann Skar an. Für eine halbe Sekunde blieb ihr Blick leer, dann erkannte sie Skar und lächelte.

»Wie fühlst du dich?« fragte er leise.

»Gut«, antwortete Kiina automatisch. »Müde. Was ist . . . wo –« Sie stockte, als ihre Erinnerungen schlagartig zurückkehrten, blickte Anschi mit neuem Schrecken an und stand mit einem Ruck auf.

Um aus der gleichen Bewegung heraus in Anschis Arme zu stürzen, die gedankenschnell vortrat und sie auffing. Skar war ihr sogar näher, aber Anschi schien die Bewegung vorausgeahnt zu haben.

Eine halbe Sekunde lang blieb Kiina reglos und zitternd stehen, wie ein Kind an die Brust des kaum älteren Mädchens gepreßt. Dann riß sie sich los, wich mit einem Schritt an Skars Seite zurück und funkelte Anschi zornig an.

»Faß mich nicht an!« sagte sie. »Rühr mich nie wieder an, du verdammte Hexe!«

»Wie du willst.« Die *Errish* zuckte scheinbar gleichmütig mit den Schultern. »Das nächste Mal lasse ich dich fallen – einverstanden?«

»Du –«

»Kiina!« Skar ergriff das Mädchen bei den Schultern und drehte es mit sanfter Gewalt herum, allein um den Blickkontakt zwischen ihr und der *Errish* zu unterbrechen. Ihre Zeit war zu kostbar, um sie mit etwas so Sinnlosem wie einem Streit zwischen Anschi und ihr zu vergeuden. »Sie kann nichts dafür«, sagte er sanft, aber so eindringlich, wie er konnte, ohne theatralisch zu werden.

»Bist du da so sicher?« fragte Anschi.

Skar sah sie über Kiinas Schulter hinweg scharf an. Aber er schluckte die ärgerliche Bemerkung herunter, die ihm auf der Zunge lag. »Würdest du uns einen Moment allein lassen?« bat er.

»Nein«, sagte Anschi freundlich.

Kiina sog hörbar die Luft ein, und auch Skar verspürte erneut Zorn, den er diesmal kaum noch zu beherrschen vermochte.

»Wir werden *sie* jetzt wieder allein lassen«, fuhr Anschi mit einer Kopfbewegung auf Kiina fort. »Sie braucht Ruhe, Skar.« Mit einem gezwungenen Lächeln wandte sie sich an Kiina. »Du wirst sehen, Kleines: wenn du erst einmal vierundzwanzig Stunden geschlafen hast, sieht alles ganz anders aus.«

»Ich glaube, ich habe eine Woche geschlafen«, murmelte Kiina.

»Nicht ganz«, antwortete Anschi. »Und es war auch kein Schlaf. Du warst . . .« Sie zögerte, suchte nach Worten und zuckte mit den Schultern. »Du warst beinahe tot«, sagte sie schließlich. »Eine interessante Erfahrung, wie ich vermute. Irgendwann mußt du mir davon erzählen.«

Zu Skars Überraschung blieb Kiina ganz ruhig. Nur die Wahl ihrer Worte paßte nicht zu dem Ton, in dem sie sprach. »Sicher. Ganz kurz, bevor ich dich umbringe, du Miststück.«

Anschi lachte, ging aber nicht weiter auf das Geplänkel ein, sondern wiederholte ihre auffordernde Geste, sich wieder zu setzen. Und Skar gab ihr sogar recht. Kiina war verwirrt. Auch zornig, aber vor allem verwirrt. Anders als Skar hatte sie von den Ereignissen der letzten Tage ja nichts mitbekommen. Es mußte ihr schwerfallen, sich in dieser völlig fremden Umgebung zurechtzufinden. Und sie war noch sehr schwach. Selbst durch den Stoff ihres Kleides hindurch konnte Skar spüren, wie sie zitterte. Ihr Pulsschlag ging sehr schnell.

Aber er hielt sie noch einmal zurück, als sie sich setzen wollte. Sein Blick suchte den ihren, forschte nach etwas Fremdem darin, jenem Ausdruck leichter Benommenheit, den er in Anschis Augen gesehen hatte. Er fand nichts. *Wenn* sie etwas mit Kiinas Geist gemacht hatten, dann etwas, was er nicht zu erkennen vermochte.

»Anschi hat recht«, sagte er bedauernd. »Ruh dich aus. Wir haben später Zeit genug, miteinander zu reden.« Er bugsierte Kiina mit sanfter Gewalt auf ihren Sitz zurück und richtete sich wieder auf. Das Mädchen erschlaffte, als ginge von dem Stuhl eine betäubende Wirkung aus, aber die Furcht wich nicht aus ihrem Blick.

»Was ist mit uns passiert, Skar?« fragte sie. »Wo sind wir hier?«

»Später«, sagte Anschi, ehe er selbst Gelegenheit fand, zu antworten. »Wir hätten gar nicht herkommen sollen«, fügte sie, an Skar gewandt, hinzu. »Du siehst doch, wie schwach sie noch ist.« Sie ergriff ihn einfach beim Arm, schubste ihn zum Ausgang und wartete ungeduldig, bis er den Raum verlassen hatte. Skar warf noch einen Blick über die Schulter zurück, kurz bevor die Tür sich schloß. Kiina schien bereits wieder eingeschlafen zu sein.

»Bist du jetzt zufrieden?« fragte Anschi ärgerlich, als sie wieder in dem Zimmer waren, in dem er erwacht war. »Du hast gesehen, daß wir nichts mit ihr getan haben. Außer der Kleinigkeit, ihr Leben zu retten, heißt das.«

Nein, Skar war ganz und gar nicht zufrieden. Im Gegenteil. Kiinas Anblick hätte ihn erleichtern sollen, aber er tat es nicht, sondern schürte seine Beunruhigung eher. Daß Ennart scheinbar ehrlich zu ihm war, machte alles nur noch schlimmer. Ein Gegner, der es nicht einmal mehr nötig hatte, zu lügen, war eine erschrekkende Vorstellung.

»Was ist gestern passiert?« fragte er.

»Nichts«, antwortete Anschi, eine Spur zu schnell und ohne ihn anzusehen. »Ein unbedeutender Zwischenfall. Er wird sich nicht wiederholen. Die Quorrl sind nicht mehr da.«

»Ist das ein anderes Wort für *tot*, oder heißt es –«

»Es heißt, *nicht mehr hier*«, unterbrach ihn Anschi gereizt. »Wir haben deinen schuppigen Freunden nichts getan, wenn es das ist, was dich beunruhigt.«

»Wir?«

Anschis Augen blitzten auf. »Verdammt, ich habe keine Lust, mich mit dir um *Worte* zu streiten«, fauchte sie. »Ich bin für deine Gesundheit verantwortlich, nicht für dein Seelenheil, du Retter der unschuldig Verfolgten! Deine Quorrl-Freunde leben und erfreuen sich besserer Gesundheit als einige der Männer, über die sie hergefallen sind. Reicht dir das?«

»Nein«, antwortete Skar. »Was ist passiert? Wo ist Titch? Was habt ihr mit ihm gemacht?«

»Titch?« Anschi wiederholte den Namen des Quorrl auf eine Weise, als müsse sie erst darüber nachdenken, was er überhaupt bedeutete. Sie wollte Zeit gewinnen. Skar spürte, daß etwas geschehen war, was er nicht wissen durfte. Das ungute Gefühl, mit dem er erwacht war, steigerte sich zu Sorge um den Quorrl. Warnungslos trat er einen Schritt auf Anschi zu, packte sie an der Schulter und riß sie so grob herum, daß sie vor Schmerz und Schrecken einen leisen Schrei ausstieß. Ganz instinktiv versuchte sie nach ihm zu schlagen und keuchte ein zweites Mal vor Schmerz, als Skar den Hieb mit dem Unterarm abblockte, ohne ihre Schulter loszulassen.

»Was habt ihr mit ihm gemacht?« herrschte er sie an. »Antworte!« Er holte aus, nicht um sie wirklich zu schlagen, wohl aber, um damit zu drohen, aber Anschi kam nicht dazu, zu antworten, denn in diesem Moment wurde die Tür hinter ihr aufgestoßen, und Ian und zwei weitere Zauberpriester betraten den Raum. Aus Ians rechter Faust ragte der wuchtige Lauf eines *Schläfers*, der sich drohend auf Skar richtete.

»Laß sie los.«

Skar gehorchte. Er war nicht einmal besonders überrascht, den Zauberpriester wie auf ein Stichwort auftauchen zu sehen. Sie waren belauscht worden. In diesem Turm hatten die Wände nicht nur im übertragenen Sinne Ohren.

Anschi wich rasch ein paar Schritte vor ihm zurück und massierte ihre schmerzende Schulter, während Ian und seine beiden Begleiter sehr vorsichtig näher kamen. Auch die beiden anderen Zauberpriester trugen Waffen, deren Läufe sich jetzt drohend auf ihn richteten.

Skar lachte leise. »Sehr beeindruckend«, sagte er höhnisch. »Wirklich, Ian, du beginnst mir richtig angst zu machen.«

In Ians Augen blitzte es wütend auf, und Skar fügte in gespielt erschrockenem Tonfall hinzu: »Ich meine es ernst, Ian. Dummköpfe haben mir schon immer angst gemacht. Sie neigen dazu, zu früh zuzuschlagen, weil sie Angst haben, ich könnte sie mit dem bösen Blick belegen oder so etwas.«

Ian holte aus, um ihm den Lauf der Waffe ins Gesicht zu schlagen, erstarrte aber dann mitten in der Bewegung und ließ den *Schläfer* schließlich sinken. In seinem Gesicht arbeitete es. Hätte er gekonnt, wie er wollte, hätte er ihn in diesem Moment getötet, das spürte Skar.

Aber der gefährliche Moment ging vorüber, ohne daß etwas geschah. Nach einer Sekunde ließ der Zauberpriester den *Schläfer* vollends sinken und gab auch seinen beiden Begleitern ein Zeichen, die Waffen fortzustecken.

»Komm mit«, befahl er. »Ennart will dich sehen.«

»Wo ist Titch?« beharrte Skar. Eine innere Stimme riet ihm dringend, den Bogen nicht zu überspannen, aber er ignorierte sie. Er war sich der Gefahr völlig bewußt, Ian doch noch zu einer Unbedachtsamkeit zu provozieren, aber er durfte nicht nachgeben. Ian war sein Feind, der jedes Zeichen von Schwäche gnadenlos ausnutzen würde.

»Du scheinst verdammte Sehnsucht nach einem Quorrl zu haben, der dich um ein Haar totgeschlagen hätte.«

»Titch hat mir das Leben gerettet, du Idiot«, sagte Skar kalt.

Ian schlug ihm mit der flachen Hand über den Mund. Es tat weh, denn der Zauberpriester schlug mit aller Gewalt zu, und er war alles andere als ein Schwächling, aber Skar zuckte nicht einmal mit der Wimper. Er spürte, wie seine Unterlippe aufplatzte und Blut über sein Kinn lief, aber er lächelte nur. Ians Gesicht flammte jähzornig auf, aber er schlug nicht noch einmal zu. Seine Hände zitterten.

»Wo ist Titch?« beharrte Skar.

»Das wissen wir nicht«, sagte einer der beiden anderen Zauberpriester. Er sprach hastig, und er sah Ian dabei an, nicht Skar. Trotzdem spürte Skar, daß es die Wahrheit war. Mit einem fragenden Blick wandte er sich an den grauhaarigen Mann.

»Die Quorrl wurden fortgebracht. Alle. Ich weiß nicht, wohin.«

Ian starrte den Zauberpriester fast haßerfüllt an, schwieg aber.

»Er sagt die Wahrheit, Skar«, mischte sich Anschi ein. »Es hat ... ein paar Tote gegeben, nicht nur unter den Quorrl. Ennart hielt es für besser, sie wegzuschicken. Sie sind unberechenbar.«

*Oder ein bißchen zu gut*, fügte Skar in Gedanken hinzu. Aber das sprach er lieber nicht aus. Er glaubte plötzlich zu wissen, was hier geschehen war. Und es machte ihm angst.

Die Spuren der Kämpfe waren unübersehbar, obwohl Ennarts Männer sich alle Mühe gegeben hatten, sie zu beseitigen. Auf dem Weg nach unten sah Skar weder Tote noch Verwundete, aber er war zu lange Krieger gewesen, um die Zeichen nicht zu lesen, die sie übersehen hatten: ein kleiner Stoffetzen hier, die Reste eines nicht völlig entfernten Blutfleckes da, das Stück einer zerbrochenen Waffe in einem Winkel, eine graugrüne, gesplitterte Schuppe im Spalt einer Tür ... *Ein paar Quorrl, die durchgedreht hatten?* Lächerlich. In diesem Turm hatte eine Schlacht getobt. Und wenn er Ians Nervosität und die Tatsache in Betracht zog, daß er und seine Brüder bis an die Zähne bewaffnet waren, dann schien ihr Ausgang keineswegs hundertprozentig festgestanden zu haben.

Er hatte damit gerechnet, Ennart in einer Art Thronsaal vorzufinden, aber der Ssirhaa überraschte ihn abermals. Sein Quartier war kaum größer als Skars und um keinen Deut bequemer oder gar luxuriöser eingerichtet. Alles war ein wenig größer und stabiler als in seiner Unterkunft, wie es bei einem Wesen von mindestens fünfhundert Pfund Gewicht und acht Fuß Körpergröße zu erwarten war, aber er sah keine Pracht und keinerlei magische Gerätschaften oder Maschinen. Wie in seinem eigenen Quartier war der größte Teil der Einrichtung eher primitiv; Stühle und Truhen, die in einem x-beliebigen Haus in Ikne oder Denwar vielleicht prunkvoll gewirkt hätten, im Inneren dieses Turmes aber schäbig, allenfalls deplaciert aussahen. Jemand hatte versucht, zwei Welten zu einer zu machen, aber die Teile paßten nicht zusammen.

»Wir verschwenden das bißchen Wissen, das wir errungen haben, nicht dazu, Luxus zu schaffen«, sagte Ennart in seine Gedanken hinein.

Skar sah überrascht auf. Er war sicher, nichts gesagt zu haben.

Der Ssirhaa lächelte. »Keine Sorge. Ich lese nicht in deinen Gedanken. Aber deine Überraschung war unübersehbar.« Er seufzte. »Es wäre noch karger, hätten die *Ehrwürdigen Frauen* von Elay diesen Ort nicht ein wenig wohnlich hergerichtet.«

Skar sah überrascht zu Anschi auf, aber die *Errish* wich auch seinem Blick aus.

»Oh, sie kannten ihn«, fuhr Ennart in leicht belustigtem Ton fort. »Natürlich wußten sie nichts von seiner wahren Bedeutung und der Macht, die in ihm schlummert. Für sie war es nur eine Ruine. Ein heiliger Ort. Das hier ist das Tal der Drachen, vergiß das nicht. Die Heimat der *Errish*. Die *Margoi* selbst kam oft hierher, um zu meditieren. Das Zimmer, das ich dir zugewiesen habe, gehörte einst ihr.«

»Ich weiß die Ehre zu schätzen«, sagte Skar spöttisch. »Warum erweist du mir nicht noch einen Dienst und gibst mir auch ihren Schlüssel zum Tor?«

Ennart schüttelte tadelnd den Kopf und überging den Einwurf. Statt zu antworten, machte er eine Geste auf einen Stuhl. Diesmal war Skar nicht zu stolz, die Einladung anzunehmen. Allerdings kam er sich lächerlich vor, als er Platz nahm. Der Stuhl war für Ennart gemacht und so hoch, daß er mehr darauf*kletterte*, als er sich setzte.

Ennart schickte Ian und seine beiden Begleiter hinaus, schüttelte aber rasch den Kopf, als auch Anschi sich entfernen wollte. Die *Errish* blieb neben der Tür stehen und senkte den Blick. Skar sah ihr deutlich an, wie unbehaglich sie sich in der Nähe des Ssirhaa fühlte.

»Es freut mich, dich unverletzt zu sehen«, sagte Ennart, als Ian und die beiden Zauberpriester gegangen waren. »Du mußt durstig sein. Trink.« Er reichte Skar einen Zinnbecher, der süßlich riechenden Wein enthielt und auf einer Seite eine daumentiefe Beule aufwies. Skar trank einen winzigen Schluck, spürte plötzlich, wie durstig er war und leerte den Rest in einem Zug. Ennart lächelte amüsiert, machte aber keine Anstalten, seinen Becher neu zu füllen, sondern ließ sich auf einen der anderen Stühle sinken.

Für Sekunden wurde es auf eine unangenehme Weise still. Skar hatte dem Ssirhaa hundert Fragen stellen wollen, aber sein Kopf war mit einem Male wie leergefegt, wie jedes Mal, wenn er ihm gegenüberstand. Die uralte Technik dieses Turmes mochte versagen, aber die Macht des Ssirhaa war von anderer, dauerhafterer Art. Und trotz aller Fremdartigkeit war etwas an ihr, das er ... kannte? Plötzlich war er sicher, daß es nicht das erste Mal war, daß er einem Wesen wie Ennart begegnete, einem Wesen, das nach Belieben ...

Der Gedanke entglitt ihm und gesellte sich zu dem Wust von verlorenem Wissen hinter dem Spinnennetz in seinem Bewußtsein. Sein Zorn auf Ennart stieg, aber schon in der nächsten Sekunde hatte er beinahe vergessen, warum er überhaupt zornig war.

»Hast du über das nachgedacht, was ich dir vor zwei Tagen sagte?« begann Ennart schließlich.

Kein Wort über das, was geschehen war, dachte Skar verblüfft. Kein Wort über die Quorrl und Titch. *Für was für einen Narren hielt ihn Ennart?*

»Das habe ich«, antwortete er mühsam beherrscht. »Ich glaube, du kennst die Antwort.«

»Vielleicht möchte ich sie trotzdem hören. Aus deinem Mund.«

»Nein«, antwortete Skar. »Die Antwort lautet: Nein. Jetzt erst recht.«

»Jetzt?«

»Nach dem, was du mit den Quorrl getan hast«, sagte Skar. »Was war das? Ein Versehen? Oder ein Test, der besser gelungen ist, als du gedacht hast?«

»Etwas von beidem«, gestand Ennart ungerührt. »Ein unglückseliger Zwischenfall, der sich nicht wiederholen wird.«

»Nicht, bis es soweit ist, nicht wahr?« sagte Skar. »Bis ihr sie nicht mehr braucht.«

Seltsamerweise schienen seine Worte Ennart eher traurig als wütend zu stimmen. Für die Dauer von zwei, drei endlosen Atemzügen sah er Skar nur an, dann stand er auf und hob die

Hand. »Komm.«

Skar kletterte von seinem Stuhl herunter, und auch Anschi schloß sich ihnen wieder an, als sie das Zimmer durch eine andere Tür verließen. Ein kurzer, unbeleuchteter Korridor nahm sie auf, der nach einem knappen Dutzend Schritten vor einer halbrunden Tür endete, an der Ennart sich sekundenlang zu schaffen machte, ehe sie sich teilte und die beiden Hälften mit einem hörbaren Zischen in die Wände zurückwichen.

Dahinter lag...

Es war wie ein Schlag.

Hinter der Tür stand der *Daij-Djan*, die Sternenbestie, riesig, schwarz, spinnengliedrig und ohne Gesicht, die fürchterlichen Klauen drohend ausgestreckt, um jeden zu packen und zu zerreißen, der diese Tür durchschreiten sollte. Skar prallte mit einem Schrei zurück, suchte instinktiv nach einer Waffe und bemerkte erst dann, daß die Bestie nicht lebendig war.

Sie hatte auch nie gelebt.

Das Ungeheuer, das schwarz und drohend über Ennart aufragte, war eine Statue aus Stein oder Metall, doppelt so groß wie ihr Vorbild, so daß sie selbst Ennart noch überragte, und so perfekt gearbeitet, daß sie selbst jetzt noch etwas Lebendiges zu haben schien, als Skar ihre wahre Natur erkannt hatte.

Der Ssirhaa sah Skar amüsiert an und lächelte, aber er wirkte nicht ganz überzeugend. Skars Erschrecken irritierte ihn sichtlich. Aber er ersparte sich jeden Kommentar, sondern machte nur eine einladende Geste und berührte gleichzeitig wie zufällig mit der anderen Hand die gigantische Metallskulptur; wohl, um Skar damit noch einmal zu beweisen, daß sie harmlos war.

Mit klopfendem Herzen trat Skar an Anschi und Ennart vorüber und sah sich um. Ein körperloser, eisiger Hauch schien seine Seele zu streifen, als er begriff, daß diese Kammer nicht *irgendein* Raum war, sondern das Herz des flüsternden Turmes, das Zentrum seiner zerstörerischen finsteren Macht, und der Ennarts.

Der Raum war nicht sehr groß und hatte die Form einer Halbkugel. Anders als der Rest dieses alptraumhaften Klotzes aus Stahl bestanden seine Wände und die gewölbte Decke aus zyklopischen schwarzen Steinquadern, die nur roh bearbeitet und ohne Mörtel aufeinandergesetzt waren. Die Luft roch nach Staub und unglaublichem Alter, und als Skar einen weiteren Schritt machte und abermals stehenblieb, glaubte er zu fühlen, wie die ungezählten Jahrzehntausende sich gleich einer erdrückkenden Last auf ihn herabsenkten. Dieser Ort war alt. Unvorstellbar *alt*. Älter als dieser Turm, der über ihm errichtet worden war. Älter als Ennart und sein Volk. Vielleicht so alt wie diese Welt.

Und es war ein Tempel. Das Sanktuarium einer untergegangenen Welt, die alt gewesen war, ehe Menschen auf diesem Planeten erschienen, oder Ssirhaa. Vielleicht der einzige *wirkliche* Tempel, den es auf dieser Welt gab, denn die Götter, die hier verehrt worden waren, waren wirklich. Es hatte sie gegeben, und es gab sie noch. Etwas war hier. Nicht greif- oder sichtbar, aber so deutlich zu spüren, daß Skar sich innerlich krümmte. Die Macht dieser vergangenen Wesen war noch immer fühlbar, durchwob jedes Molekül in diesem Raum mit unsichtbaren Linien pulsierender Energie, einer Präsenz, die so intensiv war, daß sie fast weh tat. *Spürte Ennart es denn nicht?*

Skar sah den Ssirhaa an, aber in den riesigen Augen des Quorrl-Gottes stand nur Triumph geschrieben; und jener lauernde, verborgene Ausdruck, den Skar schon einmal darin bemerkt hatte. Plötzlich begriff er, daß der Ssirhaa die Anwesenheit des fremden Bewußtseins nicht fühlte; nie etwas von ihr gewußt hatte, weil sie sich vor ihm verschloß. Und er begriff noch etwas: der Ssirhaa hatte seinen ersten, wirklichen Fehler begangen, als er ihn hierher brachte.

»Was ... ist ... das?« flüsterte er. Seine Stimme bebte vor Ehrfurcht. Etwas ... tastete nach seinem Bewußtsein, griff wie mit eisigen Spinnenfingern in seine Gedanken und zog sich wieder zurück, zu rasch, als daß Skar mehr als den flüchtigen Eindruck einer unendlichen Fremdartigkeit gewinnen konnte. Er fror plötzlich.

Anstelle einer Antwort hob Ennart die Hand und deutete auf einen nur kniehohen, schwarzen Block aus Basalt, der sich in der Mitte des kuppelförmigen Raumes erhob. Auf der Oberseite dieses sonderbaren Altarsteines stand ein Zylinder aus Metall, aus dem ein schwaches, düsterrotes Glühen drang. Skar hatte den flüchtigen Eindruck von Bewegung, die sich seinem Blick auf unheimliche Weise immer wieder zu entziehen schien.

Er zögerte. Sein Blick glitt über die Wände aus schwarzem Stein, die titanische Statue des *Daij-Djan* und wieder über den Altar, aber es kostete ihn alle Kraft, auch nur einen einzigen Schritt zu tun. Das Pulsieren unsichtbarer Energie schien stärker zu werden. Er glaubte ein Flüstern zu hören, ein Locken, das gleichzeitig Warnung war, Furcht und Haß, Sehnsucht und Zorn, alles zugleich und doch nichts von alledem . . .

»Geh«, sagte Ennart leise. Seine Stimme schien vom Schwarz der Wände aufgesogen zu werden, hatte kein Echo, keinen Nachhall. Skar machte einen halben Schritt zur Seite. Ennarts Lippen bewegten sich wieder, aber diesmal hörte er keinen Laut. Erst, als der Ssirhaa den Kopf ein wenig drehte und wieder genau in seine Richtung sprach, verstand er die dritte Aufforderung, sich dem Altar zu nähern. Er erinnerte sich, etwas Ähnliches schon einmal erlebt zu haben, vor zahllosen Jahren, auf der Eisinsel des Dronte. Damals war er mit Del in einer Eishöhle gewesen, die ihre Stimmen auf die gleiche, angstmachende Weise gefressen hatte wie der schwarze Basalt dieses Tempels. Hatte er auch damals die Nähe dieses uralten Bewußtseins verspürt? Er wußte es nicht mehr.

Zögernd bewegte er sich weiter, wobei er es fast krampfhaft vermied, den Altar anzusehen. Statt dessen tastete sein Blick abermals über die Wände, und er sah jetzt, daß das, was er für unbearbeiteten Stein gehalten hatte, das genaue Gegenteil war:

In den Basalt waren Bilder und Schriftzeichen eingemeißelt, Hieroglyphen einer vergessenen Sprache und Szenen aus einer vergangenen Welt, die einen so unverständlich und sinnlos wie die anderen erschreckend und fremd. Er sah ... Dinge, die Lebewesen sein konnten oder auch nicht, Landschaften, die Gebirge darstellen mochten oder unvorstellbare Kreaturen, Linien, die auf unmögliche Weise gekrümmt und gewunden waren, Schriftzeichen, die sich zu *bewegen* schienen, wenn er nur lange genug hinsah, Bilder, die ihn mit lähmendem Schrecken erfüllten, obgleich er nicht einmal zu sagen vermochte, was sie darstellten. Zeichen, deren bloßes Betrachten ihn mit Unbehagen erfüllte, Bilder, die seinen Augen weh taten ...

Skar begann zu zittern. Sein Herz jagte. Kalter Schweiß bedeckte seine Handflächen und begann sein Gesicht hinunterzulaufen. Jeder Schritt fiel ihm schwerer als der vorhergehende, und gleichzeitig war es ihm unmöglich, stehenzubleiben, jeder Blick, den er auf die fürchterlichen Steinreliefs warf, war peinigender als der vorherige, und gleichzeitig war er gebannt von der morbiden Faszination der Bilder.

Die *Alten* ... Ennart wußte es nicht, weil irgend etwas verhinderte, daß er die Wahrheit erkannte, so wie *er* dafür sorgte, daß es Skar unmöglich war, seine Pläne wirklich zu durchschauen, aber das hier waren sie. Dies hier waren ihre wirklichen Bilder. *Sie* waren die wirklichen Herren dieser Welt gewesen, lange, bevor die Ssirhaa kamen, und nach ihnen die *Sternengeborenen*. Sie waren immer dagewesen, und sie würden immer da sein, denn sie waren so unsterblich wie die Zeit. Sie existierten noch, irgendwo, vielleicht in den Abgründen einer anderen Dimension gefangen, vielleicht außerhalb der Wirklichkeit, in einer Welt, von der diese entsetzlichen Bilder und Schriftzeichen nur Schatten einzufangen vermochten. Und es war nicht das erste Mal, daß Skar auf Zeugen ihrer vergangenen Macht traf. Er hatte diese entsetzliche, gedankenverdrehende Architektur schon einmal gesehen, in den Katakomben unter Urcoun, der Ruinenstadt im

Herzen der Nonakesh, und dann später noch einmal, in den Höhlen tief unter Elay. Aber das waren Ruinen gewesen. Dies hier ... *lebte*. Existierte auf eine furchtbare Weise, die mit *Leben* vielleicht nicht einmal etwas zu tun hatte, aber sie waren auch nicht tot, sondern etwas dazwischen, eine dritte Form von Sein oder Nichtsein, die seinem menschlichen Begreifen verschlossen bleiben mußte.

Verstört und bis auf den Grund seiner Seele erschüttert blickte er zu Ennart zurück. Ennart sagte irgend etwas, aber dieser unheimliche Ort verschluckte seine Worte; Skar deutete nur die begleitende Geste. Die Haut des Ssirhaa war silbern geworden, und sein Gewand wirkte mit einem Male grau. Erschrocken sah Skar zu Anschi hinüber und stellte fest, daß auch sie sich verändert hatte, ehe er an sich selbst hinabblickte und die gleiche, beunruhigende Feststellung machte: Es gab keine Farben in diesem Raum, nur Schwarz und Weiß und alle nur denkbaren Abstufungen dazwischen.

Und das pulsierende Purpurrot des Altars.

Gegen seinen Willen suchte sein Blick den metallenen Zylinder. Er war ihm jetzt nahe genug, um zu erkennen, daß er hohl war. Hohl, aber nicht leer. Das düstere Purpur erfüllte ihn wie pulsierendes flüssiges Licht, und auf seinem Grund lag etwas, was auf den ersten Blick wie ein gewaltiger blutroter Edelstein aussah, seine Form aber unablässig zu verändern schien, so daß es Skar unmöglich war, es *wirklich* zu erkennen.

Es war keine Maschine, aber es war auch nichts Lebendes, sondern irgend etwas dazwischen, ein dreifach faustgroßer Ball aus Kristall oder Licht oder beidem, in dem Bewegung war, ein Huschen wie von einem kleinen mißgestalteten Körper, der seine Form ebenso unablässig veränderte wie der Kristall. An der Bewegung war etwas Drängendes, Forderndes. Skar mußte plötzlich an ein Ei denken, das Ei eines Drachen, in dem eine unbeschreibliche Brut darauf wartete hervorzubrechen. Es war ihm unmöglich, den Blutkristall länger zu betrachten. Sein Anblick begann ihm körperlichen Schmerz zu bereiten.

»Spürst du es?« fragte Ennart. Seine Worte streiften Skar nur; er erriet sie mehr, als er sie verstand. »Seine Macht. Die ungeheure *Kraft*, die er birgt?« Er kam näher, blieb aber nach ein paar Schritten abrupt wieder stehen, als hindere ihn eine unsichtbare Macht daran, weiter zu gehen.

»Die Macht unserer Vorfahren«, fuhr er fort. »Es ist die Kraft der Schöpfung selbst, Skar. Nichts wird uns mehr aufhalten, wenn wir erst gelernt haben, sie wirklich zu nutzen. Wir werden eine neue Welt errichten, mit der Macht von Göttern!«

»Du bist ... wahnsinnig«, flüsterte Skar. »Du wirst die Welt zerstören, wenn du das hier auch nur anrührst!«

»Vielleicht«, antwortete Ennart. »Aber wir werden sie neu und hundertmal besser aufbauen! Hilf uns! Hilf uns, Skar, diese Kraft zu verstehen, und wir werden eine Welt erschaffen, in der unsere beiden Völker überleben können! Hilf uns!«

Und plötzlich war die gleiche Stimme auch in ihm, dasselbe, suggestive Flüstern. *Hilf uns. Hilf uns, Satai! Du hast die Macht dazu! Du bist der einzige, der es kann! Du kannst alles beenden. Den Krieg. Den Haß. Sogar den Tod!*

Er wußte nicht, ob es Ennart war, der seine Gedanken zu beeinflussen versuchte, oder die Stimme dieses *Dings*, aber er spürte, wie sein Widerstand schmolz. Die Versuchung war groß. Unbeschreiblich groß. Er konnte es tun. Er hatte die Macht dazu. Er konnte ein Gott sein, wenn er wollte. Nein, nicht *ein* Gott. Er konnte *Gott* sein, Herrscher über Leben und Tod, Herr einer ganzen Welt, vielleicht des Universums. Und er konnte diese Macht nutzen, nicht um Böses zu tun, nicht um zu herrschen und zu erobern, sondern um alles Leid zu besiegen, den Krieg, den Hunger und die Krankheiten, die Kälte und den Zorn, den Tod und das Alter, den ...

Hinter Anschi bewegte sich ein Schatten, und Skar erstarrte.

Der Umriß des riesigen steinernen *Daij-Djan* schien zu flakkern, wie das Bild einer *Laterna magica*, vor deren Lichtquelle eine Motte flatterte, teilte sich, verschmolz wieder zu einer Einheit, teilte sich erneut –

und dann gab es zwei, die riesige, steinerne Statue, und das Geschöpf, nach derem Vorbild sie erschaffen worden war, der *Daij-Djan* selbst, sein Dunkler Bruder, der zurückgekehrt war und mit einem lautlosen Schritt von seinem Sockel heruntertrat, wie ein Körper, der sich aus seinem eigenen Schatten löste. Lautlos, unsichtbar für Anschi und den Ssirhaa, trat er hinter Ennart, starrte Skar aus seinem schrecklichen Nicht-Gesicht heraus an und hob den Arm, die Klaue zu dem einzigen Zweck gekrümmt, zu dem sie geschaffen war.

*Soll ich ihn für dich töten, Bruder?* wisperte seine Stimme in Skars Gedanken; leise, fast verloren unter dem Flüstern des Versuchers, und doch auf sanfte Weise ebenso mächtig wie sie, vielleicht mächtiger, denn sie war ein Teil von Skar selbst. *Es ist nicht schade um ihn. Er ist ein Narr, der nicht einmal ahnt, mit welchen Mächten er sich eingelassen hat. Und er ist nicht der, der zu sein er vorgibt.*

*Ich weiß,* antwortete Skar, auf die gleiche, lautlose Art, die selbst Ennart verborgen blieb.

*Soll ich es tun? Du kannst seinen Platz einnehmen. Du kannst alles beenden. Hier und jetzt.*

Ja, das konnte er. Aber zugleich wußte er, was geschehen würde, wenn er es zuließ. Enwor würde untergehen, wenn er den Tod an diesen Ort brachte.

»Nein«, sagte er mit fester Stimme. »Niemals.«

*Du bist ein Narr,* antwortete sein Dunkler Bruder. Seine Stimme klang bedauernd und fast gar nicht mehr höhnisch. *Du glaubst noch immer, es verhindern zu können. Aber du wirst mich rufen. Bald.*

»Niemals«, wiederholte Skar. »Hörst du?! *NIEMALS!*«

*Bald, Bruder,* flüsterte der *Daij-Djan*.

*Bald.*

Es war wie das Erwachen aus einem bösen Traum. Skar erinnerte sich kaum, wie er den Weg zurück bewältigte; das letzte Stück führte ihn der Ssirhaa wie ein kleines Kind an der Hand. Er war unfähig, sich zu bewegen oder irgend etwas aus eigener Kraft heraus zu tun. Die Ausstrahlung des Blutkristalls hatte etwas in ihm gelähmt. Nur als sie die Statue des *Daij-Djan* passierten, mußte Skar all seine Willenskraft aufbieten, um nicht aufzuschreien und sich loszureißen. Obwohl er wußte, daß es nichts als toter Stein war, der schwarz und mörderisch über ihnen aufragte, die dürren Arme wie zu einem blasphemischen Gebet erhoben und ausgestreckt, hatte er das unheimliche Gefühl, von etwas hinter dem glatten Gesicht der Bestie belauert zu werden. Augen, die nicht da waren, starrten ihm nach.

Ennart blieb unter der Tür stehen und machte eine ungeduldige Geste zu Anschi, weiter zu gehen, hielt Skar aber zurück. »Du kennst dieses Wesen.«

Es war keine Frage. Skars Reaktion auf die Statue war zu deutlich, um sie zu übersehen, selbst für einen weniger aufmerksamen Beobachter, als der Ssirhaa es war.

»Ich ... nein. Es war ... ein Irrtum. Eine Verwechslung«, sagte Skar. Er sprach stockend, unsicher, mit einer Stimme, die vor Furcht bebte. Er verfluchte sich innerlich selbst, sich nicht besser in der Gewalt zu haben. Aber er war ... erschüttert. Ein Teil seiner Seele hatte weißglühendes Eisen berührt. Verwirrt und erschüttert zugleich sah er Ennart an. Ob der Ssirhaa ahnte, wie nahe er dem Tod gewesen war?

»Belüg mich nicht«, sagte Ennart ärgerlich. »Du *kennst* dieses Ding. Was ist es?«

»Ich dachte, du wolltest *mir* etwas zeigen«, antwortete Skar. Er riß sich los, trat mit einem Schritt, der so schnell war, daß er mehr an eine Flucht erinnerte als an alles andere, unter der Tür hindurch und wartete, daß der Ssirhaa ihm folgte. Ennart zögerte. Sein Blick wanderte zwischen der riesigen schwarzen Statue, dem Altar und ihm hin und her, und Skar hätte in diesem

Moment seine rechte Hand dafür gegeben, zu wissen, was hinter der Stirn des Goldenen vorging. Ennart mußte schon blind sein, um nicht zu sehen, wie sehr ihn dieser Raum und das, was er enthielt, erschütterte. Aber er schien auch zu begreifen, daß es die Statue des *Daij-Djan* war, die Skar lähmte. Nach einem Augenblick drehte er sich mit einer abrupten Bewegung herum, trat neben Skar und berührte die Wand.

»Also?« Ennarts Stimme war befehlend, in seinem Blick keine Spur von Geduld oder Freundlichkeit mehr. Trotzdem sagte Skar kein Wort, sondern ging mit erzwungen ruhigen Schritten weiter, bis sie zurück in Ennarts Gemach waren.

»Ich . . . bin einem ähnlichen Wesen begegnet«, sagte er ausweichend. »Es ist lange her.«

»Wo? Wann?« Ennarts Stimme war scharf wie ein Peitschenhieb. Skar spürte die Erregung des Ssirhaa. Auch für ihn mußte der Steinkoloß mehr sein als eine tote Statue. Ob er ahnte, dachte Skar, wie nahe er dem Tod gewesen war, dort drinnen? Kaum.

Er zuckte mit den Schultern und bediente sich selbst aus Ennarts Weinkrug, um Zeit zu gewinnen. Seine Hände zitterten leicht, als er den Becher ansetzte. »Vor zwanzig Jahren«, antwortete er, nachdem er getrunken hatte. »Im Norden. Auf der Eisinsel des *Dronte*.«

»Dem *Daij-Djan*?« Ennarts Stimme machte deutlich, wie schwer es ihm fiel, Skars Worten Glauben zu schenken. »Und er lebte?«

»Ja«, sagte Skar. »Nein. Ich . . . weiß es nicht.« Er hob hilflos die Schultern, setzte den Becher an und senkte ihn rasch wieder, ohne getrunken zu haben. Ennarts Atem ging schneller. Der Ssirhaa war aufs Höchste erregt.

»Ich habe es nur einen kurzen Moment lang gesehen«, log Skar. »Vielleicht war es auch nur eine Statue, wie die da drinnen. Ich weiß es wirklich nicht. Es ging alles so schnell, damals. Und es ist sehr lange her.«

Er sah Ennart so ruhig in die Augen, wie er konnte, aber das

Mißtrauen des Ssirhaa war keineswegs beseitigt. Im Gegenteil.

Und plötzlich fiel es Skar wie Schuppen von den Augen. Titch. Titch hatte es ihm gesagt, so, wie sein Vater ihm die Wahrheit über die Ssirhaa gesagt hatte. *Unsere Götter sind wirklich, Skar.* Wie hatte er nur so blind sein können? Wie hatte er sich jemals auch nur für eine Sekunde einbilden können, daß der *Daij-Djan* auf der Seite Ennarts und der Zauberpriester stand?

»Was hast du gesehen?« fragte Ennart. »Was war es?« Er schrie fast, aber seine Erregung überraschte Skar plötzlich nicht mehr.

*Es gibt ein Wort in eurer Sprache dafür,* hatte Titch gesagt. *Er ist für uns das, was für euch der Teufel ist.*

Und wenn Ennart ein Gott war, dann war das *Ding* dort drinnen das Abbild seines Erzfeindes...

»Nicht viel«, antwortete er, langsam, vorsichtig, so, als müsse er sich zwingen, die Bilder aus der Vergangenheit heraufzubeschwören, in Wahrheit, um Zeit zu gewinnen. Ennart hatte einen Fehler begangen, ihn in den Tempel zu führen, aber er mußte sich jedes Wort genauestens überlegen, wollte er nicht einen ebensoschweren Fehler machen.

»Es ging alles so schnell«, fuhr er fort. »Es war plötzlich da, und dann...«

»Dann?«

»Der *Dronte* hat es verbrannt«, sagte Skar achselzuckend. »Es hat einige von unseren Leuten getötet, ehe der *Dronte* es angriff. Wie gesagt, es ging sehr schnell.«

»Verbrannt?« Ennarts Augen wurden schmal. »Du lügst! Niemand kann den *Daij-Djan* töten.«

»Er konnte es. Vielleicht hat er es auch nur vertrieben. Auf jeden Fall war es fort, als die Flammen erloschen.« Er nippte an seinem Wein und tat so, als blicke er nachdenklich auf den Rest der hellroten Flüssigkeit in seinem Becher. In Wahrheit beobachtete er Ennart aufmerksam aus den Augenwinkeln. Er hatte nie gerne gelogen, nicht einmal so sehr aus angeborener Ehrlichkeit, sondern aus der Erfahrung heraus, daß Lügen selten lange Bestand hatten und sich meistens gegen den kehrten, der sie aufbrachte. Aber seine Version der Geschehnisse hielt sich dicht genug an der Wahrheit, um Ennart vielleicht zu überzeugen, selbst wenn er wußte, was damals wirklich geschehen war.

»Und danach nicht wieder?« fragte der Ssirhaa lauernd. Hatte Titch ihm erzählt, was in der Burg geschehen war?

Skar zuckte abermals mit den Schultern, füllte umständlich seinen Becher neu und stellte ihn zurück auf den Tisch, ohne zu trinken. »Wovor hast du Angst, Ennart?« fragte er.

»Angst?«

»Das *Ding* dort drinnen.« Skar deutete auf die geschlossene Tür hinter dem Ssirhaa. »Du hast mehr Angst davor als ich.«

»Unsinn.«

»Sie sind eure Feinde«, fuhr Skar fort. »Tausendmal mehr als wir es je waren. *Sie* sind es, die ihr wirklich fürchtet.«

Ennart schwieg, aber Skar wußte, daß er die Wahrheit getroffen hatte. Der Ssirhaa starrte ihn an, und zum zweiten Mal erkannte Skar, daß er seine Selbstsicherheit erschüttert hatte. Das Wesen mit der goldenen Haut war kein Gott, so wenig wie er. Es spielte ihn nur. Und das nicht einmal besonders gut.

»Wir haben sie besiegt«, sagte Ennart schließlich. »Lange, bevor es euch gab.«

»Besiegt?« Skar lachte so abfällig und höhnisch, wie er nur konnte. »O nein, Ennart. Ihr habt sie vertrieben. Eingesperrt. Aber nicht besiegt.«

»Wir haben sie geschlagen«, beharrte Ennart. »Es ist gleich, wie. Sie sind besiegt, für alle Zeiten.«

»Und trotzdem hast du vor Angst gezittert, als du gemerkt hast, daß ich den *Daij-Djan* kenne«, sagte Skar. »Du bist wahnsinnig, Ennart! Du willst, daß ich diese Macht dort drinnen entfessele? Vielleicht kann ich es sogar. Aber weißt du, was geschehen wird, wenn ich es tue?« Ennart wollte antworten, aber Skar sprach schnell und lauter und in einem Ton weiter, der selbst den Ssirhaa verstummen ließ. »Du hast Angst vor einer Statue, du Narr, und du willst, daß ich das Wesen zum Leben erwecke, *nach dessen Vorbild sie erschaffen wurde?«*

Ennart machte eine wütende Handbewegung. »Was für ein Unsinn. Die Macht dort drinnen ist uralt. Millionen von Jahren. Aber die Wesen, denen sie diente, existieren nicht mehr. Es sind nur ... Reste. Wie dieser Turm hier, den unsere Vorfahren erbaut haben. Er existiert. Sie nicht mehr.«

Skar lachte. »Der *Daij-Djan* existiert sehr wohl, Ennart.« *Du sprichst mit ihm.*

»Du hast ihn also doch gesehen?« Ennarts Stimme wurde lauernd.

»Vor nicht einmal allzu langer Zeit«, bestätigte Skar. *Um präzise zu sein, vor ein paar Augenblicken,* fügte er in Gedanken hinzu. *Dort drinnen, direkt hinter dir.* Er sprach es nicht aus, aber er sah den Ennart scharf an. Wenn der Ssirhaa seine Gedanken las, dann mußte er sich spätestens jetzt verraten. Aber auf dem goldenen Gesicht regte sich nichts.

»Du lügst«, behauptete er.

»Wenn du meinst.« Skar zuckte in gespieltem Gleichmut mit den Achseln. »Warum fragst du nicht Titch, wenn du mir nicht glaubst?«

»Titch?«

»Er war dabei«, bestätigte Skar. »Er hat ihn so deutlich gesehen wie ich.« Er machte eine auffordernde Handbewegung zur Tür. »Ruf ihn. Falls er noch lebt, heißt das.«

Ennart wandte sich mit einer herrischen Geste an Anschi. »Laß den Quorrl zu mir bringen. Sofort.«

»Aber Herr«, wandte Anschi ein. »Sie sind –«

»Sofort habe ich gesagt!« unterbrach sie Ennart zornig. »Es ist mir gleich, wo sie sind. Bring ihn hierher, auf der Stelle! Und du –« Er wandte sich mit einer kaum weniger zornigen, befehlenden Bewegung an Skar, »– solltest dir überlegen, ob du mir nicht vielleicht doch etwas verschwiegen hast, Satai.«

»Sicher«, antwortete Skar ungerührt. »Es gibt da ein paar

Frauengeschichten, die –«

Ennart trat auf ihn zu. Er tat nichts, ballte weder die Faust, noch hob er den Arm, aber allein dieser eine Schritt war so drohend, daß Skar mitten im Wort verstummte. Er hatte keine Angst, aber er hatte auch wenig Lust, erschlagen zu werden, nur wegen einer dummen Bemerkung. Es war plötzlich sehr wichtig geworden, daß er lebte. Viel wichtiger, als Ennart ahnte.

»Du hast zwei Stunden Zeit«, sagte der Ssirhaa kalt. »So lange wird die *Errish* brauchen, um deinen Freund hierher zu bringen. Und danach wirst du mir alles sagen, was du über den *Daij-Djan* und die *Alten* weißt. *Alles,* verstehst du?«

»Und wenn nicht?« fragte Skar spöttisch. »Was willst du tun, alter Mann? Mich foltern?«

»Nein«, antwortete Ennart kalt. »Nicht dich. Das Mädchen.«


Skar befand sich in einem Zustand tiefster Erschütterung, als Ian und seine Männer ihn in sein Zimmer zurückbrachten. Die Ruhe während der Unterhaltung mit Ennart war nur gespielt gewesen. In ihm brodelte es. Alles hatte sich geändert, von einer Sekunde auf die andere; jetzt, wo er wußte, *welche* Mächte Ennart und seine Brüder heraufzubeschwören versuchten. Es ging plötzlich nicht mehr um die Macht auf Enwor, sondern um mehr. Unendlich viel mehr. Dort unten, in dem schwarzen Tempel unter den Grundmauern des Turmes, hatte er begriffen, daß selbst Ennart und die mit ihm verbündeten Zauberpriester aus dem Süden nichts als Marionetten waren, ahnungs- und willenlose Sklaven einer Macht, von deren Existenz sie nicht einmal etwas ahnten. Und er *mußte* sie aufhalten, ganz egal, wie. Und sei es um den Preis seiner eigenen Niederlage.

Vorerst beschränkten sich seine Aktivitäten allerdings darauf, ruhelos wie ein gefangenes Raubtier im Käfig in seinem Zimmer auf und ab zu gehen und sich selbst, das Schicksal und vor allem den Ssirhaa lautlos zu verfluchen. Er war verzweifelt genug, einen gewaltsamen Ausbruch zu riskieren, aber Ennart schien die Wirkung vorausgeahnt zu haben, die der Anblick des Tempels auf ihn gehabt hatte. Die Tür wurde zum ersten Mal, seit er hier heraufgebracht worden war, hinter ihm geschlossen, und alles Klopfen und Rufen half nichts: Er war nun auch äußerlich ein Gefangener.

Es vergingen mehr als zwei Stunden, ehe der Ssirhaa zu ihm kam. Die Sonne hatte den Zenit längst überschritten, als sich die Tür seines Gefängnisses wieder öffnete und Ennart eintrat. Anders als bisher kam der Ssirhaa diesmal nicht allein, sondern in Begleitung Ians und dreier weiterer Zauberpriester, die mit drohend erhobenen *Schläfern* unter der Tür stehenblieben. Er schien zu ahnen, daß Skar verzweifelt genug war, selbst einen direkten Angriff auf ihn in Betracht zu ziehen. Hinter dem Ssirhaa und seiner Wache betraten Anschi und Titch den Raum.

Skar erschrak, als er den Quorrl sah. Titch war nicht gebunden, aber er war ein Gefangener. Er bewegte sich wie in unsichtbaren Ketten, und sein Blick irrte unstet und wild durch den Raum, verharrte nur einen Sekundenbruchteil auf Skars Gesicht und huschte weiter. Skar hatte das Gefühl, einem Wesen gegenüberzustehen, das nur noch aus Angst bestand.

»Es gibt da einiges, was du mir bisher verschwiegen hast«, begann Ennart übergangslos. Er *hatte* mit Titch gesprochen. Und zweifellos hatte er alles erfahren, was der Quorrl wußte. Skar fragte sich nur, wieviel es war.

»Dann sind wir ja wieder quitt«, antwortete er störrisch. »Für jemanden, der mir sein Wort gegeben hat, mich nicht zu belügen, hast du mir eine Menge verschwiegen.«

Ian setzte zu einem zornigen Schritt in seine Richtung an, aber der Ssirhaa hielt ihn mit einer nur angedeuteten Geste zurück. »Etwas verschweigen und lügen ist nicht dasselbe«, sagte er.

»Für mich schon.«

Ennart seufzte. »Ich bin nicht gekommen, um zu streiten«, sagte er.

Skar suchte Titchs Blick. Der Quorrl wich ihm noch immer

aus, aber Skar erkannte jetzt, daß er verletzt war. Nicht schlimm – keine seiner Wunden war so, daß sie ihn auch nur behindert hätte. Aber in ihrer Vielzahl sprachen sie eine beredte Sprache. Der Quorrl hatte die Nacht nicht in einem Kerker oder in Ketten verbracht, wie er halbwegs angenommen hatte, sondern auf der Flucht. Sein goldener Schuppenpanzer war verbeult und voller Staub und Schmutz, und die Haut dort, wo sie nicht von zerkratztem Gold geschützt war, voller Schrammen und kleiner, mehr oder weniger harmloser Wunden. Die Schwertscheide an seinem Gürtel war leer, wies aber deutliche Schrammen und Scharten auf, als hätte er versucht, sie anstelle der Waffe zur Verteidigung zu benutzen, die sie enthalten sollte.

»Was habt ihr mit ihm gemacht?« fragte er zornig.

»Das spielt keine Rolle«, schnappte Ennart. »Wir –«

»Du erfährst kein Wort von mir«, unterbrach ihn Skar. »Nicht, solange ihr Titch nicht freilaßt.«

»Ihn freilassen?« Ennart lachte leise. »Aber wie kann ich das? Er ist kein Gefangener.« Mit einer spöttischen Bewegung drehte er sich zu Titch um und winkte ihm, an seine Seite zu treten. Der Quorrl gehorchte. Seine Bewegungen hatten nichts mehr von der kraftvollen Eleganz, die Skar immer so an ihm bewundert hatte. Sie wirkten hölzern. Wie die einer Puppe. Für einen Moment war er überzeugt, daß Ennart nun auch Titchs Willen gebrochen hatte, wie den Anschis und der anderen *Errish*. Aber die Augen des Quorrl waren klar. Titch *war* ein gebrochener Mann; aber es war nicht der Ssirhaa, der dafür verantwortlich war.

Skars Zorn steigerte sich zu rasender Wut. Wütend trat er auf den Ssirhaa zu und ballte die Faust. Ian hob drohend seinen *Schläfer*, aber Skar ignorierte die Waffe einfach. »Du ... verdammtes ... Ungeheuer«, flüsterte er. »Du –«

»Glaubst du, daß es uns in irgendeiner Form weiterhilft, wenn du mich beschimpfst?« unterbrach ihn Ennart kalt. »Wenn ja, dann laß deinen Gefühlen nur freien Lauf. Wenn nein, dann verschwendest du meine Zeit, Satai. Und ich glaube, daß sie kostbarer ist, als ich bisher angenommen habe.«

Skar beachtete ihn gar nicht mehr, sondern trat einen weiteren Schritt auf den Quorrl zu und berührte seinen Arm. Titch fuhr unter seiner Berührung zusammen. Für einen Moment kreuzten sich ihre Blicke, aber alles, was Skar in den Augen des Quorrl las, war ein abgrundtiefes Entsetzen. Dann fiel ihm der Geruch auf, der Titch anhaftete: ein scharfer, beunruhigender Geruch, dem er nicht das erste Mal begegnete.

»Drachen . . .«, murmelte er, fassungslos und zornig zugleich. Er fuhr herum und funkelte Ennart an. »Ihr . . . habt sie zu den Drachen gesperrt?!«

»Wo sie hingehören, ja«, antwortete Ian an Ennarts Stelle. Sein Gesicht verzerrte sich zu einer Grimasse, in der sich Haß und Abscheu die Waage hielten. »Bestien zu Bestien.«

»Genug«, sagte Ennart ruhig. Ian verstummte. »Du hattest Zeit genug, über das nachzudenken, was ich dir gesagt habe, Satai. Ich habe deine Bedingung erfüllt. Titch lebt, und er ist hier. Und ich habe mit ihm geredet. Es hat also wenig Sinn, wenn du versuchst, mich zu belügen.«

Skar trat einen halben Schritt zurück und tat so, als starre er nachdenklich ins Leere, während er in Wahrheit versuchte, eine Blöße in Ennarts oder Ians Deckung zu sehen; eine Schwäche, die es ihm erlauben mochte, sie anzugreifen und zu überwältigen. Er fand keine; es gab keine. Ennart selbst war der beste Schutz, den der Ssirhaa sich wünschen konnte. Ein Wesen wie ihn mit bloßen Händen anzugreifen, war Selbstmord. Auch für einen Mann wie Skar.

»Der *Daij-Djan* ist dir nicht so unbekannt, wie du mich glauben machen wolltest«, fuhr Ennart fort, als er keine Anstalten machte zu reden. »Im Gegenteil, ich glaube, du weißt mehr über ihn als ich selbst.«

»Titch hat dir erzählt, was geschehen ist, oder?«

»Das hat er. Aber das ist nicht alles, Skar.« Der Ssirhaa legte den Kopf auf die Seite und sah ihn halb abschätzend, halb lauernd an. »Ich glaube, ich habe dich unterschätzt, Satai«, sagte er. »Trotz allem.«

»Das ist schon mehr als einem passiert«, sagte Skar. Wieder suchte sein Blick den Titchs, und wieder gewahrte er einen Ausdruck unsäglichen Schmerzes in den Augen des riesigen Quorrl. Aber da war noch mehr. Etwas, das vor Augenblicken noch nicht dagewesen war. Etwas ... geschah mit dem Quorrl.

»Ich glaube«, fuhr Ennart mit zornbebender Stimme fort, »daß du das Wesen, das du nur einmal gesehen zu haben behauptest, in Wahrheit sehr gut kennst. Was hattest du vor? Ihn hierher zu bringen, damit er sich gegen uns wendet?«

Ennart kam der Wahrheit damit für Skars Geschmack beunruhigend nahe, aber er hatte sich gut genug in der Gewalt, sich auch jetzt noch nichts von seinen Gefühlen anmerken zu lassen. »Wenn es das wäre, was ich vorhatte, Ennart«, sagte er, »hätte ich es längst getan.« *Er ist nämlich schon hier. Er wartet, Ennart. Auf dich. Auf alle anderen hier. Auf Enwor.*

Und plötzlich war die Verlockung da, stärker und unwiderstehlicher als zuvor. Der *Daij-Djan* war zu klug, sich als flüsternder Versucher in seinen Gedanken zu melden, aber mit einem Male war es Skar selbst, der die Bestie entfesseln *wollte*, dieses eine Wort, den einen Gedanken zu denken, der die Bestie endgültig und ein für allemal entfesseln würde. Es würde sein eigenes Ende bedeuten, etwas, das mehr und tausendfach schlimmer als der Tod war, aber das spielte keine Rolle. Er spürte, noch während er den Gedanken dachte, daß er den Kampf auch diesmal noch gewinnen würde. Aber wie oft noch?

»Wer bist du, Skar?« fragte Ennart. »Was willst du wirklich? Du hattest niemals vor, auf mein Angebot einzugehen.«

»Und du hast das niemals wirklich geglaubt«, erwiderte Skar.

»Nein«, sagte Ennart. »Im Grunde nicht. Ich glaube, ich wäre enttäuscht gewesen, hättest du dein Volk verraten. Aber ich war dir diese Chance schuldig. Und mir selbst. Jetzt ...« Er brach ab, blickte einen Moment lang nachdenklich zu Boden und fuhr mit leiser, beinahe bedauernd klingender Stimme fort: »Du läßt mir keine andere Wahl mehr, Satai.«

Er machte eine Bewegung mit der Linken. Anschi und zwei der Zauberpriester wandten sich lautlos um und verließen das Zimmer.

»Bereiten sie meine Hinrichtung vor?« fragte Skar spöttisch.

»Keineswegs«, antwortete Ennart. »Ich brauche dich, Skar. Ich habe dir das Herz des Turmes nicht aus Langeweile gezeigt oder um dir eine Freude zu bereiten.«

»Sondern weil du dabei warst, dir die Finger zu verbrennen, nicht wahr? Du experimentierst mit Kräften, die du nicht verstehst. Du bist ein Narr, Ennart. Du hältst dich für einen Gott, aber du bist nichts als ein verrückter alter Mann, der auf einem Pulverfaß sitzt und es mit einer brennenden Fackel öffnen will.«

»Ein interessanter Vergleich.« Ennart zuckte mit den Schultern und lächelte. »Und wer weiß – vielleicht stimmt er sogar. Warum zeigst du mir nicht, wie ich es öffnen kann?«

»Warum sollte ich?« erwiderte Skar. »Vielleicht finde ich es amüsanter, einfach dazusitzen und zuzusehen, wie du dich selbst umbringst. Und alle anderen hier dazu.«

»Du übertreibst.«

»So? Dann verrate mir, was gestern geschehen ist.« Skar hielt Titch bei diesen Worten scharf im Auge, aber der Quorrl reagierte nicht. Trotzdem spürte er, daß er aufmerksam zuhörte.

Ennarts Miene verfinsterte sich. »Nichts«, sagte er. »Ein unbedeutender Zwischenfall ...«

»... der sich nicht wiederholen wird, ich weiß«, unterbrach ihn Skar. »Das habe ich jetzt schon dreimal gehört, glaube ich. Aber eine Lüge wird nicht zur Wahrheit, wenn man sie nur oft genug wiederholt.«

»Manchmal schon.«

»Es ist euch entglitten«, behauptete Skar. »Der Haß, den dieser Turm ausstrahlt und der ganz Enwor vergiftet, hat sich selbständig gemacht. Früher, als du wolltest. Die Quorrl sind noch nicht an der Reihe, nicht wahr?« Hinter Ennart hob Titch mit einem Ruck den Kopf und starrte ihn an. Seine Augen wurden groß.

»Das ist es doch, was ihr vorhabt, oder?« fuhr Skar fort. Ennart schwieg. »Es spielt gar keine Rolle, wer diesen Krieg gewinnt, wir oder ihr. Wichtig ist nur, daß er geführt wird. Daß genug Menschen, Quorrl und andere Wesen *getötet* werden. Das allein zählt.«

Ennarts Augen wurden schmal. Zu Skars eigenem Erstaunen schwieg der Ssirhaa noch immer, aber es fiel ihm immer schwerer, weiter zu reden. Etwas ... hinderte ihn, den Gedanken weiter zu denken. Er spürte, daß es ganz einfach war, nur noch ein einziger, konsequenter Schritt bis zu seinem logischen Ende, aber da war plötzlich wieder das graue Spinngewebe in seinem Kopf, die unsichtbare Macht, die ihn daran hinderte, es zu tun. Und doch gab ihm irgend etwas die Kraft, zu reden. Nicht zu denken, nur zu reden, die Worte in dem Moment zu formen, in dem er sie aussprach. »Ihr wart es, die ... die Quorrl geschickt haben, um Dels Armee zu unterstützen«, flüsterte er. Der Druck hinter seiner Stirn wurde schlimmer, erreichte die Grenzen des Erträglichen und nahm weiter zu. Skar hatte das Gefühl, sein Schädel müsse platzen, aber gleichzeitig war es ihm auch unmöglich, aufzuhören.

»Es ... es ist die einzige Erklärung«, stöhnte er. »Ihr habt eure ... eure eigenen Krieger gegen ... gegen eure Verbündeten gehetzt.« Wie durch einen Vorhang aus wogender Schwärze sah er, wie Titch sich hinter Ennart zu voller Größe aufrichtete. Das Gesicht des Quorrl verzerrte sich. Etwas ... zerbrach in Titch, als er begriff, daß Skar die Wahrheit sagte. Und was sie bedeutete.

»Was für ein Unsinn«, sagte Ennart. Er gab sich alle Mühe, seine Stimme so sanft und überlegen klingen zu lassen wie immer, aber es gelang ihm nicht ganz. »Warum sollten wir das wohl tun?«

»Ihr ... ihr wollt Enwor gar nicht erobern«, stöhnte Skar. »Das wolltet ihr niemals. Ihr ... ihr wollt es zerstören. Ihr wollt unsere Welt nicht. Ihr wollt eure eigene bauen. Aber dazu muß die alte erst vernichtet werden. Erst unsere, und dann eure.«

Die beiden letzten Worte galten nicht mehr Ennart, sondern Titch, der neben den Ssirhaa getreten war und abwechselnd ihn und Skar voller fassungslosem Entsetzen anstarrte.

»Was dir und deinen Brüdern gestern geschehen ist, ist dasselbe, was sie uns antun, Titch«, fuhr er fort. Er machte eine weit ausholende, zornige Handbewegung. Seine Stimme wurde beschwörend. »Es ist dieser Turm. Der Haß, der unsere Gedanken vergiftet und uns dazu zwingt, diesen Krieg zu führen. Begreif doch, Titch! Sie werden nicht aufhören zu kämpfen, egal ob Del siegt oder nicht! Sie werden sich gegenseitig umbringen, bis keiner mehr da ist, gegen den sie kämpfen können.«

»Und wenn es so wäre?« fragte Ennart.

»Und danach sind die Quorrl an der Reihe«, fuhr Skar fort, noch immer an Titch gewandt. Er wußte, daß der Quorrl die Wahrheit schon längst erkannt hatte. Sie war der Grund des namenlosen Entsetzens, das Skar in seinem Blick gelesen hatte, vorhin, aber auch gestern, als Titch ihn um ein Haar getötet hätte. »Erst uns, und dann euch, Titch. Sie müssen uns nicht einmal töten. Sie brauchen nur zuzusehen, wie wir es selbst tun!«

Er konnte regelrecht sehen, wie sich etwas in dem Quorrl krümmte. Titchs Lippen zitterten, aber er brachte keinen Ton hervor, sondern starrte nur abwechselnd Skar und den Ssirhaa an. Es war nicht nur ein Verrat. Ennart war nicht nur Titchs Herr. Er war sein *Gott*.

Ein Gott, der zur Erde herabgestiegen war, um seine eigenen Kinder zu vernichten.

Titch stöhnte. »Ist das ... ist das wahr, Herr?«

»Es ist zumindest ein interessanter Gedanke, über den nachzudenken sich lohnt«, antwortete Ennart kalt. Lächelnd wandte er sich wieder an Skar. »Und wer weiß – vielleicht stimmt es sogar.

Aber selbst wenn . . . was willst du dagegen tun?«

»Töte ihn, Titch!« sagte Skar.

Titch stöhnte wie unter Schmerzen. Seine Hände zuckten, wurden zu Klauen. Die beiden Zauberpriester hinter Ennart hoben ihre Waffe und wichen hastig ein Stück von dem Quorrl zurück, und auch Skar spannte sich.

Nur Ennart bewegte sich nicht. Reglos und mit einem milden Lächeln stand er da, so völlig von seiner Macht überzeugt, daß er Titch nicht einmal ansah.

Der Quorrl stöhnte erneut. Seine Hände hoben sich, streckten sich nach Ennarts Hals aus, verharrten für die Dauer von drei, vier endlosen Herzschlägen dicht vor seiner Kehle und sanken wieder herab. Mit einem erstickten Keuchen taumelte der Quorrl zurück, prallte gegen die Wand und sank wimmernd in die Knie.

»War es das, was du wissen wolltest?« fragte Ennart ruhig. »Du wolltest meine Macht testen. Du hast es getan. Ich bin froh, daß ich nicht der einzige bin, der seinen Gegner unterschätzt hat, Satai.« Er streckte den Arm aus, ergriff Skars unverletzte rechte Hand und drückte so fest zu, daß Skar vor Schmerz aufstöhnte. »Aber jetzt ist es endgültig genug, kleiner Mann!« fuhr er fort, mit einer Stimme, die wie aus Eis war. »Du hast erfahren, was du wissen wolltest; du brauchst dir also nicht vorzuwerfen, daß du es nicht wenigstens versucht hast. Und nun wirst du tun, was ich von dir verlangt habe, oder das Mädchen stirbt.«

»Niemals!« Skar keuchte vor Schmerz. Wenn Ennart noch um eine Winzigkeit fester zudrückte, würde er ihm die Hand brechen. »Titch!« stöhnte er. »Er ist kein Gott! Er ist nichts als ein böser alter Mann, der –« Er schrie vor Schmerz auf und fiel auf die Knie, als Ennart seine Hand unbarmherzig zusammenpreßte. Seine Berührung war kalt wie Eis, und etwas war . . . *falsch* daran. Aber der Schmerz war einfach zu schlimm, als daß er den Gedanken zu Ende verfolgen konnte.

»Wie du willst.« Ennart ließ seine Hand los und versetzte ihm einen Stoß, der ihn vollends zu Boden schleuderte. »Titch!«

Der Quorrl hob den Blick. Seine Augen waren verschleiert, und seine Lippen und Hände zitterten noch immer. Aber nach einer Sekunde erhob er sich gehorsam und trat mit demütig gesenktem Haupt auf den Ssirhaa zu.

»Geh zu dem Mädchen«, befahl Ennart. »Und nimm deinen Freund mit. Er soll zusehen, wie sie leidet. Vielleicht hilft ihm das, seine Meinung zu ändern.«

»Herr ...«, begann Titch. »Ihr –«

»*Hast du verstanden?*« herrschte ihn Ennart an. Titch krümmte sich wie unter einem Hieb und widersprach nicht noch einmal. Aber als er sich zu Skar umdrehen und ihn am Arm ergreifen wollte, hielt Ennart ihn mit einer raschen Bewegung zurück.

»Das ist deine letzte Chance, Satai«, sagte er. »Ich weiß, wieviel dir an dem Mädchen liegt. Willst du wirklich, daß sie vor deinen Augen gefoltert wird?«

»Was versprichst du dir davon, Ennart?« fragte Skar. »Willst du mir nur deine Macht beweisen, oder glaubst du wirklich, du könntest mich zwingen? Wer sagt dir, daß ich die Kräfte dieses Ortes nicht entfessele, um *dich* zu vernichten?«

»Das kannst du nicht«, antwortete der Ssirhaa. »Auch du bist nichts als ein Werkzeug, Satai. Ein unwilliges Werkzeug, aber trotzdem nicht mehr.«

»Wie die Quorrl.«

»Wie die Quorrl«, bestätigte Ennart.

Es war sein Todesurteil.

Titch bewegte sich so schnell, daß nicht einmal Skar wirklich sah, was er tat, obwohl er es den Bruchteil einer Sekunde vorher in seinen Augen las.

Der Quorrl stieß einen gellenden Schrei aus, versetzte Ennart einen Stoß, der ihn quer durch den Raum und gegen die Wand taumeln ließ und wirbelte herum, ein verschwommener Schatten aus blitzendem Gold und grüngrauen Schuppen, dessen Bewegungen einzeln nicht mehr wahrzunehmen waren, sondern zu einem einzigen, rasend schnellen Huschen wurden, mit dem er die beiden Zauberpriester ansprang. Einer der Männer war tot, ehe er überhaupt begriff, was geschah: Titchs Faust traf seinen Schädel mit entsetzlicher Wucht und zerschmetterte ihn. Der andere versuchte seine Waffe in die Höhe zu reißen, aber auch seine Reaktion war viel zu langsam. Der Quorrl packte ihn, brach seinen Arm, so daß er die Waffe fallen ließ, riß ihn wie ein Kind in die Höhe und brach ihm das Genick. Der ganze Kampf war so schnell vorüber, daß die beiden Männer tot am Boden lagen, noch bevor Ennart sich wieder aufgerichtet und von seiner Überraschung erholt hatte.

Skar bückte sich hastig nach dem *Schläfer*, den einer der Zauberpriester fallen gelassen hatte, und richtete die Waffe auf den Ssirhaa. Ennarts Gesicht verzerrte sich zu einer Grimasse aus Haß und Wut, aber er erstarrte mitten im Schritt; vielleicht war er gegen die Wirkung der Zauberwaffen doch nicht ganz so gefeit, wie er Skar vor Tagen draußen in der Wüste hatte glauben machen wollen.

Auch Titch beugte sich herab, um die zweite Waffe aufzuheben. Aber er behielt sie nur einen Moment in der Hand, ehe er sie mit einer angewiderten Geste von sich schleuderte und sich zu dem Ssirhaa umwandte. Seine Miene war starr; das ausdruckslose Raubtiergesicht eines Quorrl, der seinen Feund musterte.

»Das nutzt euch nichts, ihr Narren«, sagte Ennart abfällig. Mit einer betont langsamen Bewegung richtete er sich zu seiner vollen Größe von mehr als acht Fuß auf, löste die Spange seines Umhanges und ließ das Kleidungsstück achtlos von den Schultern gleiten. Darunter trug er nichts als schuppige Haut von der Farbe geschmolzenen Goldes. Langsam stand er auf und breitete die Arme aus. Unter seiner geschuppten Goldhaut spannten sich Muskeln wie dicke, knotige Stricke. Seine Augen blitzten kampflustig.

»Du willst kämpfen, Satai?« fragte er. »Dann komm!«

Skar hob drohend die Waffe, wich um die gleiche Distanz

zurück, um die Ennart sich ihm genähert hatte, und versuchte umständlich, den linken Arm aus der Schlinge zu nehmen. Ennart beobachtete ihn aufmerksam, machte aber keinen Versuch, den Moment für einen überraschenden Angriff zu nutzen. Er war sich seiner Überlegenheit hundertprozentig bewußt.

»Halt!« sagte Titch scharf. »Er gehört mir!«

Ennart lachte, ein leiser, böser Laut, der ihm auch das allerletzte bißchen Göttlichkeit nahm. Auf seinem Gesicht vermischte sich Mordlust mit Verachtung, als er seine Aufmerksamkeit dem Quorrl zuwandte.

»Dir? Ich bin dein *Gott*, du Narr! Du wagst es, dich gegen mich zu stellen?«

Titch antwortete nicht. Er griff an.

Seine Bewegung schien selbst für den Ssirhaa zu schnell zu kommen, denn die Arme des Goldenen griffen ins Leere, als der Quorrl ihn ansprang. Ennart taumelte und prallte gegen die Wand, als Titch ihn durch die pure Wucht seines Ansturmes aus dem Gleichgewicht riß. Der Ssirhaa brüllte vor Zorn und Schmerz, riß beide Arme in die Höhe und ließ die Fäuste mit fürchterlicher Gewalt auf die Schultern des Quorrl krachen. Aber Titchs Umklammerung lockerte sich nicht; im Gegenteil. Mit aller Gewalt drückte er zu, legte die ganze, ungeheuerliche Kraft seines Quorrl-Körpers in diese eine Bewegung, bis Ennarts Rippen zu knirschen begannen und sich sein Gesicht plötzlich vor Schmerz verzerrte, nicht mehr vor Wut. Wieder ließ er seine Fäuste auf Titchs Schultern krachen, und wieder und wieder, mit Hieben, die irgend etwas in Titchs Körper zerbrechen mußten, denn Skar sah, wie sich der Quorrl jedesmal mehr vor Schmerz krümmte. Aber er ließ den Ssirhaa trotzdem nicht los.

Skar hob unsicher seine Waffe, aber er wagte es nicht, abzudrücken. Die Gefahr, auch Titch zu treffen, war zu groß. Sekundenlang stand er hilflos da und sah dem stummen Ringen der beiden ungleichen Gegner zu, dann schleuderte er den *Schläfer* mit einer zornigen Bewegung von sich, eilte zu einem der toten

Zauberpriester und zog dessen Schwert aus dem Gürtel. Es war eine schwere, schlecht ausbalancierte Waffe, deren Schneide niemals scharf gewesen war, aber es war eine Waffe, die er kannte, und der nichts von der verderblichen Magie einer untergegangenen Wahrheit anhaftete.

Als er sich wieder umwandte, war es Ennart gelungen, einen Arm zwischen seinen Körper und den Titchs zu schieben. Das Gesicht des Ssirhaa war zu einer gequälten Grimasse geworden. Aus seinem Mundwinkel lief Blut, und Titchs Griff schnürte ihm den Atem ab. Aber wenn er schon kein Gott *war*, so hatte er doch dessen Körper – und dessen Kraft. Langsam, aber unaufhaltsam, schob er Titch von sich fort, bekam schließlich auch den anderen Arm frei und schmetterte dem Quorrl die geballte Faust ins Gesicht. Titch wurde zurückgeschleudert, taumelte drei, vier Schritte mit hilflos rudernden Armen rückwärts und stürzte schwer zu Boden.

Und Skar stieß Ennart das Schwert in die Seite.

Es war nicht sein *Tschekal*, das er führte. Die Klinge dieser Waffe bestand nicht aus Sternenstahl, sondern aus schartigem Eisen, das den Körper des Ssirhaa nicht durchbohrte, sondern an seinen Schuppen abglitt und nur ein tiefe, aber nicht tödliche Fleischwunde zurückließ. Ennart kreischte wie ein verwundeter Drache, torkelte zur Seite und schlug Skar noch in der gleichen Bewegung die Waffe aus der Hand. Das Schwert flog davon, prallte gegen die Wand und zerbrach, und auch Skar taumelte zurück. Sein rechter Arm war gelähmt, unterhalb des Ellbogens, wo ihn Ennarts Faust getroffen hatte.

Der Ssirhaa kam zugleich mit ihm wieder auf die Füße. Auch er taumelte. Die linke Hand hatte er auf die Wunde in seiner Seite gepreßt, aus der Blut in dicken, pulsierenden Strömen floß. Skar begriff, daß die Verletzung schlimmer war, als er angenommen hatte; wahrscheinlich schwer genug, Ennart zu töten.

Aber nicht schnell genug.

Skar sah sich verzweifelt nach einer anderen Waffe um. Es gab keine. Sein Schwert war zerbrochen, und Ennart stand zwischen ihm und dem Leichnam des zweiten Zauberpriesters, so daß er keine Chance hatte, sich dessen Schwert zu bemächtigen. Ganz davon abgesehen, daß der Ssirhaa ihm nicht die Zeit dazu gelassen hätte. Schritt für Schritt wich er vor dem näher kommenden Ssirhaa zurück, bis sein tastender Fuß gegen den Tisch stieß. Sein Blick fixierte Ennarts geballte Faust. Ein einziger Schlag dieser Riesenhand würde ihn töten.

Er versuchte, sich zur Ruhe zu zwingen, innerlich wieder zum Satai zu werden, nicht mehr Mensch, sondern nur noch Krieger zu sein, der Angst und Schmerz in Kraft und Überlegenheit zu verwandeln wußte, aber es gelang ihm nicht völlig. Trotz allem lähmte ihn Ennarts Nähe noch immer. Es war, als ginge von dem Ssirhaa etwas aus, das seine Konzentration unterbrach, der uralten Satai-Disziplin, nach der er erzogen war, entgegenwirkte wie ein geistiges Gift. Es war ... verwirrend. Verwirrend und erschreckend. Und er hatte etwas Ähnliches schon einmal erlebt. Er wußte nur nicht mehr, wann.

Der Ssirhaa schlug zu. Skar sah den Hieb kommen, wich zum Schein zur Seite aus und warf sich blitzschnell nach hinten. Sein gekrümmter Rücken rollte über den Tisch ab, seine Füße kamen hoch und trafen Ennarts Gesicht mit fürchterlicher Wucht, dann stürzte er auf der anderen Seite des Tisches zu Boden, während der Fausthieb des Ssirhaa die zollstarke Tischplatte zermalmte wie dünnes Papier. Blitzschnell war Skar wieder auf den Beinen, griff noch im Aufspringen nach einem Tischbein und schmetterte es dem Ssirhaa gegen die Kehle. Ennart wankte. Sein Gesicht war voller Blut, und seine rechte Seite hatte sich rot gefärbt. Er hinkte, und er schien Mühe zu haben, den rechten Arm zu heben.

Aber er war auch mit nur einer Hand ein mörderischer Gegner. Seine Faust verfehlte Skars Gesicht, aber er packte ihn an der Schulter, riß ihn herum und versetzte ihm einen Stoß, der ihn zu Boden schleuderte und hilflos quer durch den gesamten Raum schlittern ließ, ehe er mit einem betäubenden Schlag gegen die

Wand prallte. Ennart knurrte wie ein gereizter Tiger, war mit zwei, drei gewaltigen Schritten über ihm und riß ihn brutal in die Höhe.

Skar wehrte sich ganz instinktiv. Mit einem blitzartigen Hochreißen des Armes versuchte er Ennarts Faust beiseite zu fegen, aber es war, als schlüge er gegen Stahl. Der Ssirhaa wankte nicht einmal, stieß ihn aber gleichzeitig noch einmal und so heftig gegen die Wand, daß er fast das Bewußtsein verlor.

Ein gellender Schrei erklang. Ennart taumelte, von einem golden und grün gefleckten Schatten getroffen und zur Seite gerissen, und plötzlich war Skar frei. Er sank an der Wand entlang in die Knie, kämpfte sich mit verzweifelter Kraft wieder in die Höhe und blinzelte den Schleier aus Schmerz und Blut weg, der vor seinen Augen wogte.

Es war nur eine winzige Atempause, die Titch ihm verschafft hatte. Ennart hatte den Quorrl abermals zu Boden geschleudert. Titch versuchte wieder aufzuspringen, aber Ennart war blitzschnell hinter ihm, ballte die gesunde Hand zur Faust und schlug sie ihm mit entsetzlicher Kraft in den Nacken. Titch stöhnte. Er verlor nicht das Bewußtsein, aber seine Arme knickten plötzlich unter dem Gewicht seines eigenen Körpers ein. Er stürzte abermals, schlug schwer mit dem Gesicht auf dem Metallboden auf und blieb stöhnend liegen. Eine Sekunde lang blieb der Ssirhaa breitbeinig und mit erhobener Faust über ihm stehen, aber der tödliche Hieb, mit dem Skar rechnete, kam nicht.

Statt dessen richtete sich der Ssirhaa wieder auf, drehte sich herum und kam mit langsamen, wiegenden Schritten auf Skar zu. Die Wunde in seiner Seite blutete noch immer. Der Strom aus pulsierendem Rot war sogar heftiger geworden; der Ssirhaa zog eine breite, unterbrochene Blutspur hinter sich her. Er würde sterben, dachte Skar. Aber nicht, bevor er ihn und Titch getötet hatte.

Langsam, den Rücken fest gegen die Wand gepreßt, wich er vor dem näher kommenden Ssirhaa zurück. Wenn er sich nur konzentrieren könnte! Wenn da nur dieses ... Etwas nicht wäre, das ihn daran hinderte, zu kämpfen wie ein Satai, jene fast unerschöpflichen Quellen verborgener Kraft anzuzapfen, die tief in jedem Menschen schlummerten, und die das Geheimnis der Unbesiegbarkeit der Satai waren. Aber er konnte es nicht, so sehr er es auch versuchte. Etwas ging selbst jetzt noch von Ennart aus, das ihn lähmte, ihn zu einem ganz normalen Menschen machte, der hilflos war gegen diesen goldenen Koloß.

Der Ssirhaa folgte ihm im gleichen Tempo, in dem er vor ihm zurückwich. Er hätte ihn mit einem einzigen schnellen Schritt erreichen können, aber er schien es plötzlich gar nicht mehr eilig zu haben; so als zögere er den Augenblick, in dem er Skar töten würde, absichtlich hinaus. Es waren nur noch Sekunden, die ihm blieben; zwei, allerhöchstens drei Schritte, bis Ennart ihn in die Ecke gedrängt hatte, aus der es kein Entkommen mehr gab.

Sein Fuß stieß gegen etwas Hartes. Metall klirrte, und als Skar für den Bruchteil einer Sekunde den Blick senkte, sah er den zersplitterten Stumpf des Schwertes, das Ennart ihm aus der Hand geschlagen hatte.

Der Ssirhaa lächelte böse. *Heb es auf,* sagte sein Blick. *Warum bückst du dich nicht und versuchst es?* Und für einen ganz kurzen Moment war Skar sogar versucht, es zu tun. Vielleicht hätte er eine Chance gehabt, wäre er im Vollbesitz seiner Kräfte gewesen. Vielleicht wäre es den übermenschlich schnellen Bewegungen eines Satai möglich gewesen, sich zu bücken, das Schwert zu ergreifen und sich zur Seite zu werfen, ehe ihn der tödliche Hieb traf, aber er *war* kein Satai in diesem Moment, und der Ssirhaa schien dies ganz genau zu wissen. Der Anblick der Waffe, die zum Greifen nahe und doch unerreichbar weit vor Skars Füßen lag, schien ihn zu amüsieren. In dem Blut und Schmerz auf seinem goldenen Gesicht erschien ein böses, abgrundtief böses Lächeln. Es war kein Zufall, daß er sich nicht seiner gewohnten Kräfte bedienen konnte, dachte Skar erschrocken. Es war auch nichts an dem Ssirhaa. Es war etwas, was er *tat.*

Und dann geschah etwas Entsetzliches. Für einen kurzen Moment, zu kurz, um sicher zu sein, ob er es wirklich gesehen hatte oder ob ihm seine Nerven einfach einen Streich spielten, schien Ennarts Gesicht zu *zerfließen*. Die goldenen Schuppen flirrten und wogten wie ein Spiegelbild auf klarem Wasser, und darunter glaubte Skar ein zweites Gesicht zu sehen, ein Antlitz wie das eines Menschen, aber nicht ganz, schmal, grausam, mit Augen, in denen sich nichts als Zorn und das Feuer eines Hasses wiederspiegelten, das seit Millionen Jahren brannte.

Das Trugbild erlosch so schnell, wie es gekommen war. Aber das böse Glühen in Ennarts Augen war heller geworden, sein Lächeln triumphierend, als hätte er Skar im letzten Moment seines Lebens zeigen wollen, gegen wen er *wirklich* kämpfte, wer der Feind war, der eine ganze Welt zum Narren hielt. Er lachte gellend, hob die Faust und schlug zu.

*Bruder!* dachte Skar.

Neben dem Ssirhaa erschien ein Schatten. Ennart registrierte die Bewegung aus dem Augenwinkel, führte seinen Schlag nicht zu Ende und fuhr herum, um statt Skar Titch niederzuschlagen.

Aber es war nicht Titch.

Vor ihm stand der *Daij-Djan*. Und diesmal konnte der Ssirhaa ihn *sehen*!

Ennart erstarrte. Sein Mund öffnete sich wie zu einem Schrei, aber er gab keinen Laut von sich. Seine Augen schienen vor Entsetzen aus den Höhlen zu quellen, als er auf das kleine, tödliche Insekten-Ding vor sich herabstarrte, und auf seinen Zügen erschien ein Ausdruck so abgrundtiefen Grauens, wie Skar ihn niemals zuvor bei einem lebenden Wesen erblickt hatte. Der *Daij-Djan* hob eine seiner tödlichen Klauen.

Skar ließ sich fallen, packte den Griff des zersplitterten Schwertes und schrie, so laut er konnte: »NEIN! TU ES NICHT!«

Die Bewegung des *Daij-Djan* brach ab. Seine Kralle verharrte Millimeter vor Ennarts Kehle, und die glatte Fläche seines Gesichtes wandte sich Skar zu; fragend, verwirrt, aber auch zornig, als er begriff, daß er betrogen worden war. Und auch Ennart drehte erschrocken den Kopf und sah auf ihn herab.

Skar packte den Schwertgriff mit beiden Händen, sprang auf und rammte dem Ssirhaa die Waffe bis ans Heft in den Leib.

Ennart keuchte vor Schmerz. Er taumelte zurück, schlug Skars Hände in einem blinden Reflex zur Seite und umklammerte den Schwertgriff, der aus seinem Unterleib ragte. Schreiend vor Schmerz brach er in die Knie, riß mit einer letzten, gewaltigen Kraftanstrengung die Waffe aus der furchtbaren Wunde und starb. Er war tot, noch bevor er zur Seite kippte.

Langsam drehte sich Skar herum. Der *Daij-Djan* stand noch immer da, schweigend, zornig, ein schwarzes Bündel aus Horn und loderndem Haß, das um seine Beute geprellt worden war.

Skars Blick suchte Titch. Der Quorrl lag nur wenige Schritte entfernt. Er lebte, war aber offensichtlich ohne Bewußtsein. Gut. Hastig wandte er sich wieder an den *Daij-Djan.* »Geh«, sagte er.

*Gehen, Bruder?* Selbst das lautlose Flüstern in seinen Gedanken klang wütend. *Du hast mich gerufen. Ich habe dir gesagt, was geschieht, wenn du dies tust. Du gehörst mir.*

»Nein, du Bastard«, antwortete Skar. »Noch nicht. Vielleicht, wenn du für mich tötest. Wenn du es tust, weil ich es will. Aber das hast du nicht.«

*Du hast mich betrogen, Bruder,* wisperte der *Daij-Djan. Aber das wird dir nichts nutzen. Und es wird dir nicht noch einmal gelingen.*

»Wir werden sehen.«

*Du wirst dafür bezahlen. Niemand betrügt den Tod zweimal.* Der Schatten verschwand, so lautlos und schnell, wie er gekommen war.


»Kannst du aufstehen?«

Skar mußte die Frage zweimal stellen, ehe Titch überhaupt darauf reagierte. Der Quorrl versuchte es, aber sein rechtes Bein knickte unter dem Gewicht seines Körpers weg. Er fiel so schwer auf das Knie zurück, daß er vor Schmerz aufstöhnte.

Skar unterdrückte den Impuls, die Hände auszustrecken, um ihm zu helfen. Der Quorrl war viel zu schwer, als daß er ihn hochheben könnte; und er befand sich in einem Zustand, in dem er vollkommen unberechenbar und wahrscheinlich gefährlich war, auch für ihn. Reglos sah er zu, wie Titch erneut versuchte, auf die Beine zu kommen und sich schließlich an den Überresten des zerbrochenen Tisches in die Höhe zog. Er wankte, aber er stand aus eigener Kraft. Sein Blick irrte wild durch den Raum, huschte hierhin und dorthin, huschte über Skars Gesicht und blieb schließlich an Ennarts Leichnam hängen.

»Du hast ihn ... getötet«, murmelte er.

Skar war nicht einmal sicher, daß es so gewesen war. Der Ssirhaa lag mit dem Gesicht nach unten da, aber er hatte den Ausdruck tödlichen Entsetzens nicht vergessen, der sich in die Züge des Quorrl-Gottes eingegraben hatte, als er starb. Vielleicht war es nicht einmal seine Klinge gewesen, die ihn getötet hatte, sondern der bloße Anblick des *Daij-Djan*.

Einen Moment lang überlegte er ernsthaft, Titch zu erzählen, was *wirklich* passiert war, verscheuchte diesen Gedanken dann aber wieder. Irgendwann einmal würde er es tun. Vielleicht.

»Wirst du gehen können?« fragte er.

»Gehen?« Titchs Blick flackerte. Etwas wie Wahnsinn starrte Skar an, als er in seine Augen sah. »Aber wohin denn?« Seine Hände öffneten und schlossen sich in unablässigen, kraftvollen Bewegungen. Er zitterte am ganzen Leib. Der Quorrl stand kurz vor dem Zusammenbruch, nicht nur körperlich.

Skar deutete auf den toten Ssirhaa, dann zum Fenster. »Zuerst einmal raus hier, egal wohin. Ehe sie merken, was passiert ist.«

Titch hörte seine Worte gar nicht. Seine Hände bewegten sich noch immer, und das Zittern seiner Glieder war stärker geworden. »Er ... war kein Gott«, flüsterte er. Er starrte Skar an. Sein Blick war wie ein stummer Schrei. »Sie ... sie haben uns belogen, Skar. Sie haben uns all die Zeit über belogen. Sie ... sie wollen uns vernichten, so wie euch.«

Skar sah fast ängstlich zur Tür. Titch war nur wenige Augenblicke bewußtlos gewesen, aber jede Sekunde war unendlich kostbar. Bisher schien niemand gemerkt zu haben, was geschehen war, aber irgendwann würde Ian oder einer seiner Brüder zurückkehren. Wenn sie überhaupt eine Chance hatten, diesen Turm lebendig zu verlassen, dann nur, solange niemand von Ennarts Tod und ihrer Flucht wußte.

»Sie sind nicht unsere Götter«, stammelte Titch.

»Ich fürchte, wir werden niemals Gelegenheit haben, das herauszufinden, wenn wir noch lange hier herumstehen«, antwortete Skar nervös. Er sah den Quorrl abschätzend an, kam zu dem Ergebnis, daß Titch im Moment wohl eher eine Gefahr als eine Hilfe darstellte, und wandte sich mit einer entschlossenen Bewegung zur Tür.

»Du wartest hier auf mich«, sagte er. »Ich hole Kiina.«

»Warte, Satai.« Titch streckte die Hand nach ihm aus. Trotz seiner ungeheuren Größe und Kraft wirkte die Bewegung hilflos, flehend. Skar blieb stehen. In Titchs Blick rangen noch immer Wahnsinn und Schmerz miteinander, aber er war trotzdem klarer als noch vor Augenblicken. »Du ... du hast keine Chance, allein«, sagte er. »Sie werden dich töten.« Er ließ den Arm sinken, richtete sich vollends auf und fuhr sich mit dem Handrücken durch das Gesicht. An seinen Fingern klebte Blut, als er die Hand wieder senkte, und er humpelte sichtbar. Aber Titch war schon in erbärmlicher Verfassung gewesen, als sie ihn hergebracht hatten. Vielleicht würde sein Zustand zumindest einem flüchtigen Beobachter nicht sofort auffallen.

»Weißt du, wo das Mädchen ist?«

Skar nickte, und Titch machte eine auffordernde Handbewegung zur Tür. Dicht hintereinander traten sie auf den still daliegenden Gang hinaus, wobei Titch eine seiner riesigen Pranken schwer auf Skars Schultern legte und ihn mehr vor sich herschob, als er ihn führte. Wer immer ihnen zufällig begegnen mochte, mußte ihn für einen Gefangenen Titchs halten. Skar bewunderte insgeheim die Umsicht und Kaltblütigkeit des Quorrl, doch ihm wurde auch fast im gleichen Augenblick klar, daß es in Wahrheit das genaue Gegenteil war: Titch mußte Höllenqualen erleiden. Seine Ruhe war in Wirklichkeit nichts als ein verzweifelter Versuch, sich an Äußerlichkeiten zu klammern, zu *tun*, statt zu *denken*.

Sie erreichten Kiinas Zimmer, ohne einem anderen Menschen zu begegnen. Der Turm schien ausgestorben zu sein. Die unheimliche Stille, die hier oben herrschte, erschien Skar doppelt bedrohlich und furchteinflößend. Und ein kleines bißchen alarmierte sie ihn auch. Er konnte sich nicht vorstellen, daß niemand Ennarts Tod bemerkt haben sollte. Der Ssirhaa war viel mehr als nur der Beherrscher dieses Turms gewesen. Sie hatten nicht sehr viel Zeit.

Auch die Tür von Kiinas Zimmer teilte sich vor ihnen und glitt wie von Geisterhand bewegt auf, als sie sich ihr näherten. Der dahinterliegende Raum war von hellem Sonnenlicht durchflutet, das Skar im ersten Augenblick blendete. Er erkannte nur Schatten, von denen zwei übergroß und fast mißgestaltet wirkten: Ian und der zweite Zauberpriester. Er blinzelte, hob instinktiv die Hand über die Augen und stolperte mit einem ungeschickten Schritt durch die Tür, als Titch ihm einen Stoß versetzte. Obwohl sich seine Augen noch immer nicht völlig auf das ungewohnte Licht eingestellt hatten, erkannte er, daß sich außer den beiden Zauberpriestern nur Anschi und Kiina im Zimmer aufhielten.

Es ging alles unglaublich schnell; und beinahe *zu* leicht. Skar erkannte Ian in einem der unförmigen Schatten, taumelte in einem perfekt geschauspielertem Stolpern auf ihn zu und griff scheinbar blindlings um sich, wie um sein Gleichgewicht wiederzufinden. Ian schien im letzten Augenblick etwas zu spüren, denn aus dem Haß auf seinem Gesicht wurde Schrecken, und er versuchte sogar noch, die Waffe zu heben. Aber seine Bewegung war viel zu langsam. Skar packte sein Gelenk, verdrehte es mit einem einzigen kraftvollen Ruck und schlug dem Zauberpriester die Handkante gegen den Adamsapfel, als er die Waffe fallen ließ. Hinter ihm erscholl ein gurgelnder, abgehackter Schrei, als Titch sich auf den zweiten Zauberpriester warf und ihn blitzschnell ausschaltete. Die beiden Männer lagen reglos am Boden, noch ehe sich die Tür mit einem leisen Zischen hinter Titch wieder schloß.

Skar fuhr herum und blieb mitten in der Bewegung stehen, als er sah, daß Anschi zum Fenster zurückgewichen war und ihr Schwert gezogen hatte. Ein leises Gefühl von Verärgerung machte sich in ihm breit. Es war seine eigene Waffe, die die *Errish* trug. Sein *Tschekal*. Er trat einen weiteren Schritt auf Anschi zu und streckte fordernd die Hand aus. Die *Errish* packte den Schwertgriff mit beiden Händen, spreizte die Beine und hob die Waffe ein wenig höher. Ihr Gesicht verriet keine Angst, nur Konzentration.

»Versuch es nicht«, sagte Skar.

Anschi fuhr sich nervös mit der Zungenspitze über die Lippen und versuchte zur Seite auszuweichen und gleichzeitig Skar und Titch im Auge zu behalten. Ihre Finger spielten nervös am Griff des *Tschekal*. Sie hielt die Waffe mit aller Kraft, erkannte Skar. Ihre Armmuskeln waren bis zum Zerreißen angespannt, was sie im Ernstfall den Sieg kosten würde. Das Satai-Schwert war viel zu leicht, um es wie einen zentnerschweren Bihänder zu führen.

Aber er hatte nicht vor, mit Anschi zu kämpfen.

»Tu es nicht«, sagte er noch einmal. »Selbst wenn du einen von uns besiegen würdest, würde der andere dich töten.« Er machte einen weiteren Schritt auf die *Errish* zu und blieb wieder stehen. Abermals streckte er fordernd die Hand aus.

Anschis Bewegungen wurden fahriger. Sie machte einen Schritt nach links, blieb wieder stehen, als Titch sich hinter Skar in die gleiche Richtung bewegte und ihr den Weg abschnitt, und sah sich mit kleinen, nervösen Gesten um. Dann senkte sie mit einem

Ruck die Arme, warf Skar das Schwert vor die Füße und richtete sich auf.

»Warum sollte ich dir die Genugtuung bereiten, mich zu besiegen? Ihr kommt sowieso nicht weit, ihr Narren.«

Skar bückte sich nach seinem *Tschekal*, schob es in den Gürtel und wandte sich zu Kiina um. Das Mädchen hatte sich nicht gerührt, seit sie hereingekommen waren. Sie saß in dem Stuhl unter dem Fenster, in dem Skar sie auch das letzte Mal gesehen hatte, und in ihren Augen war die gleiche Leere wie am Morgen. Sie war wach, und ihr Blick folgte Skar, als er auf sie zutrat, aber es war nicht der Blick eines Menschen, der wirklich begriff, was um ihn herum vorging.

Skar beugte sich über sie, nahm ihr Gesicht in beide Hände und zwang sie, ihm direkt in die Augen zu sehen. Auf Kiinas Gesicht erschien ein mattes, teilnahmsloses Lächeln. »Skar?« fragte sie. »Du bist zurück?«

Wütend richtete sich Skar wieder auf und fuhr zu Anschi herum. »Was habt ihr mit ihr gemacht?« fragte er.

Anschi schürzte herausfordernd die Lippen. »Nichts«, sagte sie. »Sie ... schläft, das ist alles.«

»Dann weck sie auf. Sofort.«

»Tu es doch selbst, du großer Held!« sagte Anschi trotzig. »Du ...«

Skar war mit einem einzigen Schritt bei ihr, riß sie herum und verdrehte ihren Arm. »Weck sie auf«, sagte er noch einmal, »oder ich breche dir den Arm!«

Anschi keuchte und schlug wild mit der freien Hand um sich, aber Skar ließ ihren Arm nicht los, sondern verstärkte im Gegenteil den Druck auf ihr Ellbogengelenk noch mehr, bis die *Errish* vor Schmerz stöhnte und ihren Widerstand aufgab. Skar versetzte ihr einen Stoß, der sie vor Kiinas Stuhl auf die Knie fallen ließ, und hob drohend die Hand. »Weck sie auf!«

Zwei, drei Sekunden lang blieb die *Errish* einfach reglos auf den Knien hocken und starrte haßerfüllt zu ihm hoch, dann erlosch ihr Widerstand. Sie stand umständlich auf, trat an ein kleines Tischchen neben dem Fenster und nahm eine silberne Ampulle von der Größe ihres Zeigefingers zur Hand. Sie öffnete sie, schwenkte das Röhrchen ein paarmal unter Kiinas Gesicht hin und her und verschraubte den Deckel sorgfältig wieder, als Kiina unruhig den Kopf zu bewegen begann.

»Ein Riechfläschchen?« fragte Skar überrascht.

»Was hast du erwartet?« Anschi machte ein abfälliges Geräusch. »Einen Zauberspruch?«

Skar schluckte die ärgerliche Antwort herunter, die ihm auf der Zunge lag, und beugte sich statt dessen abermals über Kiina. Die Augen des Mädchens waren noch immer verschleiert, aber ihr Blick begann sich zu klären. Und mit dem Erkennen kehrte die Angst in ihre Augen zurück.

»Skar«, murmelte sie verstört. »Was ist ...«

»Nicht jetzt«, unterbrach sie Skar. »Wir müssen verschwinden, Kiina. Wir fliehen.«

»Fliehen?«

»Fliehen?« wiederholte auch Anschi überrascht. »Du mußt verrückt geworden sein, Satai. Du kommst nicht einmal aus diesem Zimmer heraus, geschweige denn aus dem Turm.«

Skar beachtete sie nicht. Vorsichtig ergriff er Kiinas Hand, half ihr, sich aus dem Sessel zu erheben und überzeugte sich davon, daß sie aus eigener Kraft stehen konnte, ehe er sie losließ.

Auf dem Boden regte sich Ian stöhnend. Titch knurrte drohend und machte einen Schritt in seine Richtung, aber Skar winkte rasch ab, kniete selbst neben dem Zauberpriester nieder und drehte ihn grob auf den Rücken. Ian versuchte instinktiv, seine Hände beiseite zu schlagen, aber seine Bewegungen waren schwach und ziellos. Er atmete keuchend und ungleichmäßig, und Skar begriff erschrocken, daß er ihn um ein Haar getötet hätte. Er hatte das nicht gewollt. Sie wollten fliehen, kein Blutbad anrichten. Und außerdem brauchten sie Ian.

»Sucht alles zusammen, was wir gebrauchen können«, sagte

er, an Titch und Kiina gewandt. »Warme Kleider, Decken … und vor allem Wasser. Beeilt euch.«

»Ihr seid ja wahnsinnig, ihr beiden«, sagte Anschi. »Ihr glaubt doch nicht wirklich, daß ihr hier herauskommt?!«

Skar ignorierte auch diesen Einwurf. Er beugte sich tiefer über Ian, zog ihn an der Schulter in die Höhe und schlug ihm leicht mit der flachen Hand ins Gesicht. Der Zauberpriester stöhnte, versuchte abermals die Hände zu heben und öffnete die Augen.

»Verstehst du mich?« fragte Skar.

Ian antwortete nicht, aber in den Schmerz auf seinem Gesicht mischte sich Haß. Er war wach, und er hatte ihn erkannt.

»Hör mir gut zu«, sagte Skar. »Ich habe nicht viel Zeit, mit dir zu diskutieren, Ian. Du wirst uns jetzt sagen, wie wir hier herauskommen. Dafür lasse ich dich am Leben. Wenn nicht, stirbst du.«

Ian versuchte zu antworten, aber seine Stimme versagte ihm den Dienst; über die Lippen des Zauberpriesters kam nur ein ersticktes Röcheln. Skar stand auf, zerrte Ian mit einer ungeduldigen Bewegung in die Höhe und warf ihn in den Stuhl, in dem Kiina gesessen hatte.

»Wenn du nicht reden kannst, dann wirst du uns führen«, sagte Skar. »Und falls du vorhast, uns in eine Falle zu locken, dann vergiß das lieber. Wahrscheinlich würde es dir sogar gelingen, aber ich verspreche dir, daß wir noch Zeit finden, dich umzubringen.«

»Dann … tu es … doch«, röchelte Ian. Er hustete qualvoll, krümmte sich wie unter Schmerzen und schlug beide Hände gegen den Leib. Skar riß seinen Arm zurück, ehe seine Finger einen der zahllosen Knöpfe und Schalter auf seinem Gürtel berühren konnten.

»Versuch das nicht noch einmal«, sagte er drohend.

Tatsächlich ließ sich Ian gegen die Lehne des Sessels fallen und legte gehorsam die Hände auf die Armstützen. Aber seine Augen funkelten trotzig, als er zu Skar hochsah. »Bring … mich doch ... um, du ... Narr!« keuchte er. »Du erfährst nichts von mir.«

»Überlaß ihn mir«, verlangte Titch. »Ich bringe ihn zum Reden.«

Ians Gesicht verzerrte sich vor Angst. Trotzdem, dachte Skar, würde er nicht reden. Er hatte Angst vor dem, was Titch ihm antun könnte, aber sein Haß auf den Quorrl und ihn, Skar, war größer als seine Furcht. Resignierend schüttete er den Kopf. »Nein. Er wird nicht reden. Und wir haben auch gar keine Zeit, ihn zu verhören. Fessele ihn. Aber gründlich.«

»Ich weiß nicht, wie ihr es geschafft habt, die Wachen zu übertölpeln«, sagte Ian haßerfüllt. »Aber Ennart wird euch vernichten!«

»Das dürfte ihm ziemlich schwerfallen«, antwortete Skar. »Er ist tot.«

*Tot?* Ian versuchte zu lachen, aber seine Gesichtszüge entgleisten. Seine Hände schlossen sich so fest um die Armlehnen, daß das Holz knirschte. »Das ist nicht wahr!«

»Glaube es oder laß es sein«, sagte Skar achselzuckend. Er trat zurück, um Titch Platz zu machen, der mit den Streifen eines in Fetzen gerissenen Bettlakens kam, um Ian an den Stuhl zu binden. Während er es tat, drehte sich Skar wieder zu Kiina und Anschi um, um die *Errish* im Auge zu behalten. Kiinas Gesicht spiegelte auch jetzt nichts weiter als Verwirrung, aber auf Anschis Zügen hatte sich der gleiche Ausdruck ungläubigen Entsetzens breitgemacht wie auf denen des Zauberpriesters.

»Tot?« flüsterte sie. »Ihr habt ihn ... getötet? Aber das ist unmöglich!«

»Nichts ist unmöglich«, antwortete Skar. Er beobachtete Anschi scharf, während er sprach. Die *Errish* war so erschrocken wie Ian, aber in die Fassungslosigkeit in ihrem Blick mischte sich noch etwas ... *Erleichterung?* dachte Skar verwirrt.

Vielleicht. Etwas von ihr, ein kleiner, aber ungebrochener Teil der *Errish*, war noch immer sie selbst. Ian und seine Brüder hatten vielleicht ihren Willen gebrochen, aber es war ihnen nicht gelungen, sie ganz zu einer Puppe zu machen.

»Du wirst uns hier herausbringen«, sagte er.

»Das kann sie gar nicht«, sagte Ian hämisch. »So wenig wie ihr oder ich. Nur Ennart selbst kann das Tor öffnen.«

»Er ... er sagt die Wahrheit, Skar«, sagte Anschi unsicher. »Es gibt nur ein einziges Tor, unten auf der Nordseite der Festung. Nachdem die Quorrl uns angegriffen hatten, ließ Ennart es schließen. Und nur er selbst wußte, wie es wieder zu öffnen war.« Skar spürte, daß sie die Wahrheit sprach. Sie war gar nicht in der Verfassung, überzeugend zu lügen.

»Eure Flucht ist zu Ende, ihr Narren«, sagte Ian triumphierend. »Und wenn ihr Ennart wirklich getötet habt, dann werdet ihr euch wünschen, niemals geboren zu sein, das schwöre ich euch.« Er lachte böse. »Einen famosen Fluchtplan habt ihr euch ausgedacht, wirklich.«

Titch versetzte ihm einen Schlag mit der flachen Hand, der ihn halb bewußtlos im Stuhl zusammensacken ließ. Skar runzelte mißbilligend die Stirn, sagte aber nichts. Er war schon froh, daß Titch den Zauberpriester nicht kurzerhand erschlagen hatte. Und er war der Verzweiflung nahe, auch wenn er sich alle Mühe gab, das Kiina und Titch gegenüber nicht erkennen zu lassen. Ian hatte recht gehabt. Sie hatten nicht nur einen *schlechten* Fluchtplan, sie hatten *überhaupt* keinen Plan. Alles war viel zu schnell gegangen, als daß er bisher Zeit gehabt hätte, auch nur einen klaren Gedanken zu fassen. Was nutzte es ihnen, den Ssirhaa besiegt zu haben, wenn sie keine Möglichkeit fanden, aus diesem verdammten Turm zu entkommen? Seine Wände waren hundertfünfzig Fuß hoch und glatt wie poliertes Glas. Sie müßten schon fliegen können, um ...

»Die Daktylen«, sagte er aufgeregt. »Wo sind Sie, Anschi?«

Die *Errish* schwieg verbissen. Skar trat drohend auf sie zu und hob die Hand. Anschi fuhr zusammen, als hätte er sie bereits geschlagen, und wich vorsichtshalber einen Schritt zurück. Ihr

Blick glitt unstet zwischen Skar und Ian hin und her, und Skar konnte regelrecht sehen, wie es hinter ihrer Stirn arbeitete. Der suggestive Bann des Zauberpriesters war noch immer stark, aber sie hatte auch Angst. »Sie nutzen euch nichts«, sagte sie schließlich. »Die Startplattform wird bewacht. Niemand kann sie ohne Ennarts Erlaubnis betreten.«

»Die haben wir«, sagte Skar ruhig. Er zog sein *Tschekal* eine Handspanne weit aus der Scheide, so daß Anschi den blitzenden Stahl sehen konnte. »Siehst du? Und wenn es deine Schwestern sind, die die Tiere bewachen, dann solltest du sie davon überzeugen, uns gehen zu lassen. Es sei denn, dir liegt nicht viel an ihrem Leben.«

»Selbst wenn ich es täte!« widersprach Anschi erregt. »Ihr könnt sie nicht fliegen.«

»*Ich* kann es«, sagte Kiina.

Skar sah sie zweifelnd an. Er wußte, daß Kiina zumindest einen Teil der geheimen Kräfte der *Errish* beherrschte. Sie hatte einen Drachen geritten, als sie zu ihrem Heer gestoßen war, und auch wenn ihre Fähigkeiten lange nicht an die Anschis heranreichen mochten, würden sie sicher ausreichen, einen so primitiven Intellekt wie den einer Daktyle zu lenken. Unter normalen Umständen.

Aber die Umstände waren nicht normal. Kiina war krank und am Ende ihrer Kräfte, und sie würden die Daktylen nicht einfach nur *reiten* müssen. Skar war nicht so naiv, sich einzubilden, daß man sie nicht verfolgen würde. Was ihnen bevorstand, war eine verzweifelte Jagd, bei der sie das Wild waren.

»Bist du sicher?« fragte er.

Kiina lächelte schwach. Sie schüttelte den Kopf. »Nein.«

»Und du?« Skar wandte sich mit einem fragenden Blick an Titch. »Kannst du eine Daktyle reiten?«

»Wenn sie mein Gewicht tragen kann.«

»Ein Tier für drei Reiter?« Anschi machte ein abfälliges Geräusch. »Selbst wenn dieses dumme Kind das Unmögliche schafft und eine Daktyle lenkt, wird sie unter eurem Gewicht einfach vom Himmel fallen.«

»Wieso *ein* Tier, Anschi?« fragte Skar. »Wir werden zu zweit sein. Du wirst die zweite Daktyle reiten. Zusammen mit Titch.«

Anschi erbleichte noch ein bißchen mehr und starrte den Quorrl an.

Titch grinste. Und diesmal gab er sich sogar Mühe, wie ein Ungeheuer auszusehen.

Etwas hatte sich verändert. Skar spürte es im gleichen Moment, in dem sie auf den Gang hinaustraten, ohne sagen zu können, *worin* diese Veränderung bestand. Der stählerne Korridor war so still und schwarz wie immer, das magische Schweigen des Turmes allumfassend, aber etwas ... war anders geworden.

»Was machst du?« fragte Titch alarmiert, als er stehenblieb und sich umsah.

Skar antwortete nicht gleich. Es dauerte einen Moment, bis er begriff, worin diese unheimliche Veränderung bestand, die er fühlte. Es war nichts, was plötzlich *da* war, sondern das genaue Gegenteil: etwas *fehlte*. Etwas, von dem er vor einer Sekunde noch nicht einmal gewußt hatte, daß es existierte, und das er unmöglich in Worte fassen konnte. Es war, als spüre er erst jetzt, daß dieser Turm mehr als ein Gebäude gewesen war, daß er außer der zerfallenden Technik der *Alten* noch etwas viel Düstereres, Bedrohlicheres beherbergt hatte. Es war keine Gefahr, die er spürte, sondern fast so etwas wie Erleichterung.

Er sah die drei anderen der Reihe nach an. Titch und Kiina wirkten nur verwirrt, der Quorrl ein wenig alarmiert und vor allem müde, aber auf Anschis Zügen spiegelte sich die gleiche bange Furcht, die auch er spürte. Ihre Hände zitterten.

»Was ist los mit dir?« fragte Titch noch einmal.

»Nichts«, antwortete Skar ausweichend. »Es ist ... nichts. Ich habe mich getäuscht.«

Titch runzelte zweifelnd die Stirn, und auch Kiina sah nicht besonders überzeugt aus. Trotzdem widersprach keiner von ihnen, als sie weitergingen. Nach ein paar Schritten blieb Titch wieder stehen und berührte eine scheinbar x-beliebige Stelle an der Wand. Das schwarze Metall teilte sich, und dahinter kam eine jener beweglichen Kammern zum Vorschein, die die Stelle von Treppen in diesem Alptraumturm einnahmen. Der Quorrl wandte sich mit einem fragenden Blick an Anschi.

»Nach . . . unten«, sagte Anschi zögernd. »Die Daktylen sind direkt unter uns. Nur ein Stockwerk.«

»Wie viele Wachen gibt es?«

»Woher soll ich das wissen?« fauchte Anschi. »*Ich* bin hier nicht gefangen, weißt du? Du und dein Quorrl-Freund habt doch —«

Es geschah völlig warnungslos, genau wie am Tag zuvor, und genau wie da war es kein *wirkliches* Beben, sondern etwas wie ein Erzittern in der Wirklichkeit selbst, etwas, das laut- und bewegungslos war und Skar und den anderen trotzdem ein Gefühl vermittelte, als würde der gesamte Turm wie unter einem Hammerschlag erzittern. Und gleichzeitig war es anders, vollkommen anders; hatte er gestern etwas wie ein verzweifeltes Ringen einander ebenbürtiger Kräfte verspürt, so war es jetzt wie eine lautlose Explosion auf rein geistiger Ebene, ein rasches, krampfhaftes Zucken in der Realität, als hätten sich zwei Welten berührt und jede einen Teil der anderen dabei zerstört, wie Feuer und Wasser, die aufeinandertrafen und sich zu kochendem Dampf vereinigten. Skar taumelte zurück, stürzte halbwegs durch die Tür, die Titch geöffnet hatte, und fand im letzten Augenblick am Rahmen Halt. Auch der Quorrl und Kiina wankten, während Anschi mit einem spitzen Schrei auf die Knie herabsank und das Gesicht zwischen den Händen verbarg.

Es ging unglaublich schnell; eine Sekunde, vielleicht zwei, und doch war es ein Augenblick, der kein Ende zu nehmen schien. Skar glaubte etwas wie einen Schrei in seinen Gedanken zu hören, den Schrei einer Stimme, die gleichzeitig befreit wie gequält klang. Er fand sein Gleichgewicht wieder und wollte zu den anderen gehen, aber er konnte es nicht. Seine Augen vermittelten ihm andere Eindrücke als sein Gleichgewichtssinn: er spürte, daß der Turm fest und unverrückbar wie seit Jahrtausenden dastand, aber was er *sah*, das war ein Gang, dessen Wände zuckten und brodelten wie geschmolzener Teer und der sich peitschend hin und her wand, als hätte sich der stählerne Korridor in eine riesige Schlange verwandelt. Aus den Schatten griffen *Dinge* nach ihnen, die sich seine menschlichen Sinne zu erkennen weigerten, und in seinem Kopf war noch immer dieses entsetzliche, lautlose Brüllen, in dem sich Triumph und abgrundtiefe Qual zu etwas Neuem, Furchtbarem verbanden.

Und dann war es vorbei, ganz plötzlich und endgültig.

Die Stimme erlosch. Der Gang hörte auf, sich vor seinen Augen zu drehen und zu winden wie ein lebendiges Wesen. Stille schlug wie eine Woge über ihnen zusammen. Aber nur für einen Moment. Dann hörte Skar, zum ersten Mal seit er in diesem Turm aufgewacht war, Geräusche. Laute, die nicht in seiner unmittelbaren Nähe entstanden: ein dumpfes, rhythmisches Pochen, das aus dem Boden und den Wänden gleichzeitig zu dringen schien, Schreie, Stimmen, das Geräusch entfernter, rennender Schritte. Irgendwo brüllte ein Drache.

»Was ist jetzt los?« knurrte Titch.

»Ennarts Magie«, murmelte Skar. »Sie erlischt. Sie ...« Er sprach nicht weiter, als er begriff, was das, was er gerade gesagt hatte, wirklich bedeutete.

»Magie?« Titch schüttelte heftig den Kopf. »Das hier hat nichts mit Magie zu tun.«

»Nenn es wie du willst«, antwortete Skar. »Aber was immer es war, es ist nicht mehr da.« *Und das namenlose* Ding *unter ihnen war frei.* Er sprach den Gedanken nicht laut aus, aber er wußte, daß es so war. Was immer der Ssirhaa getan hatte, um das entsetzliche Erbe der *Alten* zu manipulieren: die geistigen Fesseln, mit denen er es gebunden hatte, waren erloschen. *Es war frei.*

Mit klopfendem Herzen wandte er sich zu Anschi um. Die *Errish* hatte die Hände heruntergenommen und starrte ihn an, und in ihrem Blick war nichts als Entsetzen. Ennarts geistige Fessel war auch von ihr abgefallen, aber sie mußte die Wahrheit im gleichen Augenblick erkannt haben wie Skar. Sie war mit ihm unten gewesen. Sie hatte *gesehen*, was der Tempel barg.

Ihre Blicke begegneten sich, und Skar war endgültig davon überzeugt, daß Anschi wieder sie selbst war. Die *Errish* wollte etwas sagen, aber Skar signalisierte ihr mit einem raschen Kopfschütteln, zu schweigen; eine Bewegung, die Titch auffallen mochte, deren wahre Bedeutung er aber unmöglich erraten konnte. Rasch streckte er die Hand aus, half Anschi auf die Füße und deutete mit einer Kopfbewegung auf die Tür. »Los!«

Titch beäugte ihn und die *Errish* mißtrauisch, sagte aber kein Wort, sondern trat als letzter hinter ihnen in die Kammer und schloß die Tür. Es wurde quälend eng. Die Kammer war für zwei Personen gebaut, nicht für drei Menschen und einen sieben Fuß großen Quorrl. Aber die gespenstische Fahrt dauerte nur Augenblicke, ehe sich die Tür wieder öffnete und sie auf einen weiteren Korridor hinaustraten, der sich nicht im Geringsten von dem über ihnen unterschied. Die Schreie und der Lärm waren hier lauter. Aus einer offenstehenden Tür zehn Schritte neben ihnen drang flackernder Feuerschein.

Anschi deutete nach links. »Dort. Der große Raum hinter der letzten Tür. Kommt!« Sie lief los, blieb nach zwei Schritten wieder stehen und sah verwirrt zu Skar zurück, der sich nicht bewegt hatte. Auch Titch und Kiina sahen ihn irritiert an. Der Quorrl machte eine hilflose, fragende Handbewegung.

Beinahe widerwillig setzte sich Skar in Bewegung. Sie erreichten die Tür, auf die Anschi gedeutet hatte, völlig unbehelligt, aber das Lärmen und Schreien wurde lauter. Manchmal lief ein schwaches, aber lang anhaltendes Zittern durch den Boden.

Die *Errish* machte eine Geste, zurückzubleiben. Gehorsam

preßten sie sich gegen die Wand beiderseits der Tür, aber Titchs Vertrauen zu Anschi schien nicht halb so weit zu reichen wie das Skars: die Tür war noch nicht zur Hälfte aufgeglitten, als er mit einem Schritt neben sie trat und ihr die Hand auf die Schulter legte. Anschi fuhr zusammen und starrte den riesigen Quorrl zornig an, verbiß sich aber jeden Kommentar.

Hintereinander betraten sie einen riesigen, gewölbten Raum. Skar sah sich staunend um. Es war nicht mehr zu erkennen, welchem Zweck die Halle einmal gedient haben mochte. Sie war groß wie der Palast eines Königs, von halbrunder Form und völlig leer. Die nördliche Wand fehlte, so daß der Blick ungehindert bis zu den Bergen reichte. Im ersten Moment vermutete Skar, daß sie mit jenem unsichtbarem Glas verschlossen sein konnte, das er auch in seinem und Ennarts Zimmer gesehen hatte; aber dann spürte er den Wind, der von draußen hereinwehte. Er trug Schreie mit sich.

Ein halbes Dutzend Daktylen hockte auf dem spiegelnden schwarzen Boden. Eines der Tiere sah träge hoch, als es das Geräusch ihrer Schritte hörte, die anderen nahmen keine Notiz von ihnen und schienen zu dösen. Es war kein Mensch zu sehen.

»Wo sind die Wachen?« murmelte Titch. Er sah sich mißtrauisch um, ohne Anschis Schulter loszulassen, und fauchte noch einmal: »Wo sind sie?«

»Ich habe keine Ahnung!« Anschi versuchte sich vergeblich loszureißen. Skar gab dem Quorrl ein Zeichen, etwas weniger grob zu sein, ging in respektvollem Abstand um die Daktylen herum und trat an die Öffnung in der Wand. Behutsam ließ er sich auf die Knie sinken und beugte sich vor.

Im ersten Moment schwindelte ihn, als er in die Tiefe sah. Der Innenhof des Turmes schien Meilen unter ihnen zu liegen; ein winziges Rechteck voller noch winzigerer, hin und her hastender Gestalten.

Und da war noch etwas ...

*Das Ding war da. Die Kreatur aus dem Tempel war frei, und er*

*spürte ihre Anwesenheit wie die Bewegung riesiger unsichtbarer*
*Schattenarme, die gierig über den Hof tasteten...*

Er sah auf, als Titch neben ihn trat. Seine Gefühle mußten
sich deutlich auf seinem Gesicht abzeichnen, denn der Quorrl
erschrak sichtlich, als er in sein Gesicht blickte, und beugte sich
hastig vor.

»Was, zum Teufel, geht da vor?« knurrte Titch, nachdem er
ebenfalls einen Blick in die Tiefe geworfen hatte.

Skar richtete sich auf und trat hastig ein paar Schritte von der
Wand zurück. »Ich fürchte, wir haben ein bißchen mehr getan,
als den Ssirhaa zu erschlagen«, murmelte er. »Dieses ganze verdammte Ding bricht zusammen.«

Mit einer fragenden Geste wandte er sich an Anschi. »Welches
Tier ist das Kräftigste?«

Die *Errish* deutete ohne zu zögern auf die Daktyle, die bei
ihrem Eintreten aufgesehen hatte. Die Echse beobachtete sie
auch jetzt noch.

»Gut«, sagte Skar. »Titch, du und Anschi werdet dieses Tier
nehmen. Ich ... komme nach, sobald ich kann.«

»Nach?« Titch verstand nicht gleich. »Was soll das heißen?«

Skar dachte an die unsichtbare Bewegung unten im Hof und
schauderte. Er hatte Angst. Aber er hatte keine Wahl. »Ich
muß ... noch einmal zurück«, sagte er zögernd. *Es war frei. Es*
*war frei, und es würde über diese Welt herfallen wie ein ausgehun-*
*gertes Raubtier über seine Beute.* Er hatte entsetzliche Angst, aber
er konnte noch nicht gehen.

»Zurück?« ächzte Titch. »Bist du von Sinnen? Sie werden
dich ...«

»Sie werden genug damit zu tun haben, zu begreifen, was
überhaupt passiert ist«, unterbrach ihn Skar. »Verschwindet. In
dem Durcheinander habt ihr eine gute Chance. Nehmt diese
Daktyle und flieht in die Berge. Wir treffen uns dort.«

»Ich gehe nicht ohne dich«, sagte Kiina erschrocken. Skar
setzte zu einer scharfen Antwort an. Aber dann blickte er in

Kiinas Gesicht und begriff, daß Worte nichts nutzen würden.

»Titch.«

Kiina fuhr herum, aber ihre Bewegung war nicht schnell genug. Der Quorrl packte sie, hob sie wie ein Kind in die Höhe und hielt sie mühelos fest. Kiina kreischte vor Zorn und strampelte wild mit den Beinen, aber Titch schien ihre Tritte nicht einmal zu spüren.

»Nimm sie mit«, sagte Skar. »Versteckt euch irgendwo, und sorge dafür, daß sie still ist. Wenn ich bis zum Abend nicht bei euch bin, dann flieht ohne mich.« *Wenn es dann noch etwas gab, wohin zu fliehen sich lohnt*, dachte er.

»Niemals!« schrie Kiina hysterisch. »Laß mich los, du Ungeheuer.«

Titch ignorierte sie. »Ich hoffe, du weißt, was du tust«, sagte er leise. »Ich habe meine Seele für dich geopfert, Satai.«

»Ich weiß«, antwortete Skar ernst. »Um so wichtiger ist es, daß du tust, was ich sage. Oder willst du, daß dein Opfer umsonst war?« Er wollte sich umdrehen und gehen, aber diesmal war es Anschi, die *ihn* zurückhielt.

»Ich begleite dich«, sagte sie.

Skar widersprach nicht. Er war im Gegenteil froh, daß Anschi ihm dieses Angebot machte. Er hatte es nicht gewagt, sie darum zu bitten. Trotzdem zögerte er einen Moment.

»Es wird ... dich umbringen«, sagte er.

»Vielleicht«, widersprach Anschi. »Vielleicht auch nicht. Ich begleite dich, basta. Du findest ohne mich ja nicht einmal den Weg nach unten.«

»Du traust ihr?« fragte Titch überrascht.

Skar nickte nur. Sie hatten keine Zeit für lange Erklärungen.

Es war überraschend leicht, die Etage zu erreichen, in der Ennarts Gemach lag. Sie begegneten ein paar Menschen auf dem Weg nach unten, aber niemand nahm Notiz von ihnen. Vielleicht war es die Gegenwart der *Errish*, die ihn schützte, vielleicht war es auch einfach so, daß kaum jemand ihn kannte; er hatte sein Gemach ja nur ein einziges Mal verlassen, um zu Ennart zu gehen. Der Lärm und die Schreie nahmen zu, je näher sie dem Hof kamen, und als Skar im Vorüberhasten einen Blick aus dem Fenster warf, sah er, daß sich der Bereich vor dem Tor in einen Hexenkessel verwandelt hatte: Menschen und Tiere rannten scheinbar kopf- und ziellos durcheinander, und an mehreren Stellen war Feuer ausgebrochen. Der mechanische Herzschlag des Turmes klang jetzt anders: unregelmäßiger und mühsamer, manchmal unterbrochen von einem düsteren, mahlenden Knirschen und Poltern oder dem Grollen weit entfernter, aber mächtiger Explosionen. Der Ssirhaa mußte viel mehr Teil dieser uralten Maschinerie gewesen sein, als Skar bisher angenommen hatte. Es war sein Geist gewesen, der sie zum Leben erweckt hatte. Und sie starb mit ihm.

»Bei allen Göttern«, flüsterte Anschi. »Was geschieht hier?«

»Diese verdammten Narren«, murmelte Skar. Plötzlich empfand er nichts als Haß auf den Toten. »Sie haben dieses ... dieses *Ding* zum Leben erweckt und wußten nicht einmal, was sie taten! Es wird sie alle vernichten. Und uns dazu.«

Sie eilten weiter. Es wurde wärmer, sehr schnell und auf sehr unangenehme Art. Die Luft, die ihnen entgegenschlug, roch nach Feuer, und sie hörten das Prasseln der Flammen, noch ehe sie den Feuerschein sahen. Skar blieb abermals stehen. Er wußte nicht genau, wo sie sich befanden. Anschi hatte ihn auf einem anderen Weg heruntergeführt als Ennart gestern. Aber er fühlte, daß es jetzt nicht mehr sehr weit sein konnte.

»Wo?« fragte er einfach.

Anschi deutete nach vorn und machte gleichzeitig eine Bewegung nach rechts. »Der dritte Gang. Aber du –«

»Du wartest hier auf mich«, unterbrach sie Skar. »Ich gehe allein.«

»Warten?« Anschi lachte unecht und schüttelte heftig den Kopf. »Ich werde ganz bestimmt nicht allein hier in diesem Turm zurückbleiben.«

Skar wollte einfach losgehen, aber Anschi hielt ihn am Arm zurück. Er schüttelte ihre Hand ab, aber er hatte die Hartnäckigkeit der *Errish* unterschätzt. Mit zwei raschen Schritten trat sie an ihm vorbei und verstellte ihm den Weg.

»Es wird dich töten«, sagte sie.

»Das wird es auch tun, wenn du dabei bist.« Er wollte Anschi einfach beiseiteschieben, aber sie klammerte sich mit erstaunlicher Kraft an seinen Arm, so daß er wohl oder übel abermals stehenbleiben mußte.

»Sei vernünftig«, sagte er. »Ich habe dich nicht mitgenommen, damit du dich umbringst, sondern nur, um mir den Weg zu zeigen.«

»Du findest ohne mich nicht zurück«, behauptete Anschi. Sie machte eine Geste in die Richtung, aus der der Feuerschein kam. Es war spürbar wärmer geworden. Die Luft wurde stickig, und in das Prasseln der Flammen mischten sich Schreie. Sonderbarerweise sahen sie noch immer keinen Menschen. »Es ist zu gefährlich, den Aufzug zu benutzen. Aber es gibt eine Treppe. Ich kann sie dir zeigen.«

Skar resignierte. Er spürte, wie wenig Sinn es hatte, weiter auf Anschi einzureden. Und zugleich war er fast erleichtert bei dem Gedanken, nicht allein gehen zu müssen. »Also gut«, sagte er. »Aber bleib immer dicht bei mir. Und ...« Er zögerte. »Falls mir etwas zustößt, und du davonkommst«, fuhr er fort, ohne die *Errish* dabei anzusehen, »dann versuche dich zu Del durchzuschlagen. Er ist vielleicht der letzte, der euch noch retten kann, wenn er erfährt, was hier passiert ist.« Er ging weiter, ehe Anschi auch nur Gelegenheit zu einem weiteren Wort fand.

Es wurde immer heißer. In der Luft schienen unsichtbare Flammen zu sein, so daß selbst das Atmen zur Qual wurde, und der Boden unter ihren Füßen glühte. Manchmal durchlief ein Zittern die metallenen Platten.

Dann fanden sie den ersten Toten.

Es war ein Mann aus Ians Volk, ein Zauberpriester aus dem Süden, aber Skar erkannte ihn nur am Schnitt seiner Kleidung. Sein Körper war verbrannt. Skar blieb stehen, starrte erschüttert auf den schwarz gewordenen Leichnam herab und streckte die Hand nach ihm aus, wagte es aber nicht, ihn zu berühren. Ein Gefühl eisigen Entsetzens breitete sich in ihm aus. Er hatte plötzlich das Gefühl, zu wissen, wieso ihnen bisher niemand begegnet war.

»Ihr Götter!« stöhnte Anschi. »Was –«

»Vielleicht nur ein Unfall«, unterbrach sie Skar. Die Lüge klang selbst in seinen eigenen Ohren dünn, aber er fuhr trotzdem mit einer weit ausholenden Geste fort: »Dieser ganze Trümmerhaufen kann jeden Moment in sich zusammenbrechen.« Das Sprechen bereitete ihm Mühe, und es war ganz und gar nicht nur die Hitze, die ihm die Kehle zuschnürte.

»Ein Grund mehr, sich zu beeilen«, sagte Anschi unsicher. Sie machte einen Schritt, blieb stehen, bückte sich mit sichtlichem Widerwillen und zog das Schwert des Toten aus seinem Gürtel. »Vielleicht können wir das Schlimmste noch verhindern.«

Skar sah auf den Leichnam des Zauberpriesters herab und fragte sich, was in aller Welt Anschi hier noch *verhindern* wollte. Aber er sagte kein Wort, sondern folgte der *Errish*, als sie weiterging.

Den zusammengebrochenen Teil des Ganges zu passieren, erwies sich fast als unmöglich, denn die Wände glühten, und die Luft, die ihnen entgegenfauchte, war heiß wie der Atem eines Drachen. Nach einem Dutzend Schritte fanden sie den zweiten Toten. Er war auf die gleiche gräßliche Weise ums Leben gekommen wie der erste. Skar zwang sich, ihn nicht anzusehen, aber er bemerkte dennoch, daß der Teil seiner sonderbaren Rüstung, der aus Metall bestand, nicht einfach verkohlt war. Er war *geschmolzen*. Skar unterdrückte ein Husten, wandte sich angeekelt ab und ging rasch weiter.

Ohne Anschis Führung wäre er verloren gewesen, denn er war

viel zu aufgeregt, um sich noch auf den richtigen Weg zu besinnen. Aber Anschi eilte mit weit ausgreifenden Schritten vor ihm her, eine gehetzte Gestalt, die im unheimlichen roten Glühen des Feuers selbst zu flackern schien wie ein blutiges Schemen. Sie fanden keine Leichen mehr, und Skars Furcht begann sich schon ein bißchen zu legen, als er weit vor Anschi ein grelles Licht gewahrte; Feuerschein, aber viel heller als das wabernde Licht, das sie umgab.

Die *Errish* ging langsamer. Der Gestank von brennendem Fleisch schlug ihnen entgegen, als sie sich der Kammer des Ssirhaa näherten, und Skar wußte schon, was sie erwartete, ehe er es sah.

Was er nicht wußte war, wie schlimm es sein würde.

Die Männer mußten sich vor dem unheimlichen Angreifer hierher zurückgezogen haben, und ihre Stellung und zerbrochene, nutzlose Waffen bewiesen, wie verbissen sie ihr Leben verteidigt hatten. Ennarts Zimmer war ein Chaos; die wenigen Möbel verbrannt und zu Asche zerfallen. In die Wände waren die gezackten schwarzen Brandspuren von Scannern eingegraben, mit denen die Verteidiger sich gewehrt haben mußten, gegen ein Wesen, das nicht zu töten war, ganz einfach, weil es nicht lebte. Eines der Fenster war getroffen worden und zu einer bizarren Struktur aus trüb gewordenem Glas zerlaufen.

Und doch hatte das Entsetzen seinen Höhepunkt noch nicht erreicht. Anschi deutete mit der Spitze ihres Schwertes auf den Eingang, vor dem sich die Männer zu ihrem letzten Gefecht versammelt hatten, und Skar schloß für einen Moment die Augen, sammelte jedes bißchen Kraft, das noch in ihm war, um sich gegen den letzten, allergrößten Schrecken zu wappnen.

Und trotzdem schrie er auf, als er hinter der *Errish* in den Tempelraum trat.

Die Kammer war so zerstört, wie es ein von Menschenhand geschaffener Raum nur sein konnte. Boden, Decke und Wände waren geborsten; handbreite Spalten und ein Spinnennetz feinerer Sprünge und Risse hatte den massiven Fels wie eine Kuppel aus Glas bersten lassen, und in der Luft hing noch immer ein Hauch der ungeheuren Hitze, die den schwarzen Basalt der Wände gesprengt hatte. Die kunstvollen Bilder und Schriftzeichen waren zerstört, und die Statue des *Daij-Djan* von ihrem Sockel gestürzt und wie von Hammerschlägen zermalmt.

Aber von alledem sah Skar kaum etwas. Sein Blick hing wie gebannt an dem schwarzen Altarstein in der Mitte der Kuppel.

Er war zerborsten, der meterhohe Metallzylinder, der daraufgestanden hatte, umgestürzt.

Skars Blick saugte sich daran fest. Sein Herz schien auszusetzen. Für Augenblicke weigerte sich sein Verstand einfach, zu glauben, was seine Augen sahen. Was er längst wußte.

Das pulsierende Purpurlicht war erloschen. Auf dem Grund des umgestürzten Zylinders lagen glitzernde Splitter, manche fein wie gemahlenes Glas, manche groß und scharfzackig wie Dolche. Der Blutkristall war zerbrochen.

Das Gefängnis war leer! *Der Dämon war frei!!*

Skar trat mit zitternden Händen und Knien näher an den zerborstenen Altar heran. Was er für einen massiven Steinquader gehalten hatte, war nur eine dünne Platte gewesen, unter der ein gewaltiges, halbrundes Loch in der Erde gähnte, ein Schacht, der tief in die Erde hineinführte und der aus dem gewachsenen Felsen herausgeschmolzen war. Flüssiges Gestein war wie Wachs an seinen Rändern heruntergelaufen und zu bizarren Formen erstarrt, und die Hitze war selbst jetzt noch so groß, daß es Skar nicht möglich war, sich ihm weiter als auf fünf, sechs Schritte zu nähern. Skar versuchte vergeblich, sich die Gewalten vorzustellen, die fähig waren, so etwas anzurichten.

»Mein Gott!« flüsterte Anschi hinter ihm. Ihre Stimme zitterte. Sie klang, als würde sie gleich brechen. »Es ... es ist frei! Diese Wahnsinnigen haben es entkommen lassen!«

»Ja«, sagte Skar leise. »Und es ist meine Schuld. Ich habe Ennart gezeigt, was es wirklich ist, Anschi.«

»Red keinen Unsinn«, schnappte Anschi, eine Spur zu laut und eine Spur zu heftig, um wirklich überzeugend zu klingen. »Wenn es überhaupt irgend jemandes Schuld ist, dann höchstens die jener Narren selbst! Und sie haben dafür bezahlt.« Sie deutete mit der Spitze ihres Schwertes auf eine reglose Gestalt, die kaum einen Schritt vor Skar auf dem Boden lag, ohne daß er sie bisher auch nur bemerkt hätte.

Widerstrebend senkte er den Blick, sah einen Moment auf das geschwärzte Etwas herab, das einmal ein Mensch gewesen war, und schloß stöhnend die Augen.

Der Zauberpriester war bis zur Unkenntlichkeit verbrannt, als wäre das, was den Felsen geschmolzen und aus seinem Altar gebrochen war, direkt über ihn hinweggewalzt. Skar erkannte ihn überhaupt nur an einem Fetzen seines schwarzen Gewandes, der als einziges nicht zu schwarzer Schlacke zusammengeschmort war. Er, und (und das war vielleicht das Entsetzlichste überhaupt) seine Hände.

Sie waren vollkommen unversehrt, und sie umklammerten noch immer die Waffe, mit der er sich vergeblich gegen seinen Mörder zu wehren versucht hatte. Ob der Mann noch begriffen haben mochte, wie gräßlich der Irrtum war, dem er erlag? Skar wußte es nicht, aber allein dieser Gedanke reichte aus, die Erinnerung an das in ihm aufsteigen zu lassen, was er gespürt hatte, als er das erste Mal hier stand. Selbst bei der bloßen Erinnerung an die Kälte und Fremdartigkeit dieses unendlich alten, unendlich bösen Ortes durchfuhr ihn ein eisiger Schauer.

Anschi berührte ihn an der Schulter und deutete auf einen Punkt hinter ihm. Skar wandte sich mühsam um und sah erst jetzt, daß auch die jenseitige Wand des Tempels verschwunden war, niedergebrochen, zerschmolzen und wie von der Faust eines Gottes zu Staub zerschlagen, als wäre das Ungeheuer einfach weitergerannt, nachdem es den Zauberpriester und seine Kameraden draußen in Ennarts Kammer getötet hatte. Dahinter loderte rotes Licht, in dem Staub tanzte, und verschwommen die

Wände und Nischen eines weiteren Ganges sichtbar waren. Sie bestanden aus Stein und führten in sanfter Neigung abwärts. Der Tempel mußte größer gewesen sein, als selbst Ennart geahnt hatte.

Ohne daß einer von ihnen auch nur ein Wort sprach, wandten sie sich um und verließen die Kammer auf diesem Wege. Sie mußten aufpassen, denn der Fels war auch hier noch immer so heiß, daß sie sich mit Sicherheit schwere Verbrennungen zugefügt hätten, hätten sie ihn auch nur flüchtig berührt, und kaum hatte Skar sich hinter Anschi durch das runde Loch hindurchgebückt, da blieb die *Errish* auch schon wieder stehen und stieß abermals erschrocken die Luft aus.

Vor ihnen war die Spur des Dämons.

Aber es waren nicht die Fußabdrücke eines lebenden Wesens, ganz gleich welches. Es war eine Spur aus Feuer. Eine Reihe kleiner, in regelmäßigen Abständen verlaufender Tümpel aus Flammen, wo der Boden zu weißlodernder Lava geschmolzen war unter der Glut dessen, was über ihn hinwegschritt! Schnurgerade zog sie sich vor Anschi und Skar dahin und verschwand in schwer zu schätzender Entfernung hinter einer Biegung des Ganges.

Skars Hände begannen zu zittern. Er hatte das Gefühl, daß ihn von einer Sekunde zur anderen alle Kraft verließ, jedes bißchen Mut, das er jemals besessen hatte. Sie wollten dem Etwas folgen, das diese Fußabdrücke hinterlassen hatte?! dachte er hysterisch. Lächerlich! Das war ... einfach lächerlich!

Dann dachte er an den toten Zauberpriester hinter ihnen, an den geschmolzenen Fels und die entsetzliche innere Kälte, die er in der Nähe des Ungeheuers gespürt hatte, und an die ahnungslose Welt mit ihren ahnungslosen Menschen, die über ihnen war, und plötzlich kam ihm seine Angst schäbig und feige vor. Er wußte nicht, ob es überhaupt jemanden gab, der in der Lage war, den Dämon aufzuhalten, und schon gar nicht, ob er dieser Jemand war, aber wenn es auch nur den Hauch einer Chance gab, daß er es war, dann mußte er es versuchen.

»Wohin mag dieser Gang führen?« fragte Anschi. Sie flüsterte nur, aber die Wände warfen ihre Worte als tausendfach gebrochenes, verzerrtes Echo zurück, als wäre da außer ihnen und dem Feuer noch etwas, das sie auffing und wiederholte.

Skar zuckte mit den Schultern. »Ich weiß es nicht«, antwortete er. »Und ich glaube, auch Ennart hätte es nicht gewußt.« Vielleicht hatten nicht einmal die, die diesen Turm gebaut hatten, etwas von der Existenz dieses Ganges geahnt.

Langsam folgten sie der Spur des Ungeheuers. Skar fragte sich vergeblich, wie sie den Dämon aufhalten wollten, sollte es ihnen wirklich gelingen, ihn einzuholen und zu stellen, aber er zögerte nicht einmal im Schritt, während er langsam vor Anschi herging.

Der Tunnel zog sich scheinbar endlos dahin, und es zeigte sich, daß sie sich tatsächlich in einem Teil der Katakomben befanden, der zu dem unterirdischen Tempel gehörte; auch hier waren die Wände mit Bildern und Schriftzeichen übersät, deren bloßes Betrachten ihm Unbehagen bereitete. In unregelmäßigen Abständen waren Nischen in den schwarzen Fels eingelassen, manche leer, andere halb eingestürzt und mit Schutt und Trümmern gefüllt, in wieder anderen standen wuchtige, meterhohe Marmorsäulen, die kleine, bizarr anmutende Statuen trugen. Viele davon ähnelten Menschen oder Tiergestalten, andere trugen schreckliche Kreaturen, die Skar nur flüchtig betrachtete, ehe er entsetzt und angewidert wegsah. Er versuchte sich vergeblich einzureden, daß es sich nur um bloße Phantasiegeschöpfe handeln konnte.

Wie schon beim ersten Mal, als er mit Ennart hier unten gewesen war, kam sein Zeitgefühl durcheinander. Er konnte nicht mehr sagen, ob sie seit zehn Minuten oder seit zehn Stunden durch die von rotem Licht erfüllten Gänge liefen, als der Stollen plötzlich vor ihnen endete. Es gab keine Abzweigungen oder Türen, sondern nur eine glatte Wand aus glasiertem schwarzem Stein. Die feurige Spur des Dämons endete vor einem ausgezackten, doppelt mannshohen Loch im Fels, dessen Ränder hier und da noch immer in düsterem Rot glühten. Sie mußten ihm jetzt sehr nahe sein.

Anschi blieb stehen. »Vorsichtig jetzt«, flüsterte sie. »Er kann nicht mehr weit sein. Ich ... spüre etwas.«

Skar nickte. Seine Linke glitt zum Gürtel und tastete hilfesuchend nach dem Schwert, obwohl er wußte, wie wenig ihm die Waffe nutzen würde, gegen die Kreatur, die Ennart erweckt hatte. Er fühlte, daß Anschi recht hatte, denn er spürte dasselbe wie sie:

Die Nähe des Dämons.

Es war das gleiche Gefühl grauenerregender Kälte und entsetzlicher Bosheit, das er gestern gehabt hatte, als er den Kristall betrachtete; das Gefühl, etwas ungeheuer Altem und unglaublich Gnadenlosem gegenüberzustehen, einem Etwas, dessen bloße Nähe ausreichte, ihn sich klein und hilflos wie einen Wurm fühlen zu lassen, gegen das selbst das *Etwas* in ihm klein und lächerlich war. Er hatte Angst. Als er weiterging, rührte sich Anschi nicht.

Skar bemerkte ihr Zögern, drehte sich herum und sah sie ernst an. »Wir können nicht mehr zurück«, sagte er einfach. Keine Beschwörungen, keine Bitte. Kein Befehl. Nur diese fünf Worte. Und doch bewirkten sie mehr, als alle Beschwörungen und alles Flehen es gekonnt hätte, denn sie waren die Wahrheit. Sie konnten nicht zurück, selbst wenn sie es gewollt hätten. Wenn sie es auch nur versuchten, das wußte Skar, dann würde der Dämon sie auf der Stelle töten.

Sie gingen weiter. Es erwies sich als fast unmöglich, die Lücke im Felsen zu durchqueren, denn der Stein glühte noch immer, und Skar zog sich ein halbes Dutzend zwar harmloser, aber sehr schmerzhafter Verbrennungen an Armen und Beinen zu, während er mit zusammengebissenen Zähnen hinter Anschi herlief.

Er hatte instinktiv erwartet, auf eine Fortsetzung der Katakomben zu stoßen, aber nachdem sie die Felswand durchschritten hatten, fanden sie sich unvermittelt in einem niedrigen, aus grauem Stein gemauerten Gewölbe wieder: älter als der Turm, aber längst nicht so alt wie der Tempel der *Alten*. Einem Keller, vielleicht sogar einem Verlies, das ganz gewiß nicht Teil des uralten Labyrinths war. Vor ihnen erstreckte sich die flammende Spur des Ungeheuers, aber sie glühte längst nicht mehr so grell wie drüben im Nischengang, und in einiger Entfernung begannen sich die Fußabdrücke sogar zu verlieren; waren keine kochenden Seen aus brennender Lava mehr, sondern nur noch rote, schließlich mattleuchtende Stapfer auf dem feuchten Boden. Sie führten zu einer Treppe, deren Stufen sich in grauer Ungewißheit verloren.

Obwohl sie jetzt nicht mehr mit der Glut der Hölle in den Fels eingebrannt war, verloren sie die Spur des Dämons nicht, denn wo seine Füße den Boden berührt hatten, dampfte er noch: sie folgten der Treppe, die gute zwei Dutzend Stufen weit in die Höhe führte, durchquerten einen weiteren, anscheinend vollkommen leeren Raum und fanden sich plötzlich unter einer niedrigen Kuppel wieder, die sich gänzlich von der unterschied, die sie gerade durchquert hatten. Ihre Wände bestanden aus graubraunem Fels, der aber kaum mehr zu sehen war, denn sie war mit geradezu verschwenderischer Pracht ausgestattet – wohin Skar auch blickte, sah er goldenen und silbernen Zierrat, Schmuck und Teller und Krüge aus edlen Metallen, Kerzenständer und tausend andere Dinge, alle aus den alleredelsten Materialien gefertigt. Hunderte von Kerzen tauchten den Raum in fast taghelles Licht. In der Mitte des kleinen Raumes stand eine Art steinerner Altar, aus einem einzigen, gewaltigen Felsbrocken herausgemeißelt. Aber auch er war kaum als solcher zu erkennen, denn er war über und über mit bestickten Decken und Gold und Silber und allen nur denkbaren Opfergaben übersät. Auf der anderen Seite der Kammer sah Skar die Stufen einer steinernen Treppe, die zu einer nur halb geschlossenen Tür aus mattem Stahl hinaufführten. Dort oben mußte wieder jener Bereich des Turmes beginnen, den Ennart und seine Zauberpriester beherrscht hatten.

Anschi erschrak bis ins Mark, als sie all diese Pracht erblickte. Trotz des unnatürlichen Lichtes, das dieses Meer von Kerzen schuf, sah Skar, wie sie erbleichte. Ihre Augen wurden dunkel vor Furcht.

»Was hast du, Anschi?« fragte er alarmiert. »Du kennst diesen Raum also doch?«

Anschi nickte. Die Bewegung wirkte so abgehackt, als koste sie ihr unendliche Kraft.

»Der ... Gebetsraum«, stammelte sie. »Das hier ist ... der Gebetsraum der *Margoi*. Hierhin zog sie sich zurück, um zu meditieren und ... mit den Göttern zu sprechen. Und zu den Drachen!«

Skar sah die *Errish* verständnislos an.

»Den Drachen?«

»Ja, begreifst du denn immer noch nicht?« Plötzlich sprang sie auf Skar zu, packte ihn bei den Schultern und schüttelte ihn wild. »Er will zu ihnen!« schrie sie. *»Er will sie, nicht uns!«*

Ihre Worte trafen Skar wie ein Schlag ins Gesicht. Er hatte niemals darüber nachgedacht, und im Grunde war es ihm sogar herzlich egal, woher die Macht der *Margoi* kam, aber wenn Anschis Worte der Wahrheit entsprachen, dann ...

Ja, dachte er schaudernd, dann konnte das durchaus das Ende der Welt sein.

Sie konnten die Zauberpriester besiegen. Sie konnten die Quorrl schlagen, und sie konnten vielleicht sogar die Ssirhaa besiegen, aber die Drachen ...

Skar weigerte sich einfach, den Gedanken zu Ende zu denken. Sie konnten Krieg gegen denkende Wesen führen und ihn vielleicht gewinnen, auch wenn sie gegen Zauberei und uralte Magie antreten mußten. Die Drachen würden wie eine neue Sintflut aus Feuer und Tod über Enwor hereinbrechen und sie einfach davonfegen.

Verzweifelt rannten sie los, die ausgetretenen Stufen hinauf, einen weiteren, von zahllosen Kerzen erhellten Gang entlang, dann wieder eine Treppe ... das stählerne Labyrinth des Turmes erwies sich dem des Dämons als beinahe ebenbürtig, nicht in seiner Größe, wohl aber in seiner Kompliziertheit. Hätten sie nicht ab und zu eine dampfende Stelle auf dem Boden, ein Stück verschmorten Teppichs oder einen Hauch von Hitze und Schwefelgestanks gespürt, sie hätten die Spur des Ungeheuers zweifellos binnen weniger Augenblicke verloren. Aber auch so irrten sie mehr als zehn Minuten durch das Gewirr von Treppen, Gängen, Katakomben und Kellern, und Anschis Verzweiflung stieg im gleichen Maße, in dem Skars Mut sank. Abermals fragte er sich, wie um alles in der Welt sie das Ungeheuer aufhalten wollten, selbst wenn es ihnen wirklich gelang, es einzuholen, und abermals fand er keine Antwort. Die Macht seines Dunklen Bruders würde ihm nicht helfen. Sie reichte nicht aus.

Dann stürmten sie durch eine schmale Tür – und fanden sich unvermittelt in einer gewaltigen, rechteckigen Halle aus schwarzem Metall wieder. Skar blieb abrupt stehen und sah sich um. Er hatte dieses ungeheuerliche Bauwerk bisher nur von außen gesehen und aus der verzerrenden Perspektive seines Fensters heraus, aber jetzt, als er in ihm stand, unter dem titanischen Dach, das sich wie ein stählerner Himmel über ihnen spannte, kam es ihm noch viel, viel größer vor. Er fühlte sich erschüttert, allein durch den bloßen Anblick, winzig und hilflos und schwach. Sie wollten gegen ein Volk kämpfen, das *dies hier* erschaffen hatte? Lächerlich.

Sie waren nicht allein. Die Katastrophe hatte Ians Brüder in Scharen hierhergetrieben; es mußten Hunderte sein, die kopflos durcheinanderrannten. Aber auch ebenso viele, die auf den metallenen Fliesen auf die Knie gefallen waren und ... beteten? dachte Skar verblüfft. Nein, das war es nicht. Sie hockten da, nach vorne gebeugt und zum Teil mit erhobenen Händen, aber ihre Gesichter waren starr, wie in Trance versunken. Es war etwas

Ähnliches wie das, was die Mädchen getan hatten, in jener schrecklichen Nacht an der Küste. Sie versuchten das Ungeheuer zu bannen, dachte er. Aber er wußte auch, daß sie es nicht schaffen würden. Es war leichter, ein Feuer zu legen, als es zu löschen.

Plötzlich fuhr Anschi zusammen, prallte zurück und zerrte ihn hastig in den Schatten der Tür. »Ian!« flüsterte sie.

Skar sah verwirrt in die Richtung, in die ihr ausgestreckter Arm deutete – und sog ebenfalls erschrocken die Luft ein. Zwischen den Zauberpriestern bewegte sich eine hochgewachsene, schlanke Gestalt mit schütterem hellem Haar.

»Wie, zum Teufel, ist er so schnell da rausgekommen?« flüsterte Anschi verstört.

*Vielleicht ist er es gar nicht,* dachte Skar. Aufmerksam musterte er den Zauberer. Es *war* Ian. Sein Gesicht war unverkennbar, seine Bewegungen, seine Art, die Worte mit kleinen, befehlenden Gesten zu unterstreichen – es gab keinen Zweifel. Und doch war es unmöglich ...

Er signalisierte der *Errish* mit Gesten, weiterzugehen. Schnell, aber ohne zu rennen, bewegten sie sich durch die Halle, wobei ihnen der Umstand zugute kam, daß die Spur des Dämons dicht an der Rückwand entlangführte und unter den Zauberpriestern eine solche Verwirrung herrschte, daß niemand von ihnen Notiz zu nehmen schien.

Trotzdem ertappte sich Skar ein paarmal dabei, wie er über die Schulter zu Ian zurücksah. Wenn schon nicht die anderen, so würde *er* sie ganz bestimmt erkennen. Skar verstand ohnehin nicht, warum er nicht längst Alarm ausgelöst und zumindest einen Teil seiner Männer zur Jagd auf die entflohenen Gefangenen abgestellt hatte.

Anschi blieb plötzlich stehen. »Er will nicht zu ...«, flüsterte sie. Sonderbarerweise klang ihre Stimme ganz und gar nicht erleichtert, sondern eher noch entsetzter. »Er will ... großer Gott, ich glaube, er will ...«

Skar erfuhr nicht, wohin der Dämon Anschis Meinung nach gegangen war. Die *Errish* schrie auf, riß ihr Schwert in die Höhe und rannte los, wobei es ihr völlig gleich zu sein schien, ob Skar ihr folgte oder nicht – ebenso, wie es sie nicht zu kümmern schien, daß Ians Kopf mit einem Ruck in die Höhe flog und eine Mischung aus Schrecken und jäh aufflammendem Zorn auf seinen Zügen erschien.

Skar beobachtete den Zauberpriester einen Herzschlag lang, ehe er Anschi folgte. Ian fuhr in die Höhe, wie von der Tarantel gestochen, machte aber keinen Versuch, Anschi und ihm zu folgen, sondern wirbelte im Gegenteil auf der Stelle herum und rannte auf den Ausgang zu. Er hatte aus seinem ersten Zusammentreffen mit ihnen gelernt, dachte Skar bedrückt. Aber er würde wiederkommen, in wenigen Augenblicken. Und wahrscheinlich würde er eine ganze Armee mitbringen.

Er zögerte jetzt nicht länger, sondern jagte hinter Anschi her, so schnell er nur konnte. Trotzdem hatte die *Errish* die Halle fast durchquert, bis es Skar gelang, sie einzuholen. Eine weitere, sehr schmale Seitentür tauchte vor ihnen auf. Anschi machte sich nicht die Mühe, den Riegel zu öffnen, sondern rammte sie einfach mit der Schulter auf und hetzte weiter, ohne auch nur im Schritt innezuhalten. Skar war jetzt sicher, daß es ganz und gar nicht das erste Mal war, daß die junge *Errish* sich in diesem Turm aufhielt.

Es ging wieder in die Tiefe. Ein Dutzend Stufen führte zu einem kleinen, vollkommen leeren Gewölbekeller herab, dann durch einen neuerlichen Gang, und schließlich befanden sie sich wieder in einem Keller, wo Anschi stehenblieb und sich gehetzt umsah. Der Raum war rund und hatte eine kuppelförmige Decke, und er war leer bis auf eine sonderbare Anordnung in seiner Mitte, deren Bedeutung Skar im ersten Moment nicht klar wurde:

Es war ein Kreis aus silbernen, halb mannshohen Kerzenständern, in dessen Zentrum sich ein tonnenschwerer Block aus schwarzem Basalt erhob, so sorgsam poliert, daß seine Oberfläche wie Perlmutt schimmerte. Auf diesem Block stand eine Schale aus strahlend weißem Marmor, in der eine Kugel von der Größe eines Kinderkopfes lag. Sie bestand aus Bronze und war ebenso sorgsam poliert wie der Altarstein. Das Licht der Kerzen spiegelte sich wie der Schein zahlloser winziger Sterne auf ihrer Oberfläche und ließ Skar blinzeln.

»Was ist das?« fragte Skar. Nervös sah er zur Tür. Sie hatten bestenfalls noch Minuten, bis Ian mit seinen Männern hier auftauchen würde. Und der Raum hatte keinen zweiten Ausgang!

»Der Nabel der Welt«, antwortete Anschi ernsthaft. »Wenn er ihn zerstört ...« Sie sprach nicht weiter, aber das war auch nicht nötig. Skar starrte die so harmlos aussehende Kugel in ihrer Marmorschale an und fragte sich verzweifelt, ob Anschi die Wahrheit gesprochen hatte, oder ob diese Relique nur ein weiteres, von Menschen geschaffenes Symbol war. Aber irgendwie hatte er gar keine große Lust, es herauszufinden ...

»Er ist hier«, keuchte Anschi. »Ich spüre es.«

Skar wollte antworten, aber in diesem Moment hörte er ein Geräusch hinter sich, fuhr herum – und erstarrte.

Vor ihnen stand der Dämon.

Anschi hatte recht gehabt. Er war hier, und er hatte auf sie gewartet.

Ein Gigant, mehr als zweieinhalb Meter hoch, mit der Gestalt eines Menschen und einem häßlichen, in zwei absurd großen Hörnern endendem Schädel. Skar sah keine Spur des berüchtigten Klumpfußes, auch keinen peitschenden Schwanz oder Flügel, nichts von all den Scheußlichkeiten, mit denen die Menschen die Satansgestalt im nachhinein ausgestattet hatten, aber was er sah, das war entsetzlicher als alles, was er je erblickt hatte.

Der Dämon hatte keinen wirklichen Körper, sondern schien nur aus einer Masse tobender, höllisch heißer Funken zu bestehen, eine kochende Wolke aus flammender Bewegung, die Hitze und Furcht verströmte wie ein Vulkan Lava und Asche. Obwohl er in der brodelnden Funkenmasse seines Gesichtes weder Mund noch Augen ausmachen konnte, spürte er den Blick des Entsetzlichen wie eine weißglühende Hand. Das Ungeheuer starrte ihn an. Und es war ein Blick, der bis in die verborgendsten Tiefen seiner Seele hinabreichte.

Dann bewegte sich das Ungeheuer. Seine Hand streckte sich aus, hinterließ eine rauchende Spur auf dem schwarzen Basalt des Steinaltars und streifte die Bronzekugel.

Ein ungeheures Dröhnen ließ den Boden erzittern. Staub und kleine Steine regneten von der Decke, die silbernen Kerzenhalter tanzten, und über ihren Köpfen erscholl ein Krachen und Bersten und Poltern, als stürze der gesamte Turm zusammen. Der Boden zuckte wie ein lebendes Wesen, das sich in Krämpfen wand.

Wieder war es Anschi, die ihre Erstarrung als erste überwand. Plötzlich schrie sie auf, so gellend und schrill, als hätte man ihr einen weißglühenden Dolch in den Leib gestoßen, riß ihr Schwert mit beiden Händen in die Höhe und sprang mit einem gewaltigen Satz vor, wobei sie zwei der Kerzenständer umwarf. Noch ehe Skar wirklich begriff, was sie tat, flankte sie über den Altarstein hinweg, stand plötzlich unmittelbar vor dem Dämon und schlug mit aller Gewalt zu. Ihre Klinge schnitt pfeifend durch die Luft, traf den Feuerkörper des Entsetzlichen und glitt durch ihn hindurch, ohne irgendwelchen Schaden anzurichten.

Dann schlug der Dämon zu. Es war nur seine ungeheure Größe, die die Bewegung langsam erscheinen ließ; in Wirklichkeit griff seine Flammenklaue in Gedankenschnelle nach Anschis Schwert und entrang ihr die Waffe. Die Klinge flammte in greller Weißglut auf. Geschmolzenes Metall tropfte zu Boden, und Anschi torkelte mit einem gurgelnden Laut zurück. Das Ungeheuer hatte sie nur gestreift, aber dort, wo seine Finger den bestickten schwarzen Mantel berührt hatten, war das Leinen zu Asche zerfallen. Anschi schrie vor Schmerz, brach in die Knie und krümmte sich. Ihr Gesicht war eine Grimasse aus Pein und Furcht, als sich der Dämon mit einer fast gemächlichen, aber

unglaublich kraftvollen Bewegung umwandte und auf sie zu-
stapfte.

Skar schrie entsetzt auf, als er sah, wie sich die Flammenhände
des Entsetzlichen nach der knieenden *Errish* ausstreckten. Er
dachte nicht mehr, und er hatte auch keine Angst mehr. Er sah
nur die grauenhaften Hände des Ungeheuers sich Anschis Gesicht nähern, und für den Bruchteil einer Sekunde glaubte er
noch einmal das Bild des verbrannten Zauberpriesters zu sehen.

»NEIN!« schrie er mit überschnappender Stimme. »Tu es
nicht! Laß sie! NIMM MICH!«

Und sprang.

Sein Satz war wesentlich weniger elegant als der Anschis, aber
ebenso kraftvoll. Mit einem einzigen, verzweifelten Schritt durch-
querte er den durchbrochenen Kreis, den die Kerzenhalter bilde-
ten, und warf sich mit weit ausgebreiteten Armen zwischen
Anschi und das Ungeheuer.

Und lernte die Hölle kennen.

Das Ungeheuer füllte die Welt vor ihm aus, machte sie zu
einem Chaos aus durcheinanderwirbelnden Funken und Glut
und Hitze, Hitze, Hitze ... Er wollte schreien, aber die Laute
wurden zu flüssigem Feuer in seiner Kehle. Lava floß durch seine
Adern, und jeder einzelne Nerv in seinem Körper schien in
weißer Glut aufzuflammen. Der Funkenleib des Ungeheuers
hüllte ihn ein, umschloß ihn wie ein Mantel aus tanzender Glut,
durchdrang seinen Körper –

und zog sich zurück.

Im ersten Moment begriff Skar es gar nicht. Wie Anschi war
er auf die Knie herabgefallen und wimmerte vor Schmerz und
Angst, die linke Hand auf den Boden gestützt, der glühend heiß
geworden war, die andere in einer abwehrenden Geste erhoben.
Irgendwie begriff er, daß er noch lebte, und er wunderte sich
auch darüber, aber das stärkste Gefühl in ihm war die Angst, ein
Entsetzen, das tiefer war als alles, was er sich vorgestellt hatte,
ein ungeheures Grauen, und es war nicht die Angst vor dem Tod

oder dem Schmerz, der ihm vorausgehen mochte, sondern nur die Angst vor *ihm*, dem Ding vor ihm, das so entsetzlich fremd war, so anders als alles, daß Panik die einzig mögliche Reaktion auf sein Dasein war. Plötzlich begriff er, warum die Menschen die Dämonen gefürchtet hatten, wenn es wirklich ein Dämon war, dem er gegenüberstand: es war nicht die Angst vor dem, was sie tun konnten, nicht die Angst vor dem Tod und der Verheerung, die sie brachten, sondern die bloße Angst vor ihrem *Dasein*. Sie waren Teil einer anderen, entsetzlichen Welt, die zu fremd und bizarr war, als daß ein Mensch sie ertragen konnte.

Aber wieso lebte er dann noch?

Stöhnend hob Skar die Hand, wischte sich die Tränen aus den Augen und sah auf. Der Dämon war fort.

Wo er gestanden hatte, rauchte der Boden, und in der Luft hing noch sein Schwefelgestank und ein Hauch entsetzlicher Hitze, aber der tobende Funkenleib war verschwunden, so spurlos, als wäre er niemals dagewesen. Sie hatten gewonnen.

Die Erkenntnis sickerte nur langsam in sein Bewußtsein, als wäre der Gedanke einfach zu bizarr, um ihn zu akzeptieren. Sie hatten gewonnen. Sie hatten den Dämon vertrieben!

»Wir . . . wir haben es geschafft, Anschi«, stammelte er ungläubig. »Es ist fort!« *Aber war es das wirklich? Oder hatte es statt der* Errish *nur ein anderes, viel lohnenderes Opfer gefunden, das –*

Skar weigerte sich, den Gedanken zu Ende zu denken. Es war nicht in ihm. Es war fort, irgendwo, vielleicht zurückgeschreckt vor dem Etwas, das es in seiner Seele entdeckt haben mochte, vielleicht einfach nur weg. Es *mußte* einfach so sein.

»Es ist fort, Anschi«, sagte er noch einmal, fast als wäre es nötig, es laut auszusprechen, um es zur Wahrheit werden zu lassen. Ein leises Stöhnen antwortete ihm. Skar zuckte zusammen, fuhr herum und hob erschrocken die Hand vor den Mund, als er Anschi erblickte.

Die *Errish* war vollends zu Boden gestürzt. Ihr Gesicht war verzerrt, und ihr verbrannter Mantel färbte sich allmählich dunkel und rot.

»Du bist verletzt!« keuchte Skar. Hastig beugte er sich vor und wollte Anschi in die Höhe ziehen, aber die *Errish* schob seine Hand beiseite.

»Es ... geht schon«, stöhnte sie. Ihr Gesicht war grau vor Schmerz. »Es tut weh, aber ... ich werde es überleben.« Sie sah Skar an, und ein neuer, nicht zu deutender Ausdruck trat in ihre Augen. »Du ... bist wahnsinnig«, murmelte sie. »Um ein Haar hätte er dich ... umgebracht!«

»So wie dich«, antwortete Skar ruhig.

»Das war etwas anderes«, widersprach Anschi. »Ich ... großer Gott, du ... du hast ihn besiegt! Wie hast du das gemacht?«

Skar zuckte verwirrt die Achseln. »Ich weiß es nicht«, sagte er, und das war die Wahrheit. Er hatte es einfach getan. Und er hatte gewußt, daß er ihm nichts antun würde. Wenigstens jetzt nicht.

»Aber ich glaube, du bist mir ein paar Antworten schuldig«, sagte er. »Was ist das hier alles? Dieser Turm, dieser Raum, dieses ...« Er deutete hilflos auf die Marmorschale. Wie hatte Anschi sie genannt? *Den Nabel der Welt?*

»Du kennst das alles hier«, behauptete er.

Anschi schüttelte ein paarmal den Kopf, dann stemmte sie sich mühsam in die Höhe, wobei sie sich mit der linken Hand auf den Altarstein abstützte. Aber sie stand aus eigener Kraft. Ihre Verletzung schien tatsächlich nicht so schlimm zu sein, wie Skar im ersten Augenblick angenommen hatte. »Du hast mir das Leben gerettet«, sagte sie ernst.

Skar nickte. »Dazu sind Freunde da, oder? Aber das ist keine Antwort auf meine Fragen.«

»Ich weiß«, sagte Anschi. »Später, Skar. Nicht jetzt.« Sie deutete zur Tür. »Sie werden gleich hier sein.«

»Jetzt«, beharrte Skar. Anschi hatte recht, hundertmal recht. Ian hatte sie und die *Errish* erkannt, und er war gewiß nicht davongestürzt, um vor ihnen zu fliehen. Jeder Augenblick, den sie hier unten verbrachten, konnte über ihr Leben entscheiden. Aber er kannte Anschi mittlerweile viel zu gut, um nicht zu wissen, daß sie ihm niemals antworten würde, wenn nicht jetzt und hier. Mit einer zornigen Bewegung riß er sie zurück, als sie aufstehen und an ihm vorbeigehen wollte.

»Jetzt!« sagte er noch einmal. »Was ist hier los? Was bedeutet dieser Turm? Dieses ... Wesen?«

Anschi riß sich los, machte aber keinen weiteren Versuch, die Kammer zu verlassen. Statt dessen tat sie etwas, was Skar im ersten Augenblick verblüffte: Sie bückte sich nach den umgeworfenen Kerzenständern, stellte sie wieder auf und zündete sorgfältig die erloschenen Kerzen wieder an.

»Was es ist?« Sie zuckte mit den Schultern, ohne ihn anzusehen. »Ich weiß es nicht, Skar. Ich bin nicht die *Margoi*, sondern nur eine kleine Schülerin. Ich war nicht einmal besonders weit, als es geschah.«

»Aber du warst schon einmal hier.«

»Sicher. Dies ist der Turm der Drachen. Der Ort, an dem wir ihnen am nächsten sein können. Wir alle kommen hierher, früher oder später.«

»Auch ...«

Er sprach nicht weiter, aber Anschi erriet seine Frage. Sie drehte sich jetzt doch zu ihm herum.

»Auch Kiina?« Sie schüttelte den Kopf, als er nickte, und lächelte traurig. »Nein. Ich weiß, daß dir viel an dem Mädchen liegt. Du liebst sie, nicht wahr?«

Skar nickte.

»Aber sie war niemals hier. Sie wußte von der Existenz dieses Ortes, aber für sie war er nur eine Ruine. Ein leeres Schloß, in das sich die *Margoi* zurückzog, um zu meditieren. Sie ist keine von uns.«

»Sie ist die Tochter eurer Königin!«

»Sie ist ein Bastard«, antwortete Anschi, aber sie tat es mit einem Lächeln, das aus dem Begriff eher eine Liebkosung als ein

Schimpfwort machte. »Ein Kind, das nie geboren werden durfte. Vielleicht hast du recht, und es ist etwas Besonderes an ihr, aber es ist nicht unsere Macht, die sie geerbt hat.«

»Sie hat einen Drachen geritten, als ich sie das erste Mal sah.«

Anschi machte eine wegwerfende Handbewegung. »Das ist leicht, Satai. Jeder kann es lernen, selbst du. Aber einen Drachen zu reiten und ihn zu beherrschen ist nicht dasselbe. Sie wußte nichts von diesem Ort und seiner wirklichen Bedeutung.« Sie schloß die Augen, stützte sich schwer auf den Rand der weißen Marmorschale und streckte die Hände aus, bis ihre gespreizten Finger wenige Millimeter über der Oberfläche der polierten Bronzekugel verharrten. Aus irgendeinem Grund wagte sie es nicht, sie zu berühren.

»Und was ist ihre wahre Bedeutung?«

»Ich weiß es nicht«, gestand Anschi. »Niemand wußte es, bisher. Nicht einmal die *Margoi*. Ein Ort großer Macht. Der Ort, an dem es uns am leichtesten fiel, unsere Gedanken mit denen der Drachen zu verschmelzen. Ein magischer Ort. Glaubten wir.«

»Und jetzt glaubst du das nicht mehr?«

Anschi öffnete die Augen. Sie hatte sich weit genug in der Gewalt, sogar zu lächeln, aber ihr Blick war wie ein stummer Schrei. »Ich ... ich weiß nicht mehr, was ich noch glauben kann«, flüsterte sie. »Ich dachte, es wäre so. Wir ... wir alle dachten, es wäre *unsere* Kraft, die die Drachen lenkt. Vielleicht war es nur dieser Turm. Diese ... *Maschinen*.«

Skar begriff, was sie meinte. Und im gleichen Moment begriff er auch den Schmerz, den er in ihren Augen las. Vielleicht hatte sie recht, und was die *Errish* über fünfzigtausend Generationen hinweg für eine magische Begabung gehalten hatten, war nichts weiter als das Wirken der gleichen Kraft gewesen, die sich Ennart zunutze gemacht hatte, um die Gedanken der Menschen mit Haß zu vergiften. Wenn es so war, dann mußte für Anschi eine Welt zusammenbrechen, in diesem Moment.

Plötzlich lachte sie, leise und bitter und so lange, bis ihr Lachen in ein halblautes Schluchzen überging. Skar wollte zu ihr gehen und sie tröstend an der Schulter berühren, aber Anschi wich vor seiner Berührung zurück.

»Es ist alles gelogen, Skar. Die Geschichte dieser ganzen Welt ist auf Lügen aufgebaut, und sie besteht aus nichts als Lügen. Vielleicht ist es richtig, wenn sie untergeht.«

»Aber nicht so«, widersprach Skar. »Wenn dieses ...« Er suchte nach Worten, fand keine und machte eine hilflose Handbewegung. »Wenn dieses *Etwas* hier gewinnt, Anschi, dann wird hinterher niemand mehr da sein, um die Wahrheit zu sagen.«

»Welche Wahrheit?« Anschis Augen flammten zornig. »Daß wir den Quorrl ihre Welt gestohlen haben? Daß unsere Macht nichts anderes ist als die schäbigen Trümmer *ihrer* Zivilisation?«

»Und wenn? Es ist *eine Million Jahre* her, Anschi. Wir sind längst nicht mehr die, die wir einst waren. So wenig wie die Quorrl. Titch hat das erkannt. Und du kannst es auch. Vielleicht ist alles wahr, was Ennart erzählt hat, und ja, verdammt, vielleicht sind die *Errish* keine Zauberinnen, sondern nur Frauen, die gelernt haben, die alten Kräfte zu nutzen. Und? Das ist für mich nur ein Grund mehr, diese verdammten Ssirhaa zu besiegen! Laß diese Welt zum Teufel gehen! Wir bauen eine neue auf!«

Zu seiner Überraschung lächelte Anschi. »Jetzt klingst du wie Ennart, weißt du das?«

»Vielleicht ist Größenwahn ansteckend«, sagte Skar lächelnd. Aber er wußte sehr wohl, daß Anschi recht hatte. Vielleicht war dies einer der Gründe gewesen, aus denen es ihm so schwergefallen war, den Ssirhaa zu hassen oder auch nur zu verachten: Im Grunde verfolgten sie die gleichen Ziele. Skar hatte Enwor niemals geliebt. Es war seine Heimat, aber es war keine Welt, die man lieben konnte, sondern nur hassen, und allenfalls fürchten. Aber er hatte sie niemals zerstören wollen, nur verändern.

»Komm«, sagte er mit einer Geste zur Tür. »Vielleicht holen wir Titch und Kiina noch ein.«

Der Weg zurück zur Kammer der Daktylen glich einem Alptraum. Es war nicht so, daß sie angegriffen oder verfolgt wurden, aber das Innere des Turms war ein einziges Chaos. Das gigantische Gebäude starb, aber es war kein leichter Tod, und mit jedem Schritt hatte Skar mehr das Gefühl, sich im Leib eines riesigen, lebenden Wesens zu befinden, das sich in Todeskrämpfen wand. Überall war Feuer ausgebrochen. Ein paar Korridore, durch die Anschi ihn führte, waren zusammengestürzt oder glühten wie das Innere eines gigantischen Ofens, und mehr als einmal stießen sie auf die Leichen von Zauberpriestern, manche in ihre unheimlichen schwarzen Rüstungen gehüllt, ohne daß sie ihnen hätten Schutz bieten können. Sie brauchten fast fünfmal so lange, um den Weg zurück zu bewältigen, und aus Skars Vermutung wurde beinahe Gewißheit. Ennart hatte den Turm aus einem Schlaf geweckt, der ihn eine Million Jahre lang vor dem Verfall bewahrt hatte, aber er hatte ihn damit auch umgebracht; vielleicht, ohne es selbst auch nur zu ahnen. Vielleicht würde es Ian und seinen Brüdern sogar gelingen, den endgültigen Zusammenbruch noch einmal abzuwenden, aber die unheimliche Macht, die dieser Turm einst besessen hatte, war vergangen. Endgültig.

Als sie die letzte Treppe hinaufstürmten und sich der Halle mit den Daktylen näherten, stießen sie auf einen weiteren toten Zauberpriester. Aber der Mann war nicht verbrannt oder von einem niederstürzenden Trümmerstück erschlagen worden – jemand hatte ihm die Kehle durchgeschnitten. Skar blieb stehen, betrachtete den Toten einen Moment lang alarmiert und sah Anschi fragend an. Sie deutete seinen Blick richtig und nickte.

»Ich bin nicht die einzige *Errish*, die nicht mehr unter Ennarts Einfluß steht«, sagte sie.

Skar schwieg. Er empfand keinerlei Triumph beim Anblick des Toten. Der Sieg bereitete ihm schon lange keine Zufriedenheit mehr. Nicht einmal mehr Erleichterung. Jeder Tote in diesem Kampf war ein Toter zuviel, denn er stärkte nur ihre wahren Feinde. Trotzdem zog er sein Schwert und bedeutete Anschi mit

Gesten, zurückzubleiben, als sie sich der Tür näherten.

Die Halle hatte sich verändert. Vor der offenen nördlichen Wand zogen dichte Rauchschwaden vorbei, und der Himmel über dem Turm glühte rot im Widerschein der Flammen, die in seinem Hof tobten. Der Teil der gegenüberliegenden Wand, den Skar sehen konnte, war von rechteckigen roten Feuernestern übersät; Fenstern, hinter denen Flammen loderten. Skar fragte sich, was in einem Gebäude, das ganz und gar aus Stahl bestand, *brennen* konnte, aber er fand keine Antwort.

Nur noch drei der großen Drachenvögel hielten sich in der Kammer auf. Direkt hinter der Tür lagen die Leichen eines halben Dutzend Zauberpriester, niedergestreckt von Scannerschüssen oder Messerstichen, und unter ihnen gewahrte Skar auch die reglose Gestalt einer *Errish*. Zwei weitere Schwestern Anschis standen hoch aufgerichtet hinter den Toten. Die Waffen in ihren Händen waren drohend auf Skar gerichtet.

Anschi stieß einen abgehackten, befehlenden Laut aus, schob Skar einfach beiseite und lief zu den *Errish* hinüber. Die Waffen der beiden Mädchen blieben unverrückbar auf Skar gerichtet, während Anschi mit hastiger, schneller Stimme und in einem unverständlichen Dialekt auf sie einredete, aber er konnte sehen, wie sich das Mißtrauen in ihrem Blick legte und vorsichtiger Erleichterung Platz machte.

»Wo sind die anderen?« fragte er, als Anschi zu ihm zurückkam.

»Fort«, antwortete die *Errish*. »Zusammen mit Kiina und dem Quorrl. Diese drei haben auf uns gewartet.«

»Woher wußten sie, wo wir waren?«

»Von Kiina«, antwortete Anschi mit einem raschen, fast mütterlichen Lächeln. »Hast du wirklich geglaubt, daß sie ohne dich geht? Sie hat der Daktyle einfach befohlen, den Quorrl abzuwerfen, und dann so lange auf ihn eingeschlagen, bis er aufgegeben hat.«

Trotz des Ernstes ihrer Lage mußte Skar lächeln. Er hätte sich denken können, daß Kiina sich nicht befehlen lassen würde, was sie zu tun hatte. Schon gar nicht von ihm.

»So brauchen wir sie wenigstens nicht zu suchen«, fuhr Anschi fort. »Sie sind in einer Höhle in den Bergen, die ich kenne.« Sie machte eine fragende Geste auf die Daktylen. »Willst du mit mir reiten?«

Skar warf einen mißtrauischen Blick auf die riesigen Flugreptilien. Er war schon mehrmals auf einer Daktyle geritten, aber es war ein Erlebnis, das jedesmal gleich unangenehm war. Ein Flug in fünftausend Fuß Höhe, noch dazu auf dem Rücken einer Bestie, die wenig Hemmungen hatte, eine kleine Pause einzulegen, um ihren Reiter zu verspeisen, war etwas, woran er sich nie gewöhnen würde.

»Sicher«, sagte er. »Wir –«

Der Rest seiner Antwort ging in einem zornigen Schrei unter, der von der Tür her erscholl. Skar sah erschrocken auf und gewahrte eine große, in mattes Schwarz gekleidete Gestalt mit schütterem blonden Haar, und hinter ihr die Schatten von zwei, drei weiteren Männern.

Ian brüllte wie von Sinnen, als er Anschi und ihn gewahrte, und riß sein Schwert in die Höhe.

»Nicht, Ian!« schrie Skar. »Laß dir erklären –«

Aber der Zauberpriester hörte seine Worte gar nicht. Mit einem zornigen Schrei sprang er auf ihn zu, hob sein Schwert und ließ die Klinge mit aller Gewalt niedersausen.

Und plötzlich ging alles so schnell, daß es Skar hinterher wie ein Alptraum vorkam: Er sah das gewaltige Schwert des Zauberpriesters auf sich herabfahren, und er begriff zweierlei gleichzeitig: daß er viel zu langsam war, um dem Schlag noch ausweichen zu können, und daß ihn der Hieb vom Kopf bis zum Gürtel spalten mußte, denn der Zauberpriester schlug mit jener übermenschlichen Gewalt zu, die nur absoluter Zorn oder reine Todesangst bewirken konnte.

Und im gleichen Bruchteil einer Sekunde fühlte er sich an der

Schulter gepackt und herumgerissen. Er wußte, was Anschi tat, aber er war unfähig, darauf zu reagieren.

Die *Errish* warf sich mit weit ausgebreiteten Armen zwischen ihn und Ian und fing den Schwertstreich mit ihrem eigenen Leben ab.

Skar vergaß das Geräusch nie mehr, mit dem Ians Schwert ihre Brust durchbohrte. Anschi keuchte, umklammerte mit beiden Händen die Klinge des anderen, stand einen Moment vollkommen reglos und brach dann ohne einen Laut in die Knie.

Irgend etwas in Skar zerbrach. Er spürte, wie sich Hände nach ihm ausstreckten und ihn zu halten versuchten, sehr viele, sehr starke Hände, aber er schüttelte sie einfach ab. Ein Faustschlag traf seinen Nacken. Er spürte ihn nicht einmal. Mit einem Satz war er bei Ian und schlug ihm die gefalteten Fäuste in den Leib. Der Zauberpriester gurgelte, krümmte sich vor Schmerz und kippte lautlos zur Seite, als Skars Handkante seinen Hals traf. Sein Schwert fiel mit einem hellen Scheppern zu Boden und rutschte davon.

Fast im gleichen Moment flammte der Scanner einer der beiden *Errish* auf und verwandelte den Mann unter der Tür in ein zerberstendes Schemen aus Licht und Hitze.

Skar ließ den beiden anderen keine Chance. Mit einer wütenden Bewegung zerrte er Ian wieder in die Höhe, warf ihn gegen einen der Krieger und schlug ihn vollends nieder, ehe dieser noch begriff, was geschah. Der andere versuchte seine Waffe zu ziehen, aber seine Bewegung war viel zu langsam; Skar packte seinen Arm, verdrehte ihn und schlug dem Mann die Handkante in den Nacken, als er sich vor Schmerz krümmte. Dann war er wieder über Ian, riß ihn ein zweites Mal in die Höhe und schmetterte ihn gegen die Wand. Seine Faust traf Ians Gesicht mit der Kraft eines Hammerschlages und brach etwas darin. Blut schoß aus Ians Nase und Mund. Ian keuchte vor Schmerz, versuchte die Hände zu heben und gleichzeitig nach ihm zu treten, aber Skar bemerkte beides kaum. So, wie er vor Augenblicken unfähig gewesen war, sich zu bewegen, konnte er plötzlich nicht mehr aufhören. Es war wie der Einfluß seines Dunklen Bruders, der ihn zwang, zu kämpfen und zu töten, bis nichts mehr zu bekämpfen und zu töten da war, und gleichzeitig war es schlimmer, ein Blutrausch, der ihn packte, eine völlig neue, schreckliche Art von Haß, der aus ihm selbst kam, nicht aus den flüsternden fremden Gedanken des Turmes.

Wahrscheinlich hätte Skar Ian getötet, hätte er in diesem Moment nicht ein qualvolles Stöhnen hinter sich gehört.

Er fuhr herum, sah, wie sich Anschi mit schmerzverzerrtem Gesicht aufzurichten versuchte, und war mit einem Satz bei ihr. Hinter ihm brach Ian vollends zusammen und blieb wimmernd liegen, und eine der beiden *Errish* kniete neben Anschi nieder und streckte die Arme nach ihr aus. Skar schlug ihre Hand beiseite und fing Anschi auf, als sie nach vorne kippte.

»Anschi!« schrie er. »Du –«

Er sprach nicht weiter, als er die entsetzliche Wunde sah, die in Anschis Brust klaffte. Plötzlich wußte er, daß sie sterben würde. Jetzt.

»Verschwinde, Skar«, flüsterte Anschi mit brechender Stimme. »Sie . . . kommen zurück. Sie werden dich töten, wenn sie dich finden.«

Vorsichtig kniete Skar vollends neben ihr nieder, nahm sie sanft in die Arme und sah ihr ins Gesicht. Aller Schmerz war mit einem Male aus Anschis Zügen verschwunden, und alles, was er noch in ihren Augen las, war ein Ausdruck tiefen, verzeihenden Friedens. Er wollte schreien, aber er konnte es nicht. Er war dem Tod so oft begegnet, aber er war ihm nie so ungerecht, so . . . *überflüssig* vorgekommen wie jetzt.

»Da ist noch etwas, Skar«, begann Anschi.

»Nicht«, sagte er. »Sprich nicht. Wir bringen dich weg hier. Du schaffst es.« Er sah auf, blickte die beiden jungen *Errish* neben sich fast flehend an, aber die Antwort, auf die er wartete, kam nicht. Nach einer Sekunde sahen sie beide weg.

»Der ... Ring«, flüsterte Anschi. »Ennarts ... Sklavenring. Er hat ... die Wahrheit gesagt.«

Es dauerte einen Moment, bis Skar überhaupt begriff, wovon sie sprach. Dann hob er den linken Arm und betrachtete das schmale silbrige Band, das sich um sein Gelenk spannte. Er hatte sich bereits so an sein Dasein gewöhnt, daß er es schon gar nicht mehr bewußt zur Kenntnis nahm.

»Ich wollte es dir ... später ... sagen«, fuhr Anschi fort. Das Sprechen fiel ihr immer schwerer. Ein dünner Blutfaden lief aus ihrem Mundwinkel und das Kinn hinab. Skar streckte behutsam die Hand aus und wischte ihn fort.

»Er ... schützt dich, so lange ... du ihn ... trägst«, stöhnte Anschi. »Aber das Gift ist noch ... noch immer in deinem ... Körper. Du wirst ... sterben, wenn du ... ihn entfernst ...«

»Ich weiß«, sagte Skar.

Anschi schüttelte schwach den Kopf. »Nein, du weißt ... nichts. Du stirbst auch, wenn ... du ihn trägst. Geh zu ... den Quorrl. Geh dorthin, wo ... wo Miri war. Das Wasser der Quorrl ... kann dich ... retten.«

Skar legte sanft die Hand auf ihre Lippen, aber Anschi schob sie beiseite. Ihre Augen begannen zu brechen. »Siehst du, Satai«, flüsterte sie. »Du hast mir ... das Leben ... gerettet. Aber jetzt habe ich ... meine Schulden ... bezahlt.«

Das waren ihre letzten Worte, ehe sie in Skars Armen starb.

Die peitschenden Schwingen der Daktylen trugen sie nach Norden, weiter auf ihrem unterbrochenen Weg ins Land der Quorrl und der Toten. Sie blieben nicht zusammen; nach nur wenigen Augenblicken löste sich einer der Drachenvögel aus ihrer kleinen Formation und kippte nach Westen und gleichzeitig in die Tiefe ab, und ohne daß Skar sich nach der *Errish* umdrehte, wußte er, wohin sie flog: ihr Ziel war ein schmaler, tief eingeschnittener Felsspalt unweit des Turmes, vor dem es nun keine unsichtbare Barriere mehr gab. Er wußte nicht, ob es den Drachen gelingen würde, den Turm zu zerstören. Er wußte nur, daß er das Mädchen wahrscheinlich nie mehr wiedersehen würde, und er sollte recht behalten.

Die Festung blieb rasch hinter ihnen zurück, aber Skar nahm kaum Notiz von dem riesigen Turm, obwohl er ihn jetzt das erste Mal von außen und in voller Größe sah, und vielleicht zum letzten Mal. Dichte Rauchschwaden umgaben den schwarzen Würfel aus Stahl, und als sie sich weiter entfernt hatten, sah er, daß seine Flanken von kleinen und großen roten Pusteln übersät waren, wie von feurigem Ausschlag. Der Anblick erinnerte ihn auf entsetzliche Weise an den Flammenleib des Dämons, dem sie in seinen Kellern begegnet waren. Aber auch an Anschi.

Der Tod der *Errish* ging ihm nahe; viel näher, als er erwartet hatte. Nach allem hätte Anschi vielleicht nicht sein Feind, aber doch alles andere als jemand für ihn sein müssen, der ihm nahe stand. Trotzdem fühlte er sich wie gelähmt, auf eine Art betäubt, die tief ging und sehr schmerzhaft war. Vielleicht war es die Tatsache, daß sie sich geopfert hatte, um sein Leben zu retten, vielleicht waren es auch ihre letzten Worte gewesen: *Ich habe meine Schulden bezahlt.*

Und wann und vor allem: *womit* würde er *seine* Schulden bezahlen? Mit seinem Leben? Lächerlich. *Ein* Menschenleben reichte längst nicht mehr, um wettzumachen, was er so vielen schuldete.

Der Flug in die Berge, die das Tal der Drachen wie eine allseits geschlossene Mauer umgaben, dauerte den ganzen Tag. Sie rasteten einmal, um den Daktylen eine Pause zu gönnen und sich selbst ein wenig zu stärken. Skar wechselte in dieser Zeit kein Wort mit der *Errish*, die die zweite Daktyle flog. Sie saßen dicht nebeneinander, enger, als nötig gewesen wäre, und nach einer Weile lehnte sich das Mädchen an seine Schulter. Er spürte, wie es lautlos zu weinen begann, aber er sagte auch dann noch nichts, sondern legte einfach nur den Arm um ihre Schulter und wartete, bis sie sich beruhigt hatte und ihm mit Gesten zu verstehen gab, daß es Zeit war, wieder aufzubrechen. Er war nicht sicher, ob es nur die Trauer um Anschi und ihre Schwester war, die das Mädchen hatte weinen lassen. Vielleicht war Anschi nicht die einzige gewesen, die begriffen hatte, daß auch die Geschichte der *Ehrwürdigen Frauen* Enwors nichts als eine einzige, große Lüge war.

Als sie wieder auf die Rücken der beiden gewaltigen Flugechsen kletterten, begann Skars linker Arm zu schmerzen.

Mit dem letzten Licht des Tages erreichten sie den Treffpunkt, der nicht aus einer Höhle bestand, wie Anschi gesagt hatte, sondern aus den zerfallenen Resten einer uralten Festung, deren abbröckelnde Mauern selbst am hellen Tag zwischen den millenienalten Kraterwänden so gut wie unsichtbar sein mußten. Skar bemerkte keinerlei Anzeichen von Leben oder gar einer Falle; kein Feuer, keinen Laut, keine Bewegung; aber plötzlich wurden sie von zwei weiteren Daktylen flankiert, die wie aus dem Nichts rechts und links ihrer Reittiere auftauchten, und ein dritter Drachenvogel kam ihnen entgegen, als sich ihre Daktylen mit schwerfälligen Bewegungen auf den Turm der alten Festung herabzuschrauben begannen.

Skar sprang aus dem Sattel, kaum daß das Tier aufgesetzt hatte und ein paar ungeschickte Schritte gehoppelt war. Automatisch sah er sich nach Titch um, konnte ihn aber nirgends entdecken. Die Gestalten von vier, fünf *Errish* hoben sich als flache Schatten auf der zerborstenen Turmplattform ab, das war alles.

Er brauchte nichts zu sagen. Eines der Mädchen hob den Arm und winkte ihm, ihr zu folgen, während sich die anderen um ihre Tiere kümmerten oder mit seiner Begleiterin sprachen.

Skar ging schneller los als nötig. Mochte die *Errish* ihren Schwestern erzählen, was in Ennarts Turm geschehen war. Er wollte nicht reden. Er hatte zu viele schlechte Nachrichten überbracht, als daß er noch Gefallen daran fand.

Eine halb zerfallene, geländerlose Treppe führte im Innern des Turmes in die Tiefe. Das Mädchen geleitete ihn durch ein halbes

Dutzend leerer, mit nichts als Steinen und dem Staub von Jahrtausenden gefüllter Räume und Korridore, bedeutete ihm, den
Kopf einzuziehen und vorsichtig zu sein, und bückte sich unter
einem niedrigen Türsturz hindurch. Erst als sie den Arm hob, bemerkte Skar den schwarzen Vorhang, der die Öffnung verschloß.

Der Raum dahinter war groß und so verfallen und staubig wie
der Rest der Ruine. Aber in einer Ecke brannte ein Feuer, vor
dem Skar die beiden ungleichen Silhouetten Kiinas und Titchs
erkannte. Ein Stück daneben, weiter von ihnen und der Wärme
des Feuers weggerückt, als notwendig erschien, kauerten die
Schatten zweier *Errish*. Bis auf das Mädchen, dessen Leichnam
er im Raum der Daktylen gesehen hatte, schien fast allen die
Flucht aus dem Turm gelungen zu sein.

Skar bedankte sich mit einem stummen Kopfnicken bei seiner
Führerin, ging zum Feuer und ließ sich Titch und Kiina gegenüber zu Boden sinken. Fröstelnd streckte er die Hände über den
prasselnden Flammen aus. Er spürte erst jetzt, wie kalt es auf
dem Rücken der Daktyle gewesen war. In seinen Fingern war
kaum noch Gefühl.

Kiina sah ihn mit einer Mischung aus Freude und Überraschung an, sagte aber kein Wort, während der Quorrl nur weiter
blicklos in die Flammen starrte. Skar sah ein halbes Dutzend
hastig angelegter, aber frischer Verbände auf seinen Armen und
Beinen. Der Gedanke, daß er die Hilfe der *Errish* angenommen
hatte, überraschte ihn ein wenig.

»Wie lange seid ihr schon hier?« fragte er, als weder Kiina noch
der Quorrl Anstalten machten, von sich aus zu sprechen.

Titch reagierte überhaupt nicht, während Kiina nur in einer
sonderbar matten Bewegung die Schultern hob. »Nicht lange.
Eine Stunde. Eher weniger.« Sie seufzte. Im flackernden Schein
der Flammen sah ihr Gesicht plötzlich wieder so krank und
eingefallen aus wie das letzte Mal, als sie zusammen an einem
Feuer gesessen hatten. »Wo ist Anschi?«

»Tot«, murmelte Skar. Es fiel ihm überraschend leicht, das

Wort auszusprechen. Aber eigentlich bedeutete es auch nichts. Es drückte nicht annähernd das aus, was er dabei empfand. Auch Kiina reagierte nicht darauf, und das wiederum war etwas, was Skar sehr erleichterte. Er wußte, daß sie Anschi gehaßt hatte – sie *mußte* es einfach, nach dem, was *sie* erlebt und erfahren hatte. Aber sie wirkte weder zufrieden noch erleichtert, sondern nur teilnahmslos, als hätte sie seine Worte gar nicht gehört.

»Was ist passiert?« fragte Titch plötzlich. Er sah nicht einmal auf. Sein Blick blieb weiter starr in die Flammen gerichtet. Seine rechte Hand zupfte in einer unbewußten Bewegung an einem der frischen Verbände um sein Bein.

*Ich wollte, ich wüßte es*, dachte Skar. *Bei Gott, Titch, ich wollte, ich wüßte es.* Laut sagte er: »Der Turm brennt. Ich weiß nicht, ob sie ihn löschen können.« Er zuckte mit den Achseln, um seine Worte zu bekräftigen, und betrachtete nachdenklich seinen linken Arm. Er tat immer noch weh. Während des Rittes war er so angespannt gewesen, daß er den Schmerz kaum bemerkt hatte, aber jetzt war es, als stächen Millionen winziger feiner Nadeln in seine Haut. Der Schmerz war nicht sehr schlimm, aber von jener penetranten Art, die es einem unmöglich machte, ihn zu ignorieren.

»Aber selbst wenn es ihnen gelingt«, fuhr er nach einer Pause fort, »haben sie nichts mehr als eine Ruine. Es war Ennart, dessen Macht wir gespürt haben. Nicht die des Turmes.« Was nur die halbe Wahrheit war. Aber Skar hatte sich längst entschieden, weder Kiina noch dem Quorrl etwas von dem zu erzählen, was in den Katakomben unterhalb des Turmes geschehen war, und wie es ihm gelungen war, die Kreatur zu besiegen, die Ennart in seinem Wohnsitz heraufbeschworen hatte. Er wußte auf beide Fragen keine Antwort.

»Anschi ist tot, sagst du?« fragte Titch, als hätte er Skars Worte erst jetzt richtig verstanden. »Was ist geschehen?«

»Ian hat sie erschlagen«, antwortete Skar knapp. Sein rüder Ton überraschte ihn selbst, und wenn auch Titch nicht darauf reagierte, so sah doch Kiina verwundert auf.

»Ian?«

»Er muß sich irgendwie befreit haben«, sagte Skar. »Ich will nicht darüber reden.«

Kiina schien das zu akzeptieren, während er bei Titch nicht einmal sicher war, ob er seine Antwort verstanden hatte. Skar beugte sich vor, warf einen Holzscheit in die Flammen und betrachtete abwechselnd seinen prickelnden linken Arm und den Quorrl. Keines von beiden gefiel ihm. Um seinen Arm würde er sich später kümmern – da war etwas, im Hintergrund seiner Gedanken, aber nicht sehr weit, was damit zu tun hatte, damit und mit Anschi. Der Anblick des Quorrl bereitete ihm Sorge. Ihre Flucht aus dem Turm und der stundenlange Flug hierher mußte auch Titch bis an die Grenzen seiner Leistungsfähigkeit erschöpft haben, aber das war nicht alles. Titch wirkte ... leer. Nicht einfach nur erschöpft, sondern ausgebrannt, eine Hülle aus Fleisch und Blut und Knochen, der die Seele abhanden gekommen war.

*Was hast du erwartet?* flüsterten seine Gedanken. *Er hat seinen Gott getötet.*

»Ist mit dir ... alles in Ordnung?« fragte er zögernd.

Zum ersten Mal, seit Skar hereingekommen war, sah der Quorrl auf. Seine Lippen verzogen sich zu einem bitteren, harten Lächeln. »Natürlich«, antwortete er. »Sollte es nicht?«

»Ennart war –«

»Ich weiß, wer Ennart war«, unterbrach ihn Titch, so laut und herrisch – fast drohend, daß die beiden *Errish* auf der anderen Seite des Feuers überrascht aufsahen. Skar verstand. Der Quorrl wollte nicht darüber reden. Und er akzeptierte es ebenso, wie Titch die Tatsache respektierte, daß er nicht über Anschis Tod sprechen wollte. Fast nur, um überhaupt etwas zu sagen und das Schweigen nicht quälend werden zu lassen, wechselte er abrupt das Thema.

»Was geschieht jetzt?«

»Was sollte deiner Meinung nach geschehen?«

Skar spürte, daß es besser gewesen wäre, zu schweigen. Sie waren alle erschöpft und auf die eine oder andere Weise der Verzweiflung nahe. Es war nicht der Zeitpunkt, *Pläne* machen zu wollen, die über ihr bloßes Überleben hinausgingen. Alles, was dabei herauskommen konnte, war ein Streit zwischen Titch und ihm. Aber er konnte auch nicht einfach schweigen und den Quorrl seinem Schmerz überlassen.

Er machte eine Kopfbewegung in die Richtung, in der er hinter den zerfallenen Mauern des Turmes das Tal vermutete. »Was dort passiert ist, ändert nichts. Ich will noch immer in den Norden.«

»So?« sagte Titch böse. »Wozu? Noch ein paar Götter erschlagen?«

»Nein. Nur Betrüger, die sich dafür ausgeben.«

Zu seinem Erstaunen reagierte Titch ganz anders auf seine Worte, als er erwartet hatte. Statt zornig zu werden, lächelte der Quorrl plötzlich. »Du täuschst dich, Satai. Sie sind keine Betrüger. Er *war* ein Gott.«

»Ein sonderbarer Gott, der verblutet, wenn man ihn durchbohrt«, mischte sich Kiina ein. Skar warf ihr einen gleichermaßen erschrockenen wie warnenden Blick zu, aber Titch reagierte auch diesmal nicht zornig, sondern nur mit einem milden, fast mitleidigen Lächeln.

»Sie sind Wesen aus Fleisch und Blut, das ist richtig, Menschenkind«, sagte er. »Und? Glaubst du, er wäre deshalb weniger Gott?«

»Götter sterben nicht«, beharrte Kiina.

»Eure Götter vielleicht«, erwiderte Titch. »Weil sie niemals gelebt haben. Weil es sie nicht gibt.«

»Dann geh doch zu ihnen, du ... du Fischgesicht!« fauchte Kiina. Zornig stand sie auf, fuhr herum und stürmte aus dem Raum. Ihr plötzlicher Wutausbruch überraschte Skar nicht einmal. Sie waren alle zu erschöpft und müde, um noch die Kraft für andere als extreme Gefühle zu haben.

Titch sah dem Mädchen kopfschüttelnd nach, aber er lächelte noch immer, als er sich wieder zu Skar herumdrehte. »Manchmal beneide ich sie«, flüsterte er.

»Kiina?«

»Die Menschen. Euch. Eure Welt ist so ... so einfach. So klar.«

»Ich kenne eine Menge Männer und Frauen, die anderer Meinung sind«, wandte Skar vorsichtig ein. Aber er verstand, was der Quorrl meinte, und Titch schien das ebenfalls zu spüren und sparte sich die Mühe, seine Worte zu erklären.

Skar drehte den Kopf und sah zum Eingang. Der Vorhang bewegte sich, aber es war nur ein Windzug. Wie er Kiina kannte, würde sie mindestens zehn Minuten lang durch die Ruine toben und Steine und Mauerwerk mit Fußtritten traktieren, ehe ihr Stolz es ihr gestattete, wieder zurückzukommen. Mehr Zeit, als er brauchte.

Trotzdem senkte er die Stimme fast zu einem Flüstern, als er weitersprach. »Es gibt noch einen Grund, aus dem ich in euer Land muß, Titch.«

Der Quorrl starrte ihn an, schwieg.

»Kiina«, sagte Skar. »Ian und seine ... Maschinen haben sich um sie gekümmert, aber sie ist noch immer krank.«

»So wie du.«

Skar tat so, als hätte er den Einwurf gar nicht gehört. »Das Gift«, fuhr er fort, »das sie in Elay eingeatmet hat, ist noch immer in ihrem Körper.« *Und in seinem. Sein linker Arm tat jetzt weh; er mußte sich beherrschen, um die Hand still zu halten, damit Titch nichts davon merkte.* »Sie wird sterben, vielleicht nicht mehr innerhalb weniger Tage, aber in ein paar Monaten.«

»Ich weiß«, antwortete Titch ungerührt. »Hast du schon vergessen, wer dir die Legende vom Sternenfeuer erzählt hat, Satai?«

»Und das Wasser des Lebens«, fügte Skar hinzu. »Verdammt, Titch, ich bitte nicht für mich. Ich bin ein alter Mann. Es spielt keine Rolle, ob ich heute sterbe oder in fünf Jahren. Aber Kiina ist jung.«

»Du bittest nicht für dich«, wiederholte Titch seine Worte. »Wie edel. Was bringt euch Menschen eigentlich dazu, zu glauben, eine Bitte wäre weniger als eine Bitte, wenn ihr sie für *andere* stellt?« Er schnitt Skar mit einer fast zornigen Bewegung das Wort ab, als er antworten wollte. »Was bringt *dich* dazu, Satai, zu glauben, ich würde *dein* Leben opfern, um *ihres* zu retten?«

»Nichts«, gestand Skar. »Du hast recht. Entschuldige. Es war dumm. Wirst du uns helfen?«

»Vielleicht«, knurrte Titch. »Wenn ich es kann. Wenn es dich nicht umbringt. Wenn wir jemals so weit kommen. Der Weg zum Sturz von Ninga ist weit. Sehr weit, vor allem für einen Menschen.« Er drehte sich mit einer abrupten Bewegung zur Seite und machte auf diese Weise deutlich, daß er nicht weitersprechen wollte; schon gar nicht über dieses Thema.

»Wir sollten schlafen«, sagte Skar. »Vielleicht können wir alle morgen früh ein wenig klarer denken.« Er stand auf, reckte sich ausgiebig über dem Feuer und massierte dabei seinen schmerzenden Arm, ohne daß der Quorrl es bemerkte. *Es wird dich töten, wenn du versuchst, es zu entfernen. Aber es wird dich auch töten, wenn du es nicht tust.* Er hatte Anschi nicht gefragt, wieviel Zeit ihm blieb, aber er hatte plötzlich das Gefühl, daß es weniger sein mochte, als er bisher angenommen hatte. Sehr viel weniger.

»Ich gehe und hole Kiina zurück, ehe sie sich eine Lungenentzündung einhandelt«, sagte er in bewußt lockerem Ton. »Wir reden morgen früh weiter.«

Titch antwortete nicht, sondern rollte sich da, wo er lag, zu einem schuppigen Ball zusammen und schloß demonstrativ die Augen. Skar hatte es plötzlich sehr eilig, den Raum zu verlassen.

Er fand Kiina auf der alten Wehrmauer, mit fröstelnd um den Oberkörper geschlungenen Armen gegen die Brüstung gelehnt und den Blick starr nach Süden gerichtet, in den schwarzen Schlund, in den die Nacht das Tal der Drachen verwandelt hatte. Er gab sich keine Mühe, leise zu sein, und Kiina mußte ihn hören, aber sie drehte sich weder zu ihm um, noch reagierte sie, als er sich neben ihr gegen das zerborstene Gemäuer lehnte.

Im ersten Moment glaubte er, weit im Süden einen hellen Funken zu sehen, aber der Feuerschein war nicht wirklich; sie waren viel zu weit vom Turm entfernt, um die Flammen erkennen zu können.

*Was* er jedoch spürte, war etwas anderes: Das unheimliche Flüstern und Drängen in seinen Gedanken war erloschen. Der Turm hatte aufgehört, die Seelen der Menschen zu vergiften. Und nicht nur hier.

»Sie werden uns verfolgen«, sagte Kiina plötzlich.

»Ich weiß.« Skar lächelte aufmunternd, obwohl sie es nicht sah. »Hast du Angst?«

»Nein.«

»Ich schon«, sagte er. »Aber wir werden ihnen entkommen, keine Sorge.« Er dachte an die riesigen Echsen, auf denen Ian und seine Brüder geritten waren, als sie ihnen das erste Mal begegneten, aber der Gedanke beunruhigte ihn nur einen Augenblick. Hier in den Bergen waren sie vor diesen Titanen sicher.

»Titch hat mir alles erzählt«, sagte Kiina plötzlich. Skar sah sie an und bemerkte, daß sie nicht mehr ins Tal hinabstarrte, sondern den Blick in den Himmel gehoben hatte.

»Ob sie noch da sind?«

»Sie?«

»Die *Sternengeborenen*«, sagte Kiina. »Unsere Vorfahren. Sie sind von dort gekommen, nicht? Von dort oben.«

»Ja«, antwortete Skar.

»Aber es sind nur Lichtpunkte.« Sie hob den Arm, spreizte die Finger und bewegte die Hand, als versuche sie nach den Myriaden von Sternen zu greifen, die über ihnen am Himmel funkelten. »Sie müssen unendlich weit entfernt sein, wenn wirklich jede eine Welt ist, so groß wie Enwor. Ich frage mich manchmal, ob sie noch da sind.«

»Kaum«, murmelte Skar. »Es ist...« Er machte eine hilflose Bewegung. »Es ist zu lange her. Selbst für sie.«

»Woher willst du das wissen?« Die Schärfe in Kiinas Stimme überraschte ihn. »Was ist eine Million Jahre für sie? Vielleicht haben sie so lange gebraucht, um hierher zu kommen. Es gibt sie bestimmt noch, irgendwo dort oben.«

»Selbst wenn – sie werden nicht wiederkommen«, antwortete Skar sanft. »Götter kommen selten dann, wenn man sie ruft, weißt du?« *Und vielleicht sollten wir beten, daß sie es auch diesmal nicht tun,* fügte er in Gedanken hinzu.

»Das spielt keine Rolle«, widersprach Kiina. »Ich weiß, daß sie noch da sind.«

Skar widersprach ihr nicht mehr. Warum sollte er ihr nicht das gleiche Recht zubilligen wie Titch? Er hoffte nur, daß sie nicht eines Tages die gleiche Enttäuschung erleben und feststellen würde, daß ihre Götter keine Götter, sondern das Gegenteil waren.

Für gut zehn Minuten schwiegen sie beide, dann fragte Kiina plötzlich: »Habt ihr euch entschieden?«

»Was meinst du?«

»Das weißt du ganz genau«, antwortete Kiina, in einem Ton, der ihn verwirrt aufblicken ließ. Sie starrte weiter ins Leere, aber auf ihrem Gesicht kämpften jetzt Wut und Hilflosigkeit miteinander. »Der Quorrl und du! Was habt ihr jetzt vor? Mich auf eine Daktyle zu binden und zu Del zu schicken, jetzt, wo alles vorbei ist? Oder willst du mich immer noch bei irgendeiner freundlichen Familie in Pflege geben wie eine Katze?«

Skar war so überrascht, daß er im ersten Moment nicht einmal antworten konnte. Plötzlich begriff er Kiinas sonderbare Gereiztheit. Er *hatte* vorgehabt, sie zurückzulassen, in Elay, und später, als sie die Stadt zerstört vorfanden, irgendwo, vielleicht bei den *Errish*. Von alledem, was passiert war, hatte Kiina ja kaum etwas gemerkt. Die vergangene Woche existierte für sie praktisch nicht, denn sie hatte sie schlafend verbracht.

»Keineswegs«, antwortete er.

»So?« Kiinas Augen funkelten zornig. »Was plant Ihr dann mit mir, großer Satai?« fragte sie spitz.

»Zuerst einmal, dir Respekt beizubringen«, antwortete Skar spöttisch. »Und danach wirst du mich begleiten.« Er deutete nach Norden.

Kiina schwieg erstaunt. Sie glaubte ihm nicht völlig, das sah er ihr an. Aber er hatte sie auch noch nie belogen.

»Du meinst, ich ... ich komme mit?«

»Ins Land der Quorrl«, bestätigte Skar. »Und mit sehr viel Glück auch wieder zurück. Falls wir es überleben, heißt das.« Er seufzte tief und bemühte sich, ein möglichst resigniertes Gesicht zu machen.

»Nicht, daß mir die Vorstellung gefällt«, fuhr er fort, als Kiina nicht antwortete, sondern ihn nur weiter fassungslos anstarrte. »Aber wir brauchen dich.«

»Wozu?« fragte Kiina mißtrauisch.

»Es ist ein weiter Weg bis ins Land der Quorrl«, antwortete Skar. Er brachte es nicht fertig, Kiina die Wahrheit zu sagen, und diese Lüge war so gut wie jede andere. »Es sind mehr als zweitausend Meilen, allein bis zu seinen Grenzen. Und die Götter und ein paar Quorrl allein wissen, wo dieser Sturz von Ninga ist, und *was* er ist.«

Kiina sah ihn verständnislos an, und Skar fiel erst jetzt wieder ein, daß sie nicht mehr dabeigewesen war, als Titch diesen Namen erwähnte. »Der Ort, an dem das heilige Wasser der Quorrl ist«, fügte er erklärend hinzu. Er kam der Wahrheit damit viel näher, als ihm recht war, aber Kiina erriet nicht, worauf er wirklich hinauswollte.

»Wir werden fliegen müssen«, fuhr er hastig fort, ehe sie Gelegenheit fand, etwa über seine Worte nachzudenken. »Und leider sind weder Titch noch ich in der Lage, mit diesen Ungeheuern umzugehen. Du kannst es.«

»Das können die *Errish* auch«, antwortete Kiina mißtrauisch.

»Aber sicher«, fügte Skar hinzu. »Das Beste wird überhaupt sein, wir marschieren mit einer ganzen Armee auf das Allerheiligste der Quorrl zu, nicht wahr? Sie werden nicht besonders begeistert darüber sein, aber diese zehn oder zwölf Mädchen hier werden sie schon in die Flucht schlagen.« Er lachte, um den verletzenden Spott seiner Worte nachträglich in einen Scherz zu verwandeln, und streckte die Hand nach Kiina aus.

Sie versuchte nicht, sich seiner Umarmung zu entziehen, sondern lehnte sich im Gegenteil eng an seine Schulter. Sie standen noch lange da, ohne ein einziges Wort zu sprechen. Skar war entsetzlich müde, aber er bewegte sich nicht, bis Kiina nach einer halben Stunde oder mehr seinen Arm von ihrer Schulter löste und in die Ruine zurückging.

Sie schliefen in der gleichen Haltung ein, in der sie draußen an der Mauer gestanden hatten: eng aneinandergekuschelt und den Arm über den anderen gelegt, und zum ersten Mal seit Monaten, vielleicht zum ersten Mal überhaupt, seit er erwacht war und sein zweites Leben begonnen hatte, hatte Skar das Gefühl, glücklich zu sein. Vielleicht, dachte er, war es nur diese eine Nacht, die ihnen noch blieb, vielleicht das allerletzte Mal, daß er in den Armen eines Menschen einschlief, der ihn nicht fürchtete, und der nichts von ihm fordern würde, was er nicht freiwillig und gerne zu geben bereit war.

Mit diesen trotz allem sonderbar beruhigenden Gedanken schlief er ein.

Aber nicht einmal diese eine, einzige Nacht wurde ihm geschenkt.

Es war Kiinas Stimme, die ihn weckte. Er hatte das Gefühl, gerade erst eingeschlafen zu sein; seine Lider waren schwer wie Blei, und das Rütteln, mit dem Kiina ihn aufzuwecken versuchte, schüttelte irgend etwas in seinem Kopf durcheinander, so daß er im ersten Moment Mühe hatte, seine Bewegungen zu koordinieren.

»Dein Arm, Skar.«

Die Worte drangen nicht wirklich an sein Bewußtsein, aber

sie rührten an etwas, das tiefer lag, und das ihn alarmierte. »Wach auf, Skar! Dein Arm!«

Er öffnete die Augen und blinzelte verständnislos. Er lag neben dem Feuer, das wieder zu heller Glut angefacht worden war, und Kiina war nicht die einzige, die neben ihm kniete. Über ihre Schulter lugte das Fischgesicht Titchs wie eine grüngraue schuppige Grimasse, und auf der anderen Seite des Feuers standen mindestens drei *Errish*, die ihn mit einem Erschrecken ansahen, das Skar im ersten Moment nicht verstand. Erst dann fiel ihm wieder ein, was Kiina gerufen hatte: *Dein Arm.*

Er setzte sich auf, blickte verständnislos an sich herab –
und fuhr zusammen.

Es war nicht sein Arm. Kiina hatte das falsche Wort benutzt. Es war seine linke Hand.

Sie war zur Kralle geworden; verkrümmt und hart und gichtig wie die eines uralten Greises, jeder Muskel bis zum Zerreißen gespannt, so daß die Sehnen wie Stricke durch die Haut schimmerten und seine Knöchel zu kleinen weißen, blutleeren Narben geworden zu sein schienen.

Und seine Finger waren von den Kuppen bis hinauf zum ersten Glied schwarz geworden.

Zwei, drei Sekunden lang starrte Skar diese Hand einfach an, wie etwas, das gar nicht zu ihm gehörte, und für die gleiche Zeit weigerte er sich einfach zu glauben, was er sah. *Es wird dich auch töten, wenn du es trägst.*

»Großer Gott, was ist das?« flüsterte Kiina.

Skar hob vorsichtig die rechte Hand, berührte die Kuppen seiner verwelkten Finger und wartete auf einen Schmerz oder irgendein Gefühl. Aber da war nichts. Das quälende Stechen war erloschen und hatte einer fast wohltuenden Taubheit Platz gemacht. Nur direkt unter dem silbernen Band, das er um das Gelenk trug, prickelte die Haut ein wenig.

Eine schmale Hand legte sich auf Kiinas Schulter und schob sie mit sanfter Gewalt beiseite. Skar protestierte nicht, als eine der *Errish* neben ihm niederkniete, behutsam seine Hand nahm und sie untersuchte. Aber er behielt das Gesicht des Mädchens dabei scharf im Auge, und es hätte ihres bedauernden Kopfschüttelns nicht bedurft, um ihm zu sagen, daß sie ihm nicht helfen konnte.

Trotzdem tat sie, was in ihrer Macht stand, und obwohl Skar ganz genau wußte, wie sinnlos es war, protestierte er nicht dagegen; ganz einfach, weil er vor Schrecken wie gelähmt war.

»Tut das weh?« Die *Errish* zwickte mit den Fingernägeln seinen Daumen. Skar *spürte* die Berührung nicht einmal.

Sie zögerte, sah ihm einen Herzschlag lang mit einer Mischung aus Schrecken und Besorgnis in die Augen und griff noch einmal zu, und sehr viel fester. Skar sah, welche Überwindung es sie kostete, das verschrumpelte schwarze Fleisch seiner Finger zu berühren. Hätte seine Hand noch gelebt, hätte ihr Griff Blut zum Vorschein gebracht. Aber er fühlte auch diese Berührung nicht.

»Das ist . . . sonderbar«, murmelte das Mädchen. »Ich habe so etwas noch nie gesehen. Aber ich verstehe auch nicht viel von der Heilkunst«, fügte sie mit einem verlegenen Lächeln hinzu. »Habt Ihr irgend etwas berührt, was . . .« Sie suchte nach Worten. ». . . was vielleicht giftig war?«

Skar zog seine Hand zurück, preßte den Arm eng gegen den Leib und schüttelte den Kopf. »Laß es gut sein«, sagte er. »Du kannst mir nicht helfen. Ich fürchte, ich weiß, was das ist.«

»Was?« fragte Kiina. Sie schrie fast. Ihre Stimme bebte, und im allerersten Moment glaubte Skar, es wäre dasselbe Entsetzen, das er in den Augen der jungen *Errish* gelesen hatte, beim Anblick seiner Hand. Dann begriff er, daß es das genaue Gegenteil war: kein Abscheu, sondern Angst.

Um ihn.

Seltsamerweise machte ihn die Vorstellung verlegen. Er sah weg und versuchte den Gedanken zu verscheuchen, aber er ertappte sich dabei, seine verkrümmten Finger mit der anderen

Hand zu bedecken, als er aufstand.

»Was ist das, Skar?« beharrte Kiina. »Es ... es sieht entsetzlich aus.«

*Und es wird bald noch schlimmer aussehen,* dachte er schaudernd. Er empfand nicht einmal Furcht, sondern nur Zorn und Verbitterung. Er hatte gewußt, daß etwas in dieser Art passieren würde; nicht was, nicht wann, aber *daß* etwas passieren würde. Schließlich hatten weder Ennart noch Anschi versäumt, ihm mehr als nur einmal zu erklären, daß Ians Wunderreifen nicht nur Leben bewahrte, sondern auch *zerstörte.* Aber es war einfach unfair, daß es so schnell geschah. Sie ließen ihm nicht einmal Zeit, Atem zu schöpfen.

»Was ist das, Skar?« fragte Kiina ein drittesmal. »Was geschieht mit dir?«

Skar antwortete auch diesmal nicht, sondern trat mit einem gespielt optimistischen Lächeln auf sie zu. Kiina blieb stehen, aber die beiden *Errish* hinter ihr hatten sich nicht gut genug in der Gewalt, nicht einen halben Schritt zurückzuweichen.

»Ihr braucht keine Angst zu haben«, sagte er. »Es steckt nicht an.«

Eines der Mädchen senkte verlegen den Blick, während das andere wenigstens versuchte, sich zu einem Lächeln durchzuringen. *Sie sind Kinder,* dachte Skar bitter. In den letzten Tagen hatte er es fast vergessen, aber plötzlich kam ihm wieder zu Bewußtsein, wie verzweifelt ihre Situation trotz allem war. Die *Errish* ritten auf Drachen und geboten über das Feuer der Sterne, aber keines dieser Mädchen war älter als Kiina; die meisten sogar wesentlich jünger. Großer Gott – sie fochten einen Kampf, bei dem nichts weniger als ihre ganze Welt auf dem Spiel stand, und alles, was er hatte, war ein Dutzend *Kinder!*

Er ging an den beiden *Errish* vorbei und hielt seine Hand über das Feuer. Er spürte nicht einmal die Hitze der Flammen, obwohl sie nahezu seine Finger berührten, aber im grellen Licht sah er, daß die Grenze schwarz gewordenen Fleisches weitergewandert war; nicht viel, nur ein paar Millimeter, aber sie *war* weitergekrochen. Er versuchte in Gedanken die Zeit zu überschlagen, die ihm noch blieb, bis seine ganze Hand schwarz und tot war, dann sein Arm . . .

»Ians Band?«

Skar nickte, zog den Arm aber hastig zurück, als Titch sich neben ihn schob und nach seiner Hand greifen wollte. »Ja«, antwortete er. »Ich fürchte.«

Titch sah ihn ernst an, aber ohne ein Spur von Mitgefühl. »Deshalb haben sie sich also so wenig angestrengt, uns einzuholen«, sagte er.

»Was soll das heißen?« fragte Kiina. Sie versuchte, sich zwischen den Quorrl und Skar zu schieben und funkelte Titch wütend an, als er keine Anstalten machte, den Weg freizugeben.

»Das soll heißen, daß Ian es nicht für nötig hielt, Skar zu töten«, antwortete Titch ungerührt. »Er stirbt sowieso. Dieses Ding da bringt ihn um.«

Kiinas Augen wurden groß. »Ist das . . . wahr?« flüsterte sie.

»Vielleicht«, antwortete Skar. Er versuchte, Titch einen warnenden Blick zuzuwerfen, aber es gelang ihm nicht; der Quorrl sah nur abwechselnd Kiina und den silbernen Ring an Skars Gelenk an.

»Was ist das für ein Ding?« fragte Kiina erregt. »Warum reißt du es nicht einfach ab?«

»Ich fürchte, das geht nicht«, sagte Skar zögernd. »Es ist . . . Ian hat behauptet, es würde mich vor dem Gift schützen, das wir beide in Elay eingeatmet haben. Vielleicht stimmt das sogar. Aber es sieht so aus, als hätte es noch eine andere Wirkung.«

»Schneid es ab!« verlangte Kiina noch einmal. »Reiß es herunter, Skar, ehe es noch schlimmer wird!«

*Es wird dich töten, wenn du versuchst, es zu entfernen.*

Aber welche Wahl hatte er schon? Er konnte es versuchen und dabei sterben, oder tatenlos stehenbleiben und warten, bis er bei lebendigem Leib verfault war. In längstens einer Stunde. Zögernd streckte er die Hand aus und berührte das silberfarbene Gewebe. Es war hart wie Stahl, obgleich es so weich und geschmeidig wie anschmiegsames Leder aussah.

Skar nahm all seinen Mut zusammen, packte entschlossen zu und riß mit aller Kraft an dem Band.

Ein entsetzlicher Schmerz explodierte in seinem linken Arm. Skar schrie auf, taumelte und wäre vornüber ins Feuer gestürzt, hätte Titch ihn nicht blitzschnell gepackt und zurückgerissen. Trotz des kräftigen Griffs des Quorrl fiel er auf die Knie, krümmte sich stöhnend und preßte die Hand gegen den Leib. Sein Arm schien bis zur Schulter in Flammen zu stehen.

Es dauerte Minuten, bis der Schmerz so weit nachließ, daß er aufhörte zu stöhnen und sich mühsam wieder aufrichten konnte. Sein Arm war taub. Als er versuchte, ihn zu bewegen, konnte er es nicht. Seine Hand war jetzt voller Blut, das unter dem Band hervorgequollen war.

Helfende Hände unterstützten ihn, als er vom Feuer wegtaumelte und sich stöhnend auf einen Stein sinken ließ. Alles drehte sich um ihn. In seinem Mund war der Geschmack von Blut, und wenn er den Kopf zu heftig bewegte, wurde ihm schwindlig.

»Nicht«, flüsterte er, als auch Kiina neben ihm niederkniete und nach seinem Arm greifen wollte. »Es ... geht schon ... wieder.« Er atmete gezwungen tief ein und aus und versuchte vergeblich, den pulsierenden Schmerz in seiner Schulter zu ignorieren.

Kiinas Gesicht war grau vor Schrecken. Sie machte eine hilflose Bewegung, starrte Titch und die beiden *Errish* sekundenlang fast flehend an und wandte sich dann wieder an ihn. »Mein Gott, Skar, was ...«

»Es ist schon gut«, unterbrach sie Skar. Mit dem letzten bißchen Kraft, das ihm geblieben war, zwang er sich, den Kopf zu heben und sie anzusehen. Er versuchte zu lächeln, aber er spürte selbst, daß es bei einem Versuch blieb. *Es wird dich töten, wenn du versuchst, es zu entfernen.*

»Nein, es ist *nicht* gut!« widersprach Kiina. »Es ist schlimmer geworden. Sieh doch!«

Fast gegen seinen Willen sah Skar wieder auf seine Hand hinab. Kiina hatte recht. Es *war* schlimmer geworden, *viel* schlimmer. Als ob sein Versuch, Ians Todesgeschenk abzureißen, es zu neuer Wut anstachelte, hatte die Linie verwelkten Fleisches seine Hand erreicht, als hätte er die Fingerspitzen in schwarze Tinte getaucht, die nun unaufhaltsam in seiner Haut emporkroch.

»Du mußt es abreißen, Skar!« stammelte Kiina. Ihr Kopf flog mit einem Ruck in den Nacken, als sie die *Errish* anstarrte. »Helft ihm doch! *Tut doch irgend etwas!*«

»Beruhige dich, Kiina«, sagte Skar. »Gib mir ein paar Minuten. Ich kriege dieses verdammte Ding schon herunter. Aber es tut entsetzlich weh. Ich ... brauche ein wenig Zeit, um Kraft zu sammeln.« Es gelang ihm sogar, überzeugend zu klingen, wenigstens für seine eigenen Ohren. Aber als er in Titchs Gesicht blickte, erkannte er, daß zumindest der Quorrl die Wahrheit wußte. Der Schmerz war unvorstellbar gewesen; das Schlimmste, was Skar jemals erlebt hatte. Viel zu schlimm, um es noch einmal zu versuchen. Vielleicht würde es ihm sogar gelingen, ihn zu ertragen, denn er war ein Satai, der seinen Körper hundertprozentig beherrschte. Aber das nutzte nichts. Selbst wenn er den Schmerz ertrug – er würde ihn einfach umbringen. Und der Quorrl wußte es.

Er gab Titch einen Wink mit den Augen, auf Kiina zu achten, und stand mühsam auf. Kiina streckte erschrocken die Hände nach ihm aus und ließ die Arme wieder sinken, als er fast unmerklich den Kopf schüttelte und sich an die jungen *Errish* wandte. »Habt ihr eine Anführerin?«

Als keines der Mädchen reagierte, deutete er mit der unverletzten Hand auf das, das seine Hand begutachtet hatte. »Du. Wie ist dein Name?«

»Jella, Herr.«

»Jella. Gut. Hör mir zu, Jella. Wenn mir ... etwas zustoßen

sollte, dann wird Titch das Kommando übernehmen. Ihr werdet ihm gehorchen.«

»Was soll das heißen?« fragte Kiina. Skar ignorierte sie.

»Wie viele seid ihr?« fragte er.

»Neun«, antwortete Jella. »Aber ich weiß nicht, ob ...«

»Wir brauchen zwei eurer Daktylen«, unterbrach sie Skar. »Eine für Titch, eine zweite für Kiina und mich. Du wirst die kräftigsten Tiere heraussuchen, denn wir haben einen sehr weiten Weg vor uns.«

»Ihr wollt allein weiterreiten?« Der Schrecken in Jellas Stimme war unüberhörbar. Skar verfluchte sich innerlich dafür, nicht schon am Abend mit den *Errish* gesprochen zu haben. Aber er hatte geglaubt, daß ihnen wenigstens eine winzige Atempause blieb.

»Wir müssen es«, antwortete er. »Es wäre euer Tod, wenn ihr versuchen würdet, uns in Titchs Land zu begleiten. Und ich habe eine andere Aufgabe für dich. Du kennst den Weg nach Ikne?«

Das Mädchen nickte nervös.

»Wie lange braucht ihr dorthin?«

»Zwei... vielleicht drei Tage«, antwortete Jella zögernd. »Nicht mehr.« Sie hatte Angst. Vielleicht hatte sie begriffen, was er mit seinen Worten *wirklich* sagen wollte, vielleicht hatte sie auch einfach Angst, allein zurückzubleiben. Trotz allem, das begriff Skar plötzlich, waren es der Quorrl und er gewesen, die diesen Kindern wenigstens die Illusion von Sicherheit gegeben hatten.

»Ihr müßt es in zwei Tagen schaffen«, sagte er. »Fliegt nach Ikne. Alle. Versucht nicht, irgend etwas Dummes zu tun oder euch gar in Kämpfe mit den Zauberpriestern einzulassen. Ihr müßt das Heer erreichen, bevor es die Stadt angreift. Fragt nach Del, dem Kriegsherrn der Satai. Erzähle ihm, was geschehen ist, und richte ihm folgendes von mir aus: Die Schlacht darf nicht stattfinden. Er darf die Stadt nicht angreifen, ganz gleich, was geschieht. Sage ihm, Skar hätte dich geschickt, und er solle sich daran erinnern, was in Drasks Burg geschehen ist, als es zum Kampf kam. Hast du das verstanden?«

Jella nickte. »Ja. Ich werde zu Del gehen und ihm Eure Worte ausrichten.«

»Es ist wichtig«, sagte Skar in hastigem, fast beschwörendem Ton. »Viel wichtiger, als du dir vorstellen kannst, Kind.«

»Ich werde es tun«, versicherte Jella noch einmal.

Skar sah seine Hand an. Die kriechende Linie hatte seine Knöchel erreicht und spaltete sie in eine Hälfte bleichen weißen Lebens und eine andere, größer werdende aus schwarzem Tod. Sein Arm hatte aufgehört zu bluten. Der Schmerz war zu einem qualvollen, aber erträglichen Pochen geworden, aber er war noch da. Er wußte, daß er nicht den Mut hatte, ihn noch einmal herauszufordern.

Langsam, mit Bewegungen, von denen er selbst spürte, wie erzwungen und mühsam sie waren, drehte er sich zu Titch um. Der Quorrl stand hinter Kiina, unauffällig, aber so, daß er nur die Hand auszustrecken brauchte, um sie festzuhalten. Kiina schien es nicht einmal zu merken. Sie starrte Skar an, mit weit aufgerissenen dunklen Augen und fassungslos über das, was sie gehört hatte.

»Du ... du glaubst, daß ... daß du stirbst?« stammelte sie.

»Nein«, log Skar. »Aber es kann sein, daß ich eine Weile außer Gefecht gesetzt werde.« Er lachte leise und hob den Arm, so daß sich der Feuerschein auf dem silbernen Band brach. »Dieses kleine Biest hier hat scharfe Zähne.«

»Lüg nicht!« schrie Kiina. Ihre Augen füllten sich mit Tränen, aber der Ausdruck auf ihrem Gesicht war mehr der von Zorn als von Schmerz. »Du stirbst! Du kannst es nicht entfernen. Es ... es tötet dich, wenn du es versuchst!«

»Unsinn«, sagte Skar barsch. »Ich habe noch nicht vor, zu sterben.« Rüde drehte er sich zu Jella um und deutete auf den schmalen Lederstreifen, der ihr Haar zusammenhielt. »Gib mit dein Haarband«, verlangte er.

Die *Errish* erbleichte, und Kiina schrie auf, als sie begriff, was er vorhatte. Skar drehte sich nicht zu ihr um, aber er hörte, wie Titch sie packte und festhielt, während Jella die Arme über den Kopf hob und mit zitternden Fingern den Knoten löste, der den dünnen Lederriemen zusammenhielt. Skar nahm ihn entgegen, band ihn fest um seinen linken Arm, zwei Finger breit über den tötenden Silberring, und versuchte ungeschickt, mit der rechten Hand und den Zähnen einen Knoten hinzubinden. Jella sah ihm einen Moment dabei zu, ehe sie mit einem Kopfschütteln seine Hand beiseite schob und den Arm abband; nicht sehr sanft, aber mit einer Geschicklichkeit, die ihre Worte Lügen strafte, nichts von der Heilkunst zu verstehen. Skars Unterarm färbte sich da, wo er noch nicht von der tödlichen Fäulnis befallen war, weiß. Seine Haut begann zu prickeln.

»Warte«, sagte sie, als er zurücktreten wollte. Ohne Kiina zu beachten, die aufgehört hatte zu schreien, sich aber noch immer aus Leibeskräften in Titchs Griff wand, zog sie das Schwert des Quorrl aus der Scheide und legte die Waffe ins Feuer. Skar sah, wie die Klinge schwarz wurde und sich dann binnen weniger Augenblicke rot zu färben begann. Plötzlich hatte er Angst.

»Ich habe nichts, was ich dir gegen die Schmerzen geben könnte«, sagte sie. »Höchstens ...« Sie streckte die Hand aus und berührte sanft eine Stelle in seinem Nacken, aber Skar schüttelte den Kopf, als sie ihn fragend ansah. Vielleicht waren es seine letzten Sekunden. Er wollte sie nicht verschenken, gleich, wie qualvoll sie sein mochten.

Er sah noch einmal Titch an, und obwohl er kein Wort sagte, verstand der Quorrl die stumme Bitte in seinem Blick, und beantwortete sie mit einem Nicken. Er würde Kiina mit sich nehmen, so oder so.

Skar trat zurück, zog das *Tschekal* aus der Scheide und streckte den linken Arm aus, so weit er konnte. Jella bückte sich zum Feuer, umwickelte den Griff von Titchs Schwert mit einem Zipfel ihres Mantels und hob die Waffe aus den Flammen. Die Klinge glühte in mattem Rot.

Kiina schrie auf, als hätte er ihr die Klinge in den Leib gestoßen, als er das Schwert hob.

Alptraumgeplagte Fieberträume wechselten sich mit kurzen Perioden ab, in denen er wach war, aber niemals völlig. Wie er später erfuhr, hatte es doch noch etwas gegeben, was die junge *Errish* für ihn tun konnte: ein betäubendes Pulver, das Kiina in sein Wasser mengte und ihm die schlimmsten Schmerzen ersparte, es ihm allerdings auch verwehrte, während der nächsten drei Tage *wirklich* aufzuwachen, so daß er sich an den Weg in den Norden nur verschwommen erinnerte.

Im Grunde war alles, worauf er sich wirklich besann, ein beständiger, pochender Schmerz in seiner gesamten linken Körperhälfte, der mal mehr, mal weniger schlimm war, allerdings niemals völlig erlosch, nicht einmal wenn er schlief, und das Gefühl, zu schweben, was nun allerdings einen höchst realen Grund hatte: Gegen seinen ausdrücklichen Willen hatten Titch und Kiina beschlossen, für zwei, drei Tage in der verfallenen Festung am Rande des Tales zu bleiben, bis er das Schlimmste überstanden hatte. Aber schon am nächsten Morgen meldete die zur Wache abgestellte *Errish* das Herannahen einer großen Anzahl Berittener, die von einer jener gigantischen Tyrannenechsen begleitet wurden, wie Skar und Titch sie in der Nähe Elays gesehen hatten. Offensichtlich verließ sich Ian nicht ganz so auf die tödliche Wirkung des Silberbandes, wie sie gehofft hatten, so daß sie gezwungen waren, ihre Flucht in aller Hast fortzusetzen. Jella und ihre Mädchen wandten sich nach Westen, wie er befohlen hatte, während Titch und Kiina den fiebernden Skar auf dem Rücken der größten Daktyle festbanden und ihren unterbrochenen Flug in den Norden fortsetzten.

Einen schwächeren Mann als Skar hätte die Reise umgebracht, denn obwohl Jella die Wunde sofort ausgebrannt hatte, hatte er sehr viel Blut verloren, und dazu kam das Gift, das noch immer in seinem Körper wühlte; nicht mehr so grausam und schnell wie vor ihrem unfreiwilligen Aufenthalt im Turm der Zauberpriester, aber unerbittlich. Später erzählte ihm Kiina, daß er geschrien und um sich geschlagen hätte wie ein Rasender, so daß es selbst Titch manchmal schwergefallen war, ihn zu bändigen. Skar spürte, daß er dem Tod diesmal sehr nahe gewesen war; näher als jemals zuvor. Aber an all dies entsann er sich nur nebelhaft, als er am vierten Morgen nach ihrer Abreise das erste Mal *wirklich* erwachte.

Er war allein, und er fror, das waren die ersten Eindrücke, die er hatte, und beide waren sehr intensiv. Der Schmerz in seinem linken Arm war noch da, aber viel schlimmer war der Biß der Kälte, die sich wie eisiges Glas an seine Haut schmiegte. Es war nicht mehr völlig dunkel, aber auch noch nicht richtig hell, und aus irgendeinem Grund wußte er, daß es die Dämmerung des Morgens war, nicht der Sonnenuntergang. *Wo war er?* Skar setzte sich auf, mit vorsichtigen, kleinen Bewegungen, ohne den linken Arm zu belasten und jederzeit auf wütenden Schmerz gefaßt. Aber er kam nicht. Das Pochen in seiner linken Seite ließ nicht nach, aber es wurde auch nicht schlimmer. Er unterdrückte den Impuls, die Decke beiseite zu schlagen und seinen Arm zu betrachten. Er wußte, was er sehen würde, und er hatte Angst davor. Obwohl die letzten drei Tage für ihn praktisch nicht existierten, erinnerte er sich an alles, was vorher geschehen war. Er glaubte, Kiinas Schrei noch immer zu hören.

Dann begriff er, daß er *tatsächlich* etwas hörte. Es *war* ein Schrei, aber nicht der eines Menschen, sondern das mißtönende Krächzen eines Vogels – eines sehr großen Vogels, der Stimme nach zu urteilen –, der aber beruhigend weit entfernt war. Neugierig sah er sich um.

Er befand sich nicht in einem Gebäude, sondern lag auf moosbewachsenem, sehr kaltem Waldboden, und das Dach über ihm bestand nicht aus Stein oder Stroh, sondern aus den tiefhängenden Ästen der sonderbar dickstämmigen, geschuppten Nadelbäume, die ihn umgaben. Sein Blick reichte nicht sehr weit. Die kleine Lichtung, auf der sie ihr Lager aufgeschlagen hatten, war auf allen Seiten von dornigem Gestrüpp umschlossen, so dicht, daß selbst ein weniger aufmerksamer Beobachter als Skar sofort begriffen hätte, daß irgend jemand kräftig dabei nachgeholfen hatte, den Lagerplatz im Unterholz zu tarnen. Nur eine Armeslänge neben ihm befand sich ein zweites, verlassenes Nachtlager aus Decken und Fellen, und auf der anderen Seite der Lichtung gewahrte er den Abdruck eines gewaltigen Körpers im Moos. Keine Feuerstelle, trotz der bitteren Kälte. Titch hatte es nicht gewagt, Feuer zu machen ... Aber wo war er? Und vor allem – wo war Kiina?

In Skars Neugier mischte sich eine schwache Spur von Besorgnis. Er wußte nicht, wo er war. Er hatte Bäume und Büsche wie diese hier nie zuvor gesehen, aber die klirrende Kälte und die sonderbare Vegetation verrieten ihm, daß sie sich sehr weit im Norden befinden mußten. Nahe der Grenzen des Quorrl-Landes. Vielleicht schon *hinter* ihnen. Irgendwo in der grauen Dämmerung vor ihm knackte etwas. Skar setzte sich weiter auf, spannte sich unwillkürlich und erkannte Kiina in dem Schatten, der gebückt und fluchend aus der Mauer aus Dornen hervortrat, die die Lichtung umgab. Sie blieb mitten im Schritt stehen, als sie sah, daß er wach war, und obwohl er in dem schlechten Licht ihr Gesicht nicht erkennen konnte, spürte er ihr Erschrecken. Er versuchte zu lächeln, sagte sich, daß sie es wahrscheinlich ebensowenig sehen würde wie er umgekehrt ihre Reaktion, und wartete, bis sie ihren Schrecken überwunden hatte.

»Du bist ... wach.« Mehr noch als das spürbare Stocken ließ ihn die Banalität der Worte begreifen, wie überrascht Kiina war, ihn nicht mehr schlafend vorzufinden. Sie war jetzt nahe genug, daß er ihr Gesicht erkennen konnte, aber der Ausdruck darauf war nicht der von Erleichterung. Im Gegenteil. Sie wirkte erschrocken, bestürzt, verängstigt – das alles und noch mehr, so daß er sich unwillkürlich fragte, was geschehen sein mochte, während er mit dem Tod gerungen hatte.

»Wo ist Titch?« fragte er, ohne auf ihre Bemerkung einzugehen.

Kiina machte eine vage Geste hinter sich. »Er ... wollte sich ein wenig umsehen. Aber er kommt gleich zurück.« Sie lächelte nervös, trat unsicher von einem Fuß auf den anderen und gab sich einen sichtbaren Ruck. »Wie fühlst du dich?«

»Gut«, antwortete Skar. Es war nicht einmal gelogen. Er hatte Schmerzen und war ein Krüppel und fror erbärmlich, aber er hatte trotzdem das intensive Gefühl, einen Kampf *gewonnen* zu haben, nicht verloren. »Wie lange war ich –«

»Drei Tage«, unterbrach ihn Kiina. »Wir sind in Cant.«

»Cant?«

»Das Land der Quorrl. Sie selbst nennen es so. Wußtest du das nicht?«

Skar verneinte. Kiinas Lächeln wurde noch unsicherer und nervöser. Sie konnte nicht mehr still stehen, sondern begann sich unruhig hin und her zu bewegen. Ihr Blick glitt fast hilfesuchend über die Barriere aus Dornen und Zweigen hinter ihm. Aber der Grund ihrer Befangenheit war nicht irgend etwas, was *geschehen* war während seiner Bewußtlosigkeit, sondern er selbst. Die Furcht, die er spürte, war die, einem Sterbenden auf dem Totenbett gegenüberzutreten oder einem geliebten Menschen sagen zu müssen, daß er nur noch wenige Tage zu leben hatte. Jenes völlig unbegründete, aber quälende Gefühl der Mitschuld dem Schmerz anderer gegenüber, das Skar zu gut kannte, um nicht plötzlich seinerseits Mitleid mit Kiina zu empfinden. Es war nicht jedermanns Sache, schlechte Nachrichten zu überbringen. Er konnte das beurteilen. Er hatte es oft genug tun müssen.

»Setz dich zu mir«, bat er.

Kiina zögerte. Skar sah ihr an, daß sie am liebsten herumgefahren und einfach davongerannt wäre. Aber natürlich tat sie es nicht, sondern trat – in etwas größerer Distanz, als nötig gewesen wäre – um sein Lager herum und ließ sich mit angezogenen Knien auf ihre eigenen Decken sinken. Sie sah übermüdet aus.

und sehr erschöpft. Die dunklen Ringe unter ihren Augen waren wieder da. Skar versuchte, ihren Blick einzufangen, aber sie wich ihm aus und griff nervös nach ihrer Decke, um sie sich fröstelnd über die Schulter zu hängen. Es war so kalt, daß ihr Atem dampfte.

»Ich fühle mich wirklich gut«, sagte Skar leise und so überzeugend, wie er konnte. Er streckte die Hand aus und versuchte ihre Wange zu streicheln. »Es gibt keinen Grund, traurig zu sein.«

Seine Taktik war falsch. Kiina rückte fast erschrocken weiter von ihm weg und vergrub sich noch mehr in ihre Decke. Wenn sie sich auch oft genug noch wie ein Kind benahm, so spürte sie doch genau, wenn er versuchte, sie auch so zu behandeln, und es machte sie noch immer zornig. Er wünschte sich, Titch käme zurück.

»Warum erzählst du mir nicht, was passiert ist?« fragte er, müde, grundlos enttäuscht und nur, um überhaupt etwas zu sagen.

»Du erinnerst dich nicht?« fragte Kiina. »Deine Hand. Du hast —«

»*Davon* rede ich nicht«, unterbrach sie Skar. »Ich habe es selbst getan, weißt du? So leicht vergißt man das nicht. Ich meinte das, was *danach* geschehen ist. Wie sind wir hierher gekommen, und wo, verdammt nochmal, sind wir überhaupt?«

»Du bist ...« Kiinas Stimme brach. Plötzlich und vollkommen unvermittelt begann sie zu weinen. »O Skar, es tut mir so leid«, schluchzte sie.

Sein erster Impuls war, die Hand auszustrecken und sie an sich zu ziehen, um sie zu trösten. Aber er gab ihm nicht nach, sondern sah Kiina nur reglos und fast abfällig an. »Deine Tränen ändern auch nichts«, sagte er ruhig. »Ich habe eine Hand verloren – und? Ich habe noch eine. Hier, siehst du?« Er spreizte die Finger der Rechten vor ihrem Gesicht, ballte sie zur Faust und machte eine ärgerliche Bewegung damit, als sie antworten wollte. »Reiß dich zusammen. Ich habe schon Schlimmeres überlebt, und ich werde auch das überleben, glaub mir.«

»Aber du —«

»— bist ein Krüppel?« fiel ihr Skar ins Wort. »War es das, was du dich nicht zu sagen traust? Sprich es ruhig aus. Es ist die Wahrheit. Und? Ich lebe. Wäre ich dir als unversehrter Leichnam lieber gewesen?« Aus dem Schmerz in Kiinas Blick wurde Verwirrung und fast sofort Zorn. Ihre Tränen versiegten so schnell, wie sie gekommen waren. »Natürlich nicht«, antwortete sie scharf. »Ich ... ich dachte nur, es geht dir ein wenig näher.«

»Ich werde eine Menge Arbeit sparen«, sagte Skar achselzuckend. »Beim Händewaschen und Nägelschneiden zum Beispiel.«

Ein rauhes Lachen hinter Skars Rücken hielt Kiina davon ab, zu antworten. Er drehte sich um und erkannte Titch, der so lautlos näher gekommen war, daß nicht einmal Skar ihn gehört hatte. Kiina stand mit einer wütenden Bewegung auf, drehte sich um und verschwand mit weit ausgreifenden Schritten.

Der Quorrl kam näher, blickte ihr stirnrunzelnd nach und sah dann mit schräggehaltenem Kopf auf Skar herab. »Was hast du mit ihr gemacht?«

»Nichts«, antwortete Skar ausweichend. »Es ist mir nur lieber, wenn sie zornig auf mich ist, statt um mich zu weinen.«

Titch seufzte. »Du scheinst dich ernsthaft auf dem Weg der Besserung zu befinden«, sagte er. »Zumindest deine Holzhammerpsychologie ist wieder ganz die alte.«

»Manchmal funktioniert sie«, erklärte Skar ungerührt. »Außer bei dir. Im Seelenleben von Fischen kenne ich mich nicht so gut aus.«

»Kröten, wenn schon.« Titch ließ sich neben ihm in die Hocke sinken, griff mit spitzen Fingern nach Skars Decke und hob sie an. Das spöttische Funkeln in seinen Augen erlosch, als sich sein Blick auf Skars linken Arm richtete. »Großen, Satai-fressenden Kröten. Hast du Schmerzen?«

»Etwas«, gestand Skar. »Ich habe schon Schlimmeres ertragen.« Er sah immer noch nicht unter die Decke. Er wollte es, aber er konnte es nicht.

»Ich weiß«, sagte Titch in leicht unwilligem Ton. »Ich habe euch zugehört.«

»Die ganze Zeit?«

Titch nickte. »Sicher. Hast du gedacht, ich lasse sie allein hier im Wald herumspazieren?«

»Was ist so gefährlich daran?«

Titch ließ die Decke sinken. »Nichts«, sagte er gelassen. »Was wäre gefährlich für einen Quorrl, in einem *eurer* Wälder herumzulaufen?«

»Dann haben wir es geschafft? Wir sind in Cant?«

»Geschafft?« Titch machte eine Kopfbewegung, die sowohl ein Nicken als auch das Gegenteil sein konnte. Vielleicht beides. »Wir haben die Grenze überschritten, aber das ist auch alles. Du bist ungeduldig, Satai. Jeder andere an deiner Stelle wäre froh, noch am Leben zu sein.«

»Jeder andere an meiner Stelle«, antwortete Skar ernsthaft, »hätte dir längst den Schädel eingeschlagen, um sich deine gutgemeinten Bemerkungen nicht mehr länger anhören zu müssen.«

Er rechnete mit einer gleichartigen Antwort, aber Titch schien genug davon zu haben, weiter herumzualbern. »Glaubst du, du kannst reiten?« fragte er mit einer Kopfbewegung auf Skars Arm. »Damit?«

»Sicher. Wo sind die Daktylen?«

»Fort. Wir haben sie weggeschickt, schon gestern abend. Es wäre zu gefährlich gewesen, sie zu behalten. Ich bin ohnehin nicht ganz sicher, daß man uns nicht gesehen hat. Das ist auch der Grund, aus dem wir nicht lange hier bleiben sollten. Ich hätte dich geweckt, wenn du nicht von selbst aufgewacht wärst.«

»Wo sind wir?« fragte Skar noch einmal.

»Gut hundert Meilen jenseits der Grenze«, antwortete Titch. »Es gibt ein Dorf in der Nähe, aber das Gebiet ist trotzdem dünn besiedelt. Ich habe Freunde dort, die uns verstecken werden, bis du wieder kräftig genug für den Rest des Weges bist.«

»Das bin ich«, widersprach Skar.

Titch lächelte nur. »Nein, das bist du nicht«, antwortete er. »Du *fühlst* dich vielleicht kräftig, aber das bist du ganz und gar nicht. Jedes Kind könnte dich zu Boden werfen. Und der Rest der Strecke ist ungleich beschwerlicher als der Ritt auf einer Daktyle.«

»Wie weit ist es noch?«

»Das Problem ist nicht die Entfernung«, antwortete Titch, ohne *wirklich* zu antworten. »Der Sturz von Ninga ist ein heiliger Ort. Kein Mensch hat ihn je gesehen, geschweige denn betreten. Sie würden uns beide in Stücke reißen, wenn wir auch nur *versuchten*, uns ihm offen zu nähern.«

»Aber uns bleibt nicht mehr viel Zeit, und –«

Titch erstickte Skars Protest mit einer rüden Handbewegung. »Mehr Zeit, als wir brauchen«, behauptete er.

»Was soll das heißen?« fragte Skar. »Hast du Nachricht von Del?«

»Nein. Aber es ist drei Tage her, daß die *Errish* aufgebrochen sind, um ihm deine Warnung zu überbringen. Die Entscheidung ist längst gefallen, so oder so. Es gibt nichts mehr, was du noch daran ändern könntest.«

Skar wollte auffahren, sah den Quorrl aber dann nur einen Moment lang mit einer Mischung aus Ärger und Neugier an und senkte schließlich den Blick. Wie so oft hatte Titch recht, auch wenn seine Argumentation simpel und zumindest in Skars Ohren fast fatalistisch klang. Aber es war so: Das Schicksal Enwors entschied sich nicht hier, sondern auf der anderen Seite des Kontinents, und es gab nichts mehr, was er noch daran ändern konnte. Das einzige, was sich hier und jetzt entscheiden würde, war sein und Kiinas Schicksal.

Er bewegte sich unruhig, wartete darauf, daß Titch etwas sagte und schob schließlich behutsam die Decke beiseite, als der Quorrl beharrlich schwieg. Sein Herz begann zu klopfen, als er den Blick auf seinen linken Arm senkte.

Es sah weniger schlimm aus, als er erwartet hatte. Wo seine linke Hand sein sollte, befand sich ein zwar ungeschickt angelegter, aber sehr sauberer Verband. Es tat nicht einmal mehr sehr weh, und – es war verrückt, aber: er hatte nicht einmal das Gefühl, daß ihm etwas fehlte. Seine Finger waren nicht mehr da, aber er spürte sie, glaubte sogar ihre Bewegung zu fühlen, als er seinen Nerven den Befehl gab, sie zu krümmen.

»Du weißt, daß du trotzdem nur eine Gnadenfrist hast«, sagte Titch leise.

»Wie lange?«

Der Quorrl zuckte mit den Schultern. »Eine Woche. Einen Monat. Ein Jahr ... wer weiß?« Er räusperte sich gekünstelt, stand mit einem Ruck auf und streckte ihm die Hand entgegen. Skar griff danach, erhob sich weit weniger elegant und flüssig und zog fröstelnd die Decke enger um die Schultern, als er den eisigen Biß der Nachtkälte spürte. Die Temperaturen konnten kaum über dem Gefrierpunkt liegen. Es hätte ihn nicht erstaunt, wenn er noch Schnee auf den Baumwipfeln gesehen hätte.

»Ist es hier immer so kalt?« fragte er, während er sich nach seinem Mantel bückte und hineinschlüpfte.

»Nein«, antwortete Titch. »Die Winter sind länger als bei euch, aber es wird jetzt bald Frühling. Sei froh, daß es noch so ist. In der Dunkelheit haben wir eine bessere Chance, das Dorf ungesehen zu erreichen.«

Es war das zweite Mal, daß Titch eine Bemerkung machte, die sich Sklar nicht erklären konnte, und diesmal überging er sie nicht. »Worauf willst du hinaus?« fragte er. »Werden wir verfolgt?«

»Nicht direkt«, antwortete Titch. »Es gibt Patrouillen. Sehr viel mehr als früher. Vorhin, als ich beim Dorf war, habe ich Krieger gesehen, die die Straße bewachen. Ich weiß nicht, warum. Aber es ist besser, vorsichtig zu sein. Je mehr Augen uns sehen, desto mehr neugierige Fragen werden gestellt.«

Aber das war nicht die ganze Wahrheit. Skar spürte es. Titch war kein guter Lügner, vielleicht, weil er trotz allem noch nicht weit genug Mensch geworden war, um Übung darin zu haben. Aber er spürte auch, daß der Quorrl nicht weiter über das Thema reden wollte, und beließ es dabei.

Er schloß seinen Mantel, so geschickt oder ungeschickt er es mit einer Hand konnte, und warf sich nach kurzem Zögern auch noch die Decke als zusätzlichen Schutz vor der Kälte über die Schultern. Als er fertig war, kehrte Kiina zurück, wie auf ein Stichwort. Wahrscheinlich hatte sie schmollend in den Büschen gestanden und ihn und Titch beobachtet. Skar fragte sich einen Moment, ob sie ihre Unterhaltung belauscht hatte. Aber er glaubte es nicht. Sie hatten sehr leise gesprochen.

Kiina wich seinem Blick aus. Als sie aufbrachen, hielt sie sich mehr in Titchs Nähe als in seiner, aber das war etwas, was Skar eher begrüßte. Er hoffte, daß das Mädchen und Titch sich in den letzten drei Tagen ein wenig näher gekommen waren, nicht nur, weil dies alles viel leichter machen würde. Es war nie gut, Freunde zu haben, die untereinander verfeindet waren. Und bei Titch und Kiina hatte es ihn immer besonders geschmerzt. Vielleicht, weil sie ihm beide so nahe standen.

Er merkte schon nach ein paar Schritten, wie recht Titch mit seiner Prophezeiung gehabt hatte, was seine Verfassung anging. Nach seinem Erwachen hatte er sich ausgeruht und erstaunlich frisch gefühlt, aber das war nur eine Illusion gewesen, die kaum so lange hielt, bis er sich hinter Titch durch das Dornengestrüpp gezwängt hatte, das ihr Lager umgab. Das Gehen fiel ihm schwer; während der vergangenen Tage mußten ihm seine Muskeln abhanden gekommen sein. Seine Knie zitterten, und jeder Schritt schien ihn ein ganz kleines bißchen mehr anzustrengen als der vorhergehende. Nach den ersten hundert Schritten hoffte er nichts sehnlicher, als daß das Dorf, von dem Titch gesprochen hatte, wirklich so nahe lag, wie der Quorrl behauptete, und nach den zweiten hundert Schritten begann er zu bezweifeln, daß er es bis dorthin schaffen würde; ganz gleich, wie nahe es war.

Zumindest in diesem Punkt täuschte er sich nicht. Der Weg zum Dorf der Quorrl hinunter betrug weniger als drei Meilen, aber die letzten beiden trug ihn Titch wie ein Kind auf den Armen.

Der Weg wurde tatsächlich bewacht. Was Titch in einem Anflug von Größenwahn als *Straße* bezeichnet hatte, war zwar in Wahrheit nichts als ein schlammiger Pfad, der sich in vollkommen willkürlichen Kehren und Windungen den Hang hinaufschlängelte, an dessen Fuß die winzige Ortschaft stand, aber sie konnten selbst im blassen Licht der Morgendämmerung die Anzahl massiger Gestalten erkennen, die beiderseits des Tores lagerte.

Sie hatten etwa zweihundert Schritte vor der Palisadenwand Halt gemacht, die das Dorf umgab. Der Wald hörte hier wie abgeschnitten auf, und nicht nur *hier*: das Dorf der Quorrl erhob sich im Zentrum einer nahezu kreisrunden Lichtung, die zu kahl und zu rund war, um natürlichen Ursprungs zu sein. Und so klein es war – Skar schätzte seine Einwohnerzahl auf weniger als hundert – es war eine Festung. Die Palisadenwand war gut doppelt mannshoch und wurde von vier klobigen, mit spitzen Dächern gedeckten Wachtürmen überragt, und selbst die Häuser, die er von seinem erhöhten Standort aus erkennen konnte, erinnerten an lauter kleine Burgen: gedrungene Würfel aus wuchtigen Balken mit winzigen Fenstern und schweren Türen, die selbst dem Ansturm eines wütenden Quorrl standhalten mußten.

»Gibt es ein zweites Tor?« fragte er im Flüsterton.

Titch schüttelte den Kopf. Der Quorrl war neben ihm und Kiina stehengeblieben, wie sie von den letzten Bäumen des Waldes und der Dämmerung getarnt. Aber beides würde sie nicht mehr schützen, wenn sie versuchten, sich dem Dorf zu nähern. Skar fragte sich vergeblich, wie sie die gut dreihundert Schritte vollkommen deckungslosen Geländes überwinden sollten.

»Nein«, antwortete Titch mit einiger Verspätung. »Aber auf der anderen Seite der Palisadenwand liegt ein Findling. Als Kinder haben wir ihn benutzt, wenn wir uns aus der Stadt schleichen wollten.«

»Als Kind?«

»Ich wurde hier geboren«, sagte Titch. Er machte eine unwillige Geste, als Skar etwas sagen wollte. »Still jetzt. Ich überlege, wie ich sie ablenken kann.«

»Vielleicht, wenn wir hierbleiben, bis es wieder dunkel ist?« schlug Kiina unsicher vor.

Titch blickte erst sie, dann Skar auf eine sehr bezeichnende Art an und schüttelte den Kopf. »Nein. Es wird gerade erst Tag. Zehn oder elf Stunden ohne Essen und Feuer haltet ihr beide nicht aus.«

Kiina wollte protestieren, aber Skar brachte sie mit einem zornigen Blick zum Verstummen. Im Gegensatz zu Kiina *kannte* er seine Grenzen. Und die waren eindeutig erreicht.

»Was sind das für Krieger?« fragte er.

Titch zuckte abermals die Schultern. »Das weiß ich nicht. Noch nicht. Frag mich in einer Stunde noch einmal. Vielleicht kann ich es dir dann sagen.«

»Was hast du vor?«

Titch deutete auf die flachen schwarzen Silhouetten der Quorrl vor dem Tor, dann auf die Stadt. »Ich lenke sie ab. Ihr zwei schleicht euch auf die andere Seite und versucht über die Wand zu steigen; dort, wo der Felsen ist, den ich euch beschrieben habe. Direkt auf der anderen Seite findet ihr einen Vorratsschuppen. An seiner Rückseite sind ein paar lose Bretter. Kriecht hindurch und wartet auf mich.«

Kiina nickte nur, aber Skar war mit Titchs knappen Anweisungen ganz und gar nicht zufrieden. »Wie lange ist es her, daß du dort gespielt hast?« fragte er.

»Lange«, antwortete Titch. »Zwanzig Jahre. Aber keine Sorge. Das Versteck ist noch da. Kinder ändern sich nicht.«

»Aber die Erwachsenen könnten es entdeckt haben«, wandte Kiina ein.

Titch lächelte schwach. »Das brauchen sie nicht. Sie kannten es auch damals schon. Und jetzt geht. Ich warte eine halbe Stunde hier. Zeit genug für euch.« Er machte eine auffordernde Handbewegung und sah Skar prüfend an. »Wirst du es schaffen?«

»Habe ich eine Wahl?« antwortete Skar.

»Nein«, sagte Titch. »Viel Glück.«

Kiina wollte etwas sagen, aber Skar ergriff sie einfach bei der Hand und zog sie ein Stück in den Wald hinein. Kiina machte eine ärgerliche Bewegung und entriß ihm ihre Hand. Er versuchte nicht, sie festzuhalten, aber er spürte, daß er auch nicht die Kraft dazu gehabt hätte.

»Was soll das?« fauchte Kiina. »Hör endlich auf, mich wie ein Kind zu behandeln!«

»Dann hör auf, dich so zu benehmen«, gab Skar ungerührt zurück. Kiina funkelte ihn zornig an, aber er drehte sich einfach um und ging weiter, noch ehe sie Gelegenheit fand, zu widersprechen. Einen Moment lang sah es so aus, als wollte sie zu Titch zurückgehen oder einfach stehenbleiben, dann murmelte sie etwas, was Skar nicht verstand, ballte die Fäuste und stürmte mit zornig gesenktem Kopf hinter ihm her.

Sie hielten sich dicht am Waldrand; gerade weit genug von ihm entfernt, um vom Dorf aus nicht gesehen zu werden, sollte jemand zufällig in ihre Richtung blicken. Die halbe Stunde, von der Titch gesprochen hatte, erwies sich als gerade ausreichend, denn der Weg war vielleicht nicht übermäßig weit, aber beschwerlich. Die Bäume standen auf dieser Seite viel dichter als auf der anderen, und auch das Unterholz war dichter. Skar blieb mehr als einmal in drahtigem Gestrüpp stecken, dessen nadelspitze Dornen selbst durch seine dicken Hosen stachen, und ein paarmal mußten sie umkehren und große Umwege in Kauf nehmen, um überhaupt weiter zu kommen. Skar schätzte, daß ihre Frist nahezu abgelaufen war, als sie die Stadt zur Hälfte umrundet hatten und der Felsen unter ihnen lag, von dem Titch gesprochen hatte; nicht mehr als ein verwaschener heller Fleck in der

Dämmerung, aber er war da.

Kiina wollte sofort weitergehen, aber Skar hielt sie mit einem Kopfschütteln zurück. Dem Impuls, nach ihrer Hand zu greifen und sie festzuhalten, unterdrückte er im letzten Augenblick.

»Warte«, flüsterte er. Kiina sah ihn fragend an, und Skar deutete mit einer Kopfbewegung auf den Weg, der vom Stadttor aus den Hang hinaufführte. Er verschmolz mit dem in der Dunkelheit schwarz aussehendem Gras, ehe er den Wald erreichte, aber Kiina begriff, was er meinte. Sie nickte, zog sich wieder ein Stück in den Wald zurück und ließ sich auf die Knie sinken. Ihr Atem ging schnell. Der Weg hatte sie so sehr erschöpft wie ihn. Aber er widerstand auch diesmal der Versuchung, zu ihr zu gehen und ihr ein paar aufmunternde Worte zu sagen.

Statt dessen blickte er sich aufmerksam um; und eigentlich zum ersten Mal, seit sie ihr provisorisches Lager verlassen hatten. Vorhin, als Titch ihn durch den Wald getragen hatte, hatte er nicht viel erkennen können, aber es wurde allmählich hell, und durch die dürren Baumwipfel fiel genug Helligkeit, ihn jetzt mehr als Schemen erkennen zu lassen. Der Wald war sehr dicht, selbst hier, nahe am Rand, und er wirkte irgendwie ... *falsch?*

Skar wußte nicht, ob es das richtige Wort war, aber ihm fiel keine passendere Bezeichnung für das sonderbare Gefühl ein, das ihm beim Betrachten des Quorrl-Waldes einfiel. Die Bäume waren ausnahmslos groß und wuchtig, wütend wirkende, knorrige Gewächse, keiner dünner als drei, vier Fuß und keiner kleiner als fünfzig. Sie hatten keine Rinde, sondern einen Schuppenpanzer, der an den der Quorrl erinnerte, und sehr wenige, dicke Äste, die es ihnen unmöglich machten, selbst in der Blütezeit so etwas wie ein geschlossenes Blätterdach zu bilden. Büsche und Unterholz wirkten wie aus Draht geflochten, und selbst das Moos war *hart*. Aber es war nicht allein die Feindseligkeit der Vegetation, die ihn beunruhigte. Sie waren weit im Norden, in einem Land, in dem acht oder neun Monate Winter herrschte und in dem er keine Vielfalt oder gar Schönheit von Leben erwarten durfte wie in den fruchtbaren Ebenen von Besh – Ikne oder Malab.

Was er spürte, war vielmehr die Armut dieser sonderbaren Welt. Es dauerte eine Weile, bis er es sah, oder vielmehr *nicht* sah: Es gab die Bäume mit ihrer glitzernden Schuppenhaut, das drahtige Gebüsch und den blauschwarzen Flickenteppich des Mooses, sonst nichts. Nur diese drei Arten von Leben. Kein Pilz, der seinen Hut vorwitzig aus dem Boden reckte, kein Parasiten- gewächs, das sich in einem Spalt der Baumschuppen festgekrallt hätte, kein Farn, keine Blumen, keine Schimmelgewächse, kein verwelktes Blatt auf dem Boden, keine Spinnweben, die sich zwischen den Büschen spannten. Dieser ganze Wald wirkte auf ihn, als wäre er *gemacht* worden, nicht gewachsen, und das von jemandem, der entweder nicht besonders talentiert oder in großer Eile gewesen war. Er fragte sich, ob es überall in Cant so aussah wie hier. Wenn ja, so verstand er Titchs Zorn plötzlich sehr viel besser. Welche anderen denkenden Geschöpfe als Quorrl sollte ein Land hervorbringen, das von der Natur so betrogen worden war wie dieses?

Kiina deutete mit der Hand, und Skar schrak abrupt aus seinen Gedanken hoch und blickte konzentriert nach Süden. Es war noch immer nicht richtig hell – die Dämmerung schien hier sehr viel länger zu dauern, als er es gewöhnt war –, aber nach ein paar Augenblicken erkannte er, worauf ihn Kiina hatte aufmerk- sam machen wollen: vor dem gegenüberliegenden Waldrand rührte sich etwas. Titch. Der Quorrl hatte seinen goldenen Pan- zer abgelegt, so daß er nicht viel mehr als ein schwarzer Fleck auf schwarzem Untergrund war, nur an seiner Bewegung zu erkennen, und er schien sich nicht sonderlich zu beeilen.

»Warte noch«, flüsterte er, als Kiina sich erhob. Aufmerksam beobachtete er Titch, der allmählich von einem gestaltlosen Et- was zu einem sich bewegenden Schatten mit Armen und Beinen wurde, dann die Stadt. Sie konnten das Tor von hier aus nicht sehen, aber nach ein paar Sekunden erschienen zwei massige

Gestalten auf dem Weg, die Titch entgegeneilten.

»Jetzt«, befahl er. »Beeil dich. Warte nicht auf mich.«

Sie huschten los. Der Weg, dreihundert Schritte über vollkommen leeres Gelände, schien kein Ende zu nehmen, obgleich Skar so schnell rannte, daß selbst Kiina Mühe hatte, mit ihm Schritt zu halten. Er konnte spüren, wie seine Kräfte mit jeder Sekunde nachließen, und er rechnete jeden Augenblick damit, einen Schatten zu sehen, der auf ihn zustürmte, einen Schrei hören, oder einfach das Surren eines Pfeiles, der ihn einen Sekundenbruchteil später treffen würde.

Aber die Götter – oder vielleicht auch nur die Gleichgültigkeit eines willkürlichen Schicksals – meinten es ausnahmsweise einmal gut mit ihnen. Sie überwanden den Sicherheitsstreifen um die Stadt unbehelligt. Die beiden Quorrl hatten Titch noch nicht einmal erreicht, als sich Skar schweratmend in die Deckung des Felsbrockens sinken ließ, der die Palisadenwand durchbrach. Sie hatten es noch nicht geschafft. Der Findling war wirklich so groß, wie Titch behauptet hatte: seine verwitterte Spitze schob sich bis auf eine halbe Armeslänge an die Krone der Palisadenwand heran, und seine Flanken waren, obgleich von einer Million Quorrl-Hände und -Füße glattpoliert, doch rissig genug, ihn selbst mit einer Hand zu ersteigen. Aber sie würden für jeden deutlich sichtbar sein, während sie es taten. Für die Quorrl dort oben bei Titch, auf halber Höhe des Hanges, ganz besonders gut.

»Worauf wartest du?« fragte Kiina, die neben ihm auf ein Knie herabgesunken war. Sie atmete so schwer und schnell wie er, wirkte aber trotzdem eher ungeduldig als erschöpft.

»Daß sie verschwinden«, antwortete Skar mit einer Geste auf die Quorrl. Die beiden Krieger hatten Titch mittlerweile erreicht und waren stehengeblieben. Sie schienen mit Titch zu diskutieren, wenn nicht zu streiten. Skar fragte sich besorgt, was der wirkliche Grund für Titchs Nervosität gewesen war. Es war nicht nur der Umstand, daß *sie* sich in seiner Begleitung befanden, das hatte er deutlich gespürt.

Er gestikulierte Kiina, weiter in Deckung zu gehen, preßte sich so eng gegen die Felsbrocken, wie er nur konnte, und beobachtete, was weiter geschah. Es war heller geworden, aber noch immer nicht hell genug, um Einzelheiten zu erkennen. Nach einer Weile drehten sich die beiden Quorrl um und nahmen Titch in die Mitte. Ob sie ihn dabei festhielten oder einfach nur begleiteten, konnte er nicht erkennen.

Er wartete, bis die Quorrl aus seinem Blickfeld verschwunden waren, zählte in Gedanken langsam bis fünfzig und richtete sich auf. Wieder fühlte er Schwäche wie eine bleierne Last an seinen Gliedern zerren. Als er den Arm hob und mit den Fingern nach einem Halt im Stein tastete, wurde ihm schwindlig. Wahrscheinlich war es einzig das Wissen, daß dieser Fels das letzte Hindernis auf ihrem Weg war, das ihm die Kraft gab, sich überhaupt noch weiter zu schleppen.

Er mußte feststellen, daß das Überklettern eines auch nur mittelschweren Hindernisses mit einer Hand gar nicht so leicht war; um nicht zu sagen, eine Tortur. Zweimal griff er automatisch mit der linken Hand zu und verlor fast den Halt, ehe ihm einfiel, daß sie nicht mehr da war, und als er endlich oben war und versuchte, über die Palisade zu spähen, stieß er mit seinem Armstumpf so heftig gegen einen Balken, daß er um ein Haar vor Schmerz aufgebrüllt hätte. Kalter Schweiß bedeckte seine Stirn, als er es zum zweiten Mal versuchte.

Im ersten Moment erkannte er nichts. Der Himmel über ihm begann sich allmählich hell zu färben, aber die Stadt lag da wie ein Schacht aus Dunkelheit, scheinbar bodenlos. Erst nach Sekunden begannen sich die Umrisse seltsam kubischer, wuchtiger Bauwerke aus der Schwärze zu schälen, das streng geometrische Rechteckmuster der wenigen schmalen Gassen und die knorrigen schwarzen Schatten von Dingen, die er nicht zu identifizieren vermochte. Behutsam schob er sich ein Stück weiter vor und sah an der Wand hinab. Sie war nicht besonders hoch – zehn, zwölf Fuß, eine Distanz, die er normalerweise ohne zu darüber nachdenken übersprungen hätte. Aber seine Kraft reichte nicht mehr für einen *Sprung*. Es würde ein Sturz werden.

»Willst du hier Wurzeln schlagen?«

Kiina war unbemerkt hinter ihm auf den Felsen geklettert, und für einen Moment verspürte Skar einen absurden Neid auf ihre Jugend und Kraft, als er sah, daß ihr Atem kaum schneller ging. Ärgerlich und mehr vom Trotz als klarer Überlegung getrieben, richtete er sich halb auf, federte kurz in den Knien ein und sprang in die Tiefe.

Die Strafe folgte unverzüglich. Er kam schlecht auf, fiel und versuchte den Sturz in eine Rolle vorwärts zu verwandeln, was ihm aber nur zum Teil gelang. Er stürzte, schrammte sich auf dem rauhen Boden die Haut vom rechten Unterarm und einem Teil der Wange und verbiß sich nur deshalb einen Schmerzlaut, weil Kiina ihm ohne zu zögern folgte; auf die gleiche Weise wie er, nur wesentlich leiser und geschmeidiger. Mit einem Schritt war sie bei ihm, half ihm auf die Füße und sah ihn fragend an.

Skar schüttelte den Kopf, um anzudeuten, daß ihm nichts passiert sei, entzog Kiina seine Hand und sah sich seinerseits aufmerksam um. Es war noch dunkler hier, als es vom Felsen aus den Anschein gehabt hatte. Kaum eine Armeslänge vor ihm ragte die Wand eines jener sonderbar würfelförmigen Gebäude in die Höhe, schwarz und konturlos in der Finsternis und scheinbar so gewaltig wie ein Berg. Skar streckte die Hand aus und fühlte rauhen, kaum bearbeiteten Stein. Titch hatte von losen Brettern gesprochen.

»Hier, Skar.«

Kiina war in der Dunkelheit verschwunden, aber es fiel ihm nicht schwer, die Richtung auszumachen, aus der ihre Stimme kam. Vorsichtig bewegte er sich darauf zu, erkannte einen kauernden Schatten und hörte fast im gleichen Moment ein gedämpftes Knarren. In der schwarzen Wand hinter Kiina tat sich ein dreieckiger Spalt in noch tieferem Schwarz auf.

Er hatte kein gutes Gefühl, als er gebückt hinter Kiina in den

Schuppen kroch. Sicher, es war alles so, wie Titch vorhergesagt hatte: der Felsen war da, der Schuppen und sogar der geheime Eingang zu dem Kinderversteck, aber es waren *zwanzig* Jahre vergangen, seit Titch und seine Freunde sie für ihre Spiele benutzt hatten. Die Götter allein mochten wissen, wozu all dies *heute* diente. Vielleicht kamen sie geradewegs unter dem Bett des quorrlschen Äquivalents eines Bürgermeisters heraus. Oder in seiner Vorratskammer.

Im Moment jedenfalls sah er nichts als eine Schwärze, die so tief war, daß er fast meinte, sie anfassen zu können. Ein unangenehmer, nicht einzuordnender Geruch hing in der Luft und machte ihm das Atmen schwer, und seine tastende Hand stieß fast unmittelbar auf Widerstand: eine zweite, hölzerne Wand, die den winzigen Raum auf weniger als eine Armeslänge einengte. Er hatte niemals unter Platzangst gelitten, aber als Kiina sich nach wenigen Sekunden umständlich in ihrem winzigen Versteck umdrehte und das lose Brett wieder an seinen Platz schob, hatte er plötzlich das Gefühl, überhaupt nicht mehr atmen zu können. Sein Herz jagte. Er spürte Kiinas Nähe, den Stoff ihres Mantels und ihr seidiges Haar, das seine Wange kitzelte, und beides war ihm auf seltsame Art unangenehm. Er mußte sich beherrschen, um nicht trotz der Enge zu versuchen, von ihr fortzurücken. Seine Hand wurde feucht vor Schweiß.

Er hörte Kiina neben sich in der Dunkelheit hantieren, dann klapperte etwas. »Hier ist etwas«, sagte sie. »Ich kann es nicht genau ertasten, aber ... ja. Es ist eine Lampe. Hast du Feuersteine?«

»Nein«, antwortete Skar. Seine Stimme klang krächzend. Er versuchte, diesen Eindruck auf die sonderbare Akustik des winzigen Verschlages zu schieben, aber er konnte nicht einmal sich selbst belügen. Er hatte Angst, ganz plötzlich. Er war halb wahnsinnig vor Angst. Und er wußte nicht einmal, warum.

Kiina seufzte. »Natürlich nicht«, sagte sie. »Was für eine dumme Frage. Warte.« Wieder tat sie etwas, was er nur hörte und nicht sehen konnte, aber nach Augenblicken glomm ein winziges rotes Flämmchen zwischen ihren Fingern auf, sprang auf den Docht der groben Öllampe über, die sie gefunden hatte, und wuchs zu einem bleichen, flackernden Licht. Skar erkannte, daß der Verschlag wirklich so winzig war, wie er geglaubt hatte. Jetzt, als er seine Wände *sehen* konnte, kam er ihm sogar noch kleiner vor.

Das Mädchen schob die Lampe so weit von sich fort, wie es ging, und rutschte gleichzeitig näher an Skar heran, schon, damit die Flamme nicht auf ihren Mantel oder ihr Haar übergriff. Sie sah zu ihm auf, und er versuchte sich wenigstens einzureden, daß der im blassen Licht der Lampe nur zu erahnende Ausdruck auf ihrem Gesicht ein Lächeln sein sollte. Er fragte sie nicht, wie sie das Feuer gemacht hatte, aber Kiina sagte es ihm trotzdem.

»Ein alter Trick der *Errish*«, sagte sie. »Du wärst erstaunt, wenn du wüßtest, wie einfach er ist.«

Sie sagte das nicht einfach nur so dahin. Sie hatte genau die gleichen Worte schon einmal gesagt, vor Monaten, die ihm wie Jahre vorkamen, auf der anderen Seite der Welt und in einem anderen Leben, und sie erfüllten ihn mit einer seltsam melancholischen Traurigkeit. Und genau wie damals waren sie sich nahe, so nahe, wie sich zwei Menschen nur sein können.

Zögernd streckte er die Hand nach ihr aus, berührte ihre Schulter, ihr Haar, ließ seine zitternden Fingerspitzen über ihre Wange gleiten, ihre Augen... Ein Gefühl tiefer Zärtlichkeit durchströmte ihn, eine Liebe, die vom ersten Tag an zwischen ihnen gewesen war und die nichts glich, was er jemals erlebt hatte. Es war nichts Körperliches. Er würde sie niemals berühren, und er wußte auch, daß sie es nicht zulassen würde, sollte er es versuchen. Und doch war er bereit, sein Leben für sie zu geben, ohne zu zögern. Früher, unendlich viel früher einmal, war es zwischen Del und ihm ähnlich gewesen. Aber das war lange her. Zu lange, als daß er sich noch wirklich daran erinnerte; in einem Leben, in dem er noch Achtung vor sich selbst gehabt hatte, als er noch wußte, warum er überhaupt lebte, in dem er noch Freunde gehabt hatte. Heute war sein einziger Freund ein fischgesichtiger Quorrl, und der einzige Grund, aus dem er noch lebte der, daß der Moment für seinen Tod noch nicht gekommen war. Er hatte noch immer Angst, aber er begriff plötzlich ihren Grund. Es war nicht die Angst vor *irgend etwas*, sondern Furcht vor dem Leben selbst, dem nächsten Moment und dem Schrecken, den er bringen mochte.

Kiina schien zu spüren, wie es in ihm aussah, denn sie nahm plötzlich seine Hand und schob sie mit sanfter Gewalt von sich fort, ohne ihn wirklich *wegzustoßen*, und sah sich mit einem übertrieben gekünstelten Räuspern in dem kleinen Verschlag um. Es gab allerdings nicht furchtbar viel, was sie entdecken konnte: der Raum hatte die Form eines schmalen Rechteckes und war fast vollkommen leer, von der Lampe und einem zerbrochenen Spielzeug abgesehen, das sehr alt sein mußte, denn seine ursprüngliche Form war von Schimmel und Moder zerfressen und fast unkenntlich. Der Boden bestand aus Stein, der viel glatter war als der der Straße draußen, aber auch härter.

»Titchs Freunde müssen verdammt klein gewesen sein, wenn sie in diesem Loch gespielt haben«, sagte sie lächelnd. Sie streckte die Hand aus, tastete behutsam über die innere Wand und zog die Finger fast erschrocken wieder zurück, als sich eines der Bretter bewegte.

Skar hielt sie zurück, als sie erneut ansetzte und auch hier als erste unter dem losen Brett hindurchkriechen wollte. »Warte«, sagte er. »Gib einem alten Mann eine Chance, wenigstens ab und zu den Beschützer zu spielen.«

Kiina seufzte. Eingepfercht, wie sie in dem winzigen Verschlag dasaßen, wäre es sehr viel einfacher gewesen, wenn sie vorausgegangen wäre. Aber sie schien zu ahnen, daß Skars Worte nicht ganz so scherzhaft gemeint waren, wie sie sich anhörten, denn sie protestierte nicht, sondern preßte sich noch enger gegen die Wand, als Skar umständlich über sie hinwegkletterte und die

Schultern durch die Öffnung zu zwängen begann.

Der Raum, in den er gelangte, war ebenso dunkel wie der winzige Verschlag, aber der bleiche Lichtschein, der ihm durch die Öffnung hindurch folgte, zeigte ihm wenigstens, daß er sehr viel größer war. Skar kroch ein paar Schritte weit, schloß die Augen und blieb reglos lauschend sitzen, bis er sicher war, allein zu sein. Dann richtete er sich auf, legte die rechte Hand auf das Schwert im Gürtel und flüsterte Kiina zu, nachzukommen.

Es wurde hell, denn sie brachte die Lampe mit sich. Das winzige Ölflämmchen loderte hell auf, als frischer Sauerstoff an den Docht gelangte, und Skar konnte Schemen ihrer Umgebung erkennen. Sie befanden sich in einem großen, annähernd rechteckigem Raum, der das gesamte Innere des Gebäudes einnehmen mußte. An zwei der drei Wände stapelten sich Säcke und Ballen unbekannten Inhalts, und beiderseits der Tür, die der Rückwand genau gegenüberlag, waren mannslange, dicke Rundhölzer zu gewaltigen Bündeln zusammengebunden und aufeinandergestapelt. Es gab keine Fenster.

»Titch hat die Wahrheit gesagt«, murmelte Kiina, nachdem sie sich einmal im Kreis gedreht und dabei ihre Lampe geschwenkt hatte, um sich umzusehen. »Ein Lager.«

»Und offensichtlich eines, das lange Zeit nicht mehr betreten worden ist«, fügte Skar hinzu. Die Luft war hier etwas besser, aber sie roch noch immer trocken und alt und kratzte beim Atmen im Hals. Überall lag Staub.

Kiina zuckte mit den Schultern, stellte die Lampe auf den Boden und bewegte sich auf Zehenspitzen zur Tür. Ehe Skar Gelegenheit fand, sie zurückzuhalten, hatte sie die Hand nach dem Griff ausgestreckt und zog daran. Die Tür rührte sich nicht.

»Und jetzt?« fragte Kiina enttäuscht, als sie sich zu ihm herumdrehte.

»Jetzt«, antwortete Skar, »tun wir genau das, was Titch gesagt hat. Wir warten auf ihn.«

»Oder ein Dutzend Quorrl-Bälger, das hereinkommt, um zu

spielen«, sagte Kiina stirnrunzelnd.

Skar schwieg dazu. Auch er hatte sich aufmerksam umgesehen, und da waren ein, zwei Sachen, die doch nicht ganz zu dem paßten, was Titch erzählt hatte. Der Staub auf dem Boden, in dem nicht die geringste Spur war, oder der Umstand, daß es nicht das mindeste bißchen Schmutz in dem kleinen Verschlag jenseits der doppelten Rückwand gab, und nur ein einziges, vor mindestens zehn Jahren zerbrochenes Spielzeug.

Wortlos trat er neben Kiina, schob sie sanft zur Seite und betrachtete die Tür. Sie war noch massiver, als es von weitem den Anschein gehabt hatte, viel zu stark jedenfalls, um sie mit Gewalt zu öffnen, selbst wenn sie Werkzeug gehabt hätten und keine Rücksicht auf Lärm nehmen müßten. Aber sie war nicht sehr gut gearbeitet. Wie alles, was von den Quorrl stammte, war sie zweckmäßig und stark, aber grob; zwischen Blatt und Rahmen war ein fast fingerbreiter Spalt, durch den er bequem nach draußen sehen konnte.

»Mach das Licht aus«, sagte er.

»Warum?«

»Weil es draußen noch immer nicht richtig hell ist«, antwortete Skar ungeduldig. »Sie werden den Lichtschein sehen, wenn jemand zufällig vorbeikommt.«

»Und wer sollte das sein?« fragte Kiina spöttisch, beeilte sich aber trotzdem, seiner Anweisung zu folgen und die Flamme auszublasen. »Dort draußen ist niemand. Und schon gar keiner, der irgend etwas *zufällig* tut.«

Skar sah sich ärgerlich nach ihr um, ehe er wieder nach draußen blickte. Kiinas Worte kamen der Wahrheit näher, als ihm lieb war. Die schmale Straße, die er durch den Türspalt hindurch zum Teil überblicken konnte, war vollkommen leer. Und obwohl es noch immer nicht hell genug war, um viele Einzelheiten zu erkennen, kam sie ihm auf die gleiche, unheimliche Weise verlassen und leer vor wie dieses Lagerhaus. In keinem der Häuser brannte Licht. Nirgends ein Laut. Er begann sich zu fragen, ob in dieser Stadt überhaupt jemand lebte.

»Auf jeden Fall kommen wir hier heraus«, sagte er nach einer Weile. Kiina sah ihn fragend an, und Skar deutete erklärend auf den wuchtigen Riegel, der von außen vor der Tür lag. Ihn durch den Türspalt hindurch mit einem Messer anzuheben oder nötigenfalls mit seinem *Tschekal* zu zerschlagen, war kein Problem.

»Dann sollten wir es tun«, schlug Kiina vor.

»Und einem Quorrl in die Arme laufen, der gerade seinen Nachttopf ausleert?« Skar schüttelte entschieden den Kopf. »Ganz bestimmt nicht. Wir warten hier, bis Titch kommt.«

»Und wenn er *nicht* kommt?«

Skar wußte, was Kiina meinte. Sie hatte so deutlich wie er gesehen, wie die beiden Quorrl Titch in die Mitte genommen hatten. Einen Moment lang sah er sie nur an, dann zuckte er mit den Schultern, drehte sich demonstrativ von der Tür weg und ließ sich vor einem der Säckestapel zu Boden sinken. Er war müde, aber nicht sehr; und ein wenig mutlos. Sein Armstumpf tat weh.

Sekundenlang blieb Kiina einfach in der Dunkelheit stehen und starrte ihn an, ehe sie sich mit einer eindeutig verärgerten Bewegung herumdrehte und seinen Platz an der Tür einnahm.

Skar schloß die Augen, obgleich er wußte, daß es ein Fehler war. Er würde einschlafen, wenn er nicht sehr, sehr aufpaßte, und allein dieses Achtgeben verlangte schon mehr Willenskraft von ihm, als er im Moment noch aufbringen konnte.

Trotzdem gestattete er sich den Luxus, die betäubende Schwere in seinen Gliedern als angenehm zu empfinden und sich und seine Gedanken einfach treiben zu lassen. Mit Ausnahme jener einen, viel zu kurzen Nacht in der Bergfestung hatte er noch keine Gelegenheit gefunden, wirklich über alles nachzudenken; und da war er noch viel zu betäubt und erschlagen von dem Erlebten gewesen, um seine Tragweite auch nur annähernd zu begreifen.

Er war sich auch nicht sicher, ob er es jetzt tat. Er war sich nicht einmal sicher, ob er alles, woran er sich zu erinnern glaubte, auch *wirklich* erlebt hatte. Der Dämon unter dem Turm, jenes schreckliche Geschenk der Vergangenheit – war das alles wirklich? Oder nur ein weiterer Schachzug in diesem schier endlosen Spiel aus Lügen und Täuschungen, in dem er selbst mitspielte, ohne zu wissen, auf welcher Seite er stand?

Er wußte es nicht. Er *hatte* etwas gesehen, aber es kam ihm jetzt, mit dem Abstand einiger Tage und dem Gefühl des *wieder-einmal-überlebt-zu-haben*, bizarr und irreal vor. Vielleicht war der Dämon nicht das gewesen, was er zu sehen glaubte. Vielleicht hatte er die gehörnte Scheußlichkeit nur erblickt, weil sie genau das war, was er zu sehen erwartete.

Der Gedanke beruhigte ihn nicht. Im Gegenteil. Er verstärkte auf grundlose, aber jeden Zweifel ausschließende Art nur seine Überzeugung, daß Titch und er *irgend etwas* geweckt hatten, als sie Ennart töteten. Und es war noch da. Er hatte es nicht besiegt, nicht einmal vertrieben. Es war noch da, und es durchstreifte vielleicht gerade jetzt die Welt dort draußen auf der Suche nach einem neuen Opfer oder vielleicht auch ihm, und es –

»Skar!«

Kiinas Ausruf riß ihn abrupt in die Wirklichkeit zurück. Er öffnete die Augen, begriff, daß er eingeschlafen war und Minuten vergangen sein mußten, und sprang auf, ohne kostbare Zeit damit zu verschwenden, zu erschrecken. Mit zwei, drei raschen Schritten war er neben Kiina und spähte durch den Türspalt.

Es war mittlerweile vollends hell geworden, aber die Straße lag so ausgestorben und leer da wie zuvor. Fragend und alarmiert zugleich sah er Kiina an.

»Titch«, antwortete das Mädchen. »Sie haben ihn weggeführt. Zwei Quorrl.« Sie deutete eine Kopfbewegung zum Ende der Straße an. Ihr Gesicht war sehr besorgt.

»Und?«

»Er war in Ketten«, sagte Kiina.

»Bist du sicher?«

»Völlig«, antwortete Kiina, und allein der Umstand, daß sie nicht die Gelegenheit zu einer schnippischen Antwort nutzte, überzeugte Skar endgültig davon, daß sie die Wahrheit sprach.

»Wohin sind sie gegangen?« fragte er. »Nach rechts oder links?«

»Links.« Kiina trat einen halben Schritt zurück und zog ihr Schwert aus dem Gürtel.

»Was hast du vor?« fragte Skar.

»Ihn befreien«, antwortete Kiina entschlossen. »Was denn sonst?«

Skar unterdrückte ein Lächeln. Noch vor einer Woche hätte Kiinas Antwort *zu fliehen* gelautet, und zwar mit derselben Selbstverständlichkeit. Aber er hob sich seine Zufriedenheit für später auf und schüttelte den Kopf. »Du bleibst hier«, befahl er. »*Ich* gehe.«

»Du?« Es kostete Kiina sichtliche Mühe, nicht verächtlich die Lippen zu schürzen oder eine abfällige Bemerkung zu machen, aber irgend etwas mußte in seinem Blick sein, was ihr klar machte, daß Widerspruch in diesem Moment nicht sinnvoll war. Nach einer Sekunde zog sie die Hand zurück und zuckte verärgert mit den Schultern. »Soll ich dir versprechen, hier auf dich zu warten?« fragte sie.

»Dieses Versprechen würdest du sowieso nicht halten, oder?« fragte Skar.

»Kaum.«

»Du bleibst hier«, sagte Skar. »Behalte die Straße im Auge, bis ich verschwunden bin, dann kommst du mir nach. Aber vorsichtig. Ich brauche jemanden, der meinen Rücken deckt, niemanden, der Heldentaten vollbringt. Hast du das verstanden?«

Sie nickte wortlos, aber vielleicht war es gerade die knappe Art ihrer Antwort, die ihn davon überzeugte, daß sie tun würde, was er verlangte. Auch sie hatte sich verändert, begriff er plötzlich. Sie hatte angefangen, ein Gespür für Gefahr zu entwickeln.

Er drehte sich zur Tür und spähte noch einmal auf die Straße hinaus. Sie lag noch immer still da. Die drei Türen, die er sehen konnte, waren geschlossen, und in den Häusern rührte sich nichts. Er hörte auch keinen Laut. Die Stadt schien ausgestorben zu sein. Trotzdem erfüllte ihn der Gedanke, dort hinausgehen zu sollen, mit allem anderen als Zuversicht. Es war eine winzige Stadt, aber es war eine Stadt der *Quorrl*, die ihn in Stücke reißen würden, noch ehe er Gelegenheit fand, irgend etwas zu erklären.

Behutsam schob er die Klinge seines Schwertes unter den Riegel und versuchte ihn anzuheben. Er bewegte sich leichter, als er erwartet hatte. Aber nur im ersten Moment. Dann verkantete er sich, mit einem Ruck, der Skar klar machte, daß er sich nie wieder bewegen würde. Mit einem bedauernden Seufzer zog er das Schwert zurück, schob es oberhalb des Riegels erneut durch den Türspalt und ließ die Klinge mit aller Gewalt niedersausen. Der rasiermesserscharfe Stahl seines Satai-Schwertes zerschnitt das morsche Holz fast ohne spürbaren Widerstand. Aber es gab einen peitschenden Knall, der in Skars Ohren wie ein Kanonenschuß klang und endlos zwischen den Häusern der schmalen Gasse widerzuhallen schien.

Trotzdem zögerte er keine Sekunde mehr, sondern sprengte die Tür mit der Schulter vollends auf, sprang mit einem Satz auf die Straße hinaus und sah sich blitzschnell nach beiden Seiten um.

Nichts.

Die Häuser lagen verlassen und still wie große steinerne Gräber da, eine monotone Reihe würfelförmiger schwarzer Klötze, hinter deren Türen und Fenstern sich kein Leben regte. Skar war jetzt nahezu davon überzeugt, daß es in dieser Stadt keine Quorrl mehr gab. Und das schon seit langer Zeit.

Er wandte sich nach links, huschte geduckt die Straße hinunter und preßte sich dicht vor der Wegkreuzung gegen die Wand. Er lauschte. Aber er hörte auch jetzt nichts außer dem Heulen des Windes und dem Hämmern seines eigenen Herzens. Unendlich vorsichtig schob er sich weiter, spähte um die Ecke und atmete erleichtert auf, als er auch diese Straße leer sah. Er zögerte noch einen Moment, um sich herumzudrehen und konnte mit einem Winken zu Kiina signalisieren, daß alles in Ordnung war, dann packte er sein Schwert fester und lief mit schnellen Schritten weiter.

Die Straße endete nach einem Dutzend Schritte vor der hölzernen Palisadenwand der Stadt. Der Weg führte auch hier in beide Richtungen. Skar wandte sich wahllos nach links, begriff nach ein paar Schritten, daß er in eine Sackgasse lief, und machte wieder kehrt.

Um ein Haar wäre er in Titch und seine beiden Bewacher hineingelaufen. Die Quorrl waren wieder von der Hauptstraße abgebogen, dann aber aus irgendeinem Grunde stehengeblieben, so daß Skar fast im vollen Lauf gegen einen der Schuppenkrieger prallte und erst im letzten Moment zum Stehen kam.

Was ihn rettete, das waren allein die Überraschung der Quorrl – und Titch. Die beiden Krieger starrten ihn für die Dauer eines halben Atemzugs total überrascht an und rissen dann in einer nahezu synchronen Bewegung ihre Schwerter aus den Gürteln, aber Titch reagierte noch schneller. Mit einem wütenden Knurren warf er sich gegen den Quorrl zu seiner Rechten und riß ihn allein durch die ungestüme Wucht seines Anpralles zu Boden, so daß Skar wenige, kostbare Sekunden gewann, in denen er es nur mit einem der vierhundert Pfund schweren Kolosse zu tun hatte.

Sein Schwert bewegte sich in einer komplizierten, kreiselnden Bewegung auf den Quorrl zu, stach nach seiner freien, linken Hand und durchbohrte sie. Der Quorrl schrie vor Schmerz und Wut auf und taumelte zur Seite. Skar setzte ihm nach, duckte sich blitzschnell, als der Quorrl wütend nach ihm hieb, und stach nach seinen Beinen. Das *Tschekal* traf die rechte Fessel des Schuppenkriegers und durchtrennte seine Sehne. Der Riese wankte, versuchte vergeblich sein Gleichgewicht zu halten und kippte in einer grotesk langsamen Bewegung nach hinten. Skar setzte ihm nach und schlug ihm die flache Seite seines Schwertes gegen den

Schädel. Der Quorrl keuchte vor Schmerz, versuchte sich noch einmal aufzurichten und verlor mitten in der Bewegung das Bewußtsein.

Als Skar herumfuhr, saß er gerade noch, wie sich der zweite Quorrl fluchend unter Titchs Körper hervorarbeitete, wobei er zwei-, dreimal hintereinander wuchtig mit dem Schwertknauf nach Titchs Schläfe hieb.

Skar ließ ihm nicht die geringste Chance. Er verschwendete keine Zeit darauf, *fair* zu kämpfen; mit nur einer Hand und geschwächt, wie er war, konnte er sich einen Luxus wie *Ritterlichkeit* nicht leisten. Mit einem Satz war er bei ihm, versetzte dem Koloß einen Tritt gegen die Seite, der ihn abermals zu Boden fallen ließ, und stieß ihm die Klinge in die Brust. Der Quorrl starb ohne einen Laut.

Schweratmend ließ Skar das Schwert fallen, wankte zu Titch hinüber und sank neben ihm auf die Knie. Der Quorrl hatte trotz der furchtbaren Hiebe gegen seinen Schädel das Bewußtsein nicht verloren, wirkte aber benommen und schien ihn im ersten Augenblick nicht einmal zu erkennen, als Skar ihn mühsam auf den Rücken drehte. Sein Gesicht war voller Blut.

»Alles in ... in Ordnung?« sagte Skar mühsam. Sein Atem ging schnell und stoßweise, und sein Puls jagte. Der kurze Kampf hatte ihn vollkommen erschöpft.

Titch nickte, verzog das Gesicht zu einer schmerzlichen Grimasse und versuchte das Blut wegzublinzeln, das ihm in die Augen lief. Skar nahm einen Zipfel seines Mantels und wischte die Stirn des Quorrl sauber.

»Danke«, grunzte Titch. »Aber es wäre einfacher, wenn du mich losbinden würdest, meinst du nicht?«

Skar blickte ihn einen Moment lang betroffen an, ehe er sich fast hastig bückte und die Ketten löste, die Titchs Handgelenke zusammenhielten. Der Quorrl schleuderte seine Fesseln mit einem wütenden Laut davon, stand wortlos auf und bückte sich nach dem *Tschekal*, das zwei Schritte neben ihm auf der Straße lag. Noch ehe Skar wirklich begriff, was er vorhatte, hob er die Waffe auf, ging zu dem bewußtlosen Quorrl hinüber – und schnitt ihm mit einem einzigen, wütenden Hieb die Kehle durch.

»Was, zum Teufel, –?!«

Titch fuhr mit einem Knurren herum. Sein Gesicht war zu einer Grimasse aus Blut und Haß geworden, und seine Augen schienen zu brennen. Drohend richtete er die Schwertspitze auf Skar. »Sag nichts, Mensch!« grollte er. »Was immer du sagen willst, behalte es für dich!«

Skar schwieg. Was Titch getan hatte, entsetzte ihn, aber er kannte den Quorrl auch gut genug, um zu wissen, daß es nicht grundlos geschehen war. Und wenn Titch nicht über diese Gründe sprechen wollte, so war das seine Sache.

»Sie sind alle tot, Skar.«

Skar drehte sich erschrocken herum. Er hatte Kiinas Annäherung nicht einmal bemerkt, aber sie war ihm bis auf zwei Schritte nahe gekommen. Das Schwert, das sie in der rechten Hand trug, zitterte. Sie war sehr blaß.

»Sie ... sie sind alle tot«, sagte sie noch einmal. »Ich war in einem der Häuser. Sie sind von außen verschlossen, aber sie sind voller ... voller toter Quorrl.«

»Tot?«

»Sie haben sie umgebracht«, flüsterte Titch. »Alle. Sie haben ... die ganze Stadt ausgelöscht.«

Skar war nicht einmal sehr überrascht. Er hatte gewußt, daß es in dieser Stadt kein Leben mehr gab, schon lange vor Titchs Worten. Aber er fühlte sich betroffen; viel stärker, als er erwartet hatte; sogar stärker als zuvor, bei anderen Gelegenheiten, als er durch Städte und Dörfer gekommen war, deren *menschliche* Bewohner man umgebracht hatte. Er war verwirrt.

Automatisch griff er zu, als Titch sich endlich zu ihm herumdrehte und ihm das Schwert zurückgab. Er schob die Waffe fast überhastet in ihre Scheide zurück und verzichtete sogar darauf, das Blut abzuwischen, das noch an der Klinge klebte. Titchs

Gesicht war voller Zorn und Haß, aber er wich seinem Blick aus.

»Warum?« fragte Skar.

»Weil sie …« Titch stockte, blickte ihn für einen kurzen Moment nun doch an und sah dann hastig wieder weg. »Ich weiß es nicht«, antwortete er. Es war eine Lüge. Skar spürte es, und Titch gab sich nicht einmal sonderliche Mühe, überzeugend zu wirken. Erneut fiel Skar ein, wie unsicher und … ja, und fast *ängstlich* der Quorrl auf ihn gewirkt hatte, vorhin, ehe sie sich der Stadt näherten.

»Es muß einen Grund geben«, sagte Kiina überzeugt. »Nicht einmal Quorrl löschen ein ganzes Dorf ohne Grund aus.«

Skar warf ihr einen warnenden Blick zu, aber Titch reagierte ganz anders, als er erwartet hatte: statt zornig zu werden, drehte er sich nur langsam zu dem Mädchen um, sah sie einen Herzschlag lang mit undeutbarem Ausdruck an und nickte schließlich. »Vor dem Tor sind noch drei«, sagte er. »Vielleicht fragen wir sie.«

»Warum nicht?« Kiina zuckte die Schultern. »Wir –«

»*Wir*«, fiel ihr Skar ins Wort, etwas lauter und mit eindeutig warnender Betonung, »werden gar nichts tun. Titch und ich gehen. *Du* bleibst hier.«

»Wer sagt das?« fragte Kiina trotzig.

Skar hatte plötzlich Lust, ihr eine schallende Ohrfeige zu versetzen. »Es ist zu gefährlich«, sagte er mit mühsamer Beherrschung. »Es sind Krieger, Kiina. Diese beiden hier haben wir überrascht.«

»Und?« schnappte Kiina. »Warum sollte uns das bei den anderen nicht auch gelingen?«

Wahrscheinlich hätten sie sich noch weiter gestritten; Kiina war viel zu starrköpfig, um nachzugeben, und Skar zu müde; außerdem machte es ihn wütend, daß sie auch diesmal wieder seinen Befehl mißachtete und auf eigene Faust eines der Häuser durchsucht hatte. Aber Titch beendete die sinnlose Diskussion, ganz einfach, indem er sich zu einem der toten Krieger herabbeugte und dessen Waffe an sich nahm. Ohne ein Worte drehte er sich herum und ging mit schnellen Schritten den Weg zurück den sie gekommen waren, so daß sie ihm folgen mußten, ob sie wollten oder nicht.

Skar zog das Schwert, als sie sich dem Tor näherten. Es gab keine Möglichkeit, sich in irgendeinem toten Winkel zu halten; das Tor war so breit wie die Straße, und auf den letzten zwanzig Schritten gab es keinerlei Abzweigungen. Aber sie hatten Glück. Vor dem Tor rührte sich nichts, doch sie sahen den Widerschein des heruntergebrannten Feuers, an dem sich die Quorrl während der Nacht aufgewärmt haben mußten. Skar fragte sich, warum sie unter freiem Himmel übernachtet hatten, statt in einem der leerstehenden Häuser Schutz zu suchen.

Titch zögerte keine Sekunde, sondern ging im Gegenteil plötzlich schneller. Skar hörte einen überraschten Schrei auf der anderen Seite des Palisadenzaunes, dann riß Titch das erbeutete Schwert in die Höhe und wandte sich mit einem Sprung nach links, und aus dem Schrei wurde das entsetzliche Geräusch reißenden Stahls, der durch Fleisch und Knochen schnitt.

Es war vorbei, ehe Skar und Kiina hinter Titch durch das Tor stürmten. Zwei der drei Quorrl lagen tot am Boden, der dritte krümmte sich stöhnend und preßte beide Hände auf eine lange, heftig blutende Schnittwunde in seinem Leib.

Titch versetzte ihm einen Tritt, der ihn halb in die Höhe riß und gegen die Palisadenwand schleuderte. Der Quorrl kreischte vor Schmerz und versuchte gleichzeitig sein Gesicht zu decken und die Hand auf die Wunde in seinen Schuppen zu pressen, aber Titch riß ihn abermals in die Höhe und schlug mit aller Kraft auf ihn ein.

»Titch!« schrie Skar. »Hör auf!«

Titch hörte seine Wort gar nicht, sondern fuhr fort, wie besessen auf den Quorrl einzuschlagen. Skar versuchte ihn zurückzureißen, aber es war, als zerre er an einem Felsen; es gelang ihm nicht nur nicht, Titchs Arm zurückzuhalten, sondern er wurde im Gegenteil mitgerissen, als die Faust des Quorrl abermals mit voller Kraft im Gesicht des verwundeten Kriegers landete. Skar verlor ebenfalls das Gleichgewicht, prallte ungeschickt gegen die Palisade und wäre fast gestürzt.

»Titch – hör auf!« rief Kiina beschwörend. »Wir brauchen ihn noch! Bring ihn noch nicht um!«

Diesmal reagierte der Quorrl. Er riß den Verletzten zwar noch einmal in die Höhe, um ihn mit voller Wucht gegen die Palisaden-wand zu werfen, aber seine geballte Faust verharrte plötzlich. Jeder einzelne Muskel in seinem gewaltigen Körper war ge-spannt; es sah aus, als zerre er mit aller Kraft an unsichtbaren Ketten, die ihn gleichzeitig in zwei verschiedene Richtungen zu ziehen versuchten. Aber dann ließ er die Faust wieder sinken und beschränkte sich darauf, den Quorrl festzuhalten, als er zusammenzubrechen drohte.

Skar warf Kiina einen dankbaren Blick zu – den diese mit einem spöttischen Lächeln quittierte – und wich vorsichtshalber ein paar Schritte vor dem tobenden Quorrl zurück. In Titchs Gesicht mischten sich Mordlust und Verzweiflung zu etwas, das Skar sich plötzlich vor dem Quorrl fürchten ließ. Er spürte, daß Titch ihn töten würde, wenn er versuchte, sich zwischen ihn und seinen Gefangenen zu stellen.

»Töte ihn nicht, Titch«, sagte Kiina noch einmal. Sie sprach schnell, hastig und mit schriller, beschwörender Stimme, aber aus irgendeinem Grund hörte Titch mehr auf sie als auf Skar. »Wir brauchen ihn. Frag ihn, was hier passiert ist. Frag ihn, warum sie das getan haben und wer ihnen den Befehl dazu gegeben hat.«

Titch blickte sie einen Moment lang aus brennenden Augen an, ehe er wieder zu dem Quorrl herumfuhr. Er sagte ein einzel-nes, scharf klingendes Wort in einem Quorrl-Dialekt, den Skar nicht verstand. Die Antwort des Kriegers bestand nur aus einem störrischen Kopfschütteln.

Titch schlug ihn, nicht mit der geballten Faust, wohl aber mit aller Kraft, so daß der Kopf des Quorrl wuchtig gegen die Wand flog. Der Krieger stöhnte, aber das trotzige Funkeln in seinen Augen blieb. Titch schlug ihn wieder, und mit noch mehr Kraft. Die Wange des Quorrl platzte auf. Blut lief über seine dunkelgrünen Schuppen.

»Bring ihn nicht um, Titch«, sagte Skar warnend.

Titch funkelte ihn an. »O doch, das werde ich«, antwortete er. »Das werde ich sogar ganz bestimmt. Es liegt nur bei ihm, ob ich es schnell oder langsam tue. *Sehr* langsam«, fügte er mit einem drohenden Blick auf den wimmernden Gefangenen hinzu.

Der Quorrl starrte abwechselnd ihn und Skar an, und Skar war sehr sicher, daß er ihre Sprache verstand.

»Wenn du ihn folterst, bist du nicht besser als sie«, sagte er.

»Und?« Titch lachte schrill. »Wer hat gesagt, daß ich das will? Er ist ein Quorrl, ich bin ein Quorrl. Wir sind doch nur Tiere. Aber er wird antworten, keine Sorge. Die Frage ist nur, wie lange es dauert.«

»Titch, du –«

»Warum«, fiel ihm der Quorrl zornig ins Wort, »gehst du nicht zurück in die Stadt und suchst nach einem Quartier für die Nacht?«

Skar setzte dazu an, zu widersprechen. Aber dann sah er das warnende Funkeln in Titchs Augen und schwieg. Ohne ein weiteres Wort wandten Kiina und er sich um und ging in die tote Stadt hinein.

Es verging mehr als eine Stunde, bis Titch zu ihnen zurückkam. Seine Hände waren voller Blut, das nicht das seine war, und sein Gesicht starr. Skar widerstand der Versuchung, ihn sofort zu fragen, was er erfahren hatte, und zu seiner Überraschung schwieg auch Kiina (die im übrigen während der gesamten Zeit kein einziges Wort mit Skar geredet hatte). Sie stand einfach wortlos auf, nahm einen Krug mit Wasser von einem Regal und schenkte eine hölzerne Schale voll, die sie Titch hinstellte. Der Quorrl blickte sie eine Sekunde lang verwirrt an, ehe er begriff und die Hände in das Wasser tauchte, um das Blut abzuwaschen.

Skar sah ihm mit wachsender Ungeduld zu, aber er beherrschte sich weiter. Es war besser, den Quorrl reden zu lassen, als ihn zu fragen.

»Bist du hungrig?« fragte Kiina. Sie hatten ausreichend Vorräte in dem Haus gefunden, das nur wenige Schritte vom Tor entfernt lag; gerade weit genug, daß sie die Schreie des Quorrl nicht hören konnten. So arm die Ortschaft gewesen war, schienen ihre Bewohner keinen Hunger gelitten zu haben: die Vorratskammern waren voll, und der Speiseplan der Quorrl schien nicht halb so eintönig gewesen zu sein, wie der Anblick ihres öden Landes vermuten ließ.

Titch schüttelte den Kopf, nickte aber nach einer Sekunde doch und ließ sich erschöpft am Tisch nieder, während Kiina ging, um Brot und kaltes Fleisch zu holen.

Sie brachte drei Teller mit als sie zurückkam, und sie verbrachten die nächste Viertelstunde damit, schweigend zu essen. Skar war sehr hungrig, und die ersten Bissen, die er herunterschlang, schürten diesen Hunger eher, als ihn zu befriedigen. Er mußte sich beherrschen, um nicht Brot und Fleisch in sich hineinzustopfen, ohne auf Benehmen und Anstand zu achten. Sein Blick suchte immer wieder Titchs Hände. Der Quorrl hatte das Blut seines Rassegenossen vollständig abgewaschen, aber Skar glaubte es trotzdem noch zu sehen. Er verscheuchte den Gedanken.

»Sie gehörten zur Tempelwache«, sagte Titch unvermittelt.

Skar sah von seinem Teller auf und beherrschte sich im letzten Moment, Titch zu fragen, von welchem Tempel er redete. Der Quorrl starrte ins Leere. Er hatte längst aufgehört zu essen, aber seine Raubtierzähne mahlten immer noch. »Sie sind vor zwei Tagen gekommen. Einen Tag, nachdem wir . . .«

»Den Ssirhaa getötet haben«, fügte Skar hinzu, als Titch nicht weitersprach.

»Das kann ein Zufall sein«, vermutete Kiina.

»Ja. Oder auch nicht.« Skar ließ das Stück Brot sinken, an

dem er gekaut hatte, und sah Titch gleichermaßen aufmerksam wie fordernd an. Er hatte plötzlich keine Lust mehr, Rücksicht zu nehmen. Zwischen Kiina und Titch war seit seinem Erwachen am frühen Morgen eine Vertrautheit, die ihn freuen sollte, aber das Gegenteil bewirkte. Die beiden waren noch lange nicht zu Freunden geworden, aber es war etwas zwischen ihnen, das Skar ausschloß. Er war eifersüchtig.

»Zu welcher Tempelwache?« fragte er. »Und warum haben sie das hier getan? Was haben die Leute in diesem Dorf verbrochen, daß sie so hart bestraft wurden?«

»Und von wem?« fügte Kiina hinzu.

»Getan?« Titch schloß für Sekunden die Augen. Seine Hände schlossen sich so fest um die Tischkante, daß das zollstarke Holz knirschte. Es waren nicht *irgendwelche* Quorrl, die in diesem Dorf erschlagen worden waren, erinnerte sich Skar. Es war Titchs Familie gewesen. Seine Freunde.

»Getan? Sie haben...« Er brach abermals ab, suchte sichtbar nach den richtigen Worten und fuhr mit einem bitteren Lächeln und direkt an Skar gewandt fort: »Sie waren menschlich, Satai. Sie haben Flüchtlingen Unterschlupf gewährt. Männer, die sie hätten ausliefern müssen. Männern wie mir.«

Skar verstand nicht gleich. Titch war der letzte Überlebende der kleinen Quorrl-Armee, mit der sie aufgebrochen waren. Alle anderen waren bei der Schlacht gegen den *Dronte* getötet worden; oder später von Anschis Drachenreiterinnen.

»Ich bin nicht der einzige Überlebende des Heeres«, antwortete Titch. »Es gibt... einige, die den Befehl mißachtet haben und zurückgekommen sind.«

»Welchen Befehl?« fragte Kiina verwirrt.

Titch blickte sie an; schwieg.

»Zu sterben«, sagte Skar leise.

Kiina erschrak nicht einmal – und wie auch? Sie wußte es ja nicht. Vielleicht waren Skar und Del die einzigen Menschen auf diesem ganzen Planeten, die wußten, daß die Quorrl ihnen ein

Heer von Toten geschickt hatten. Er sah Titch an, und der Quorrl gab ihm mit einem kaum angedeuteten Kopfnicken die Erlaubnis, weiter zu sprechen.

»Die Quorrl hatten den Befehl, zu sterben«, wiederholte er, leise, mit mühsam beherrschter Stimme und einem Gefühl des Mitschuldig-Seins, das er selbst nicht ganz verstand.

»Zu sterben? Du meinst, sie ...« Kiina sog hörbar die Luft ein und starrte erst Skar, dann den Quorrl voller Unglauben an. »Ihr solltet ... *Selbstmord* begehen?«

»Nein«, antwortete Titch. »Das falsche Wort, Mensch. Wir sind schon tot. Kein Krieger, der die Kampfesweihe empfangen hat, darf das Land seiner Geburt wieder betreten. Das war immer so, und es wird immer so sein.«

»Aber das ist doch verrückt!« protestierte Kiina. »Das ist doch völliger Wahnsinn!«

»Wieso?« fragte Titch ruhig. »Ist es vernünftiger, Männer in ihre Heimat zurückzulassen, die das Töten gelernt haben?«

*Sie waren nicht die ersten!* dachte Skar verblüfft. Anders als Kiina hatte er von dem furchtbaren Todesbefehl des Quorrl-Heeres gewußt, fast vom ersten Tag an, aber er hatte angenommen, es wäre eine Ausnahme, dieser Befehl wäre – warum auch immer – zum ersten Mal erteilt worden. Was Titch jetzt erzählte, überraschte auch ihn.

»Dann gibt es keine Krieger bei euch?« fragte Kiina, die offenbar schneller als Skar begriff, was Titchs Worte wirklich bedeuteten.

»Keine, die gekämpft hätten«, bestätigte Titch. »Und es ist gut so.«

Skar starrte den Quorrl an. Was Titch erzählte, war nicht nur eine Überraschung. Es stellte das ganze Bild in Frage, das Skar – und nebenbei jeder einzelne Mensch auf Enwor – von den Quorrl hatte. Quorrl, das bedeutete Kampf, Gewalt, Haß und Angst; ein Volk von furchteinflößenden Ungeheuern, bei denen selbst die Kinder schon Kämpfen und Töten lernten, ein Volk von reißenden Bestien, die wie Tiere lebten und handelten und deren bloßer Name Schrecken und Panik verbreitete.

Aber vielleicht stimmte dieses Bild nicht, dachte er. Vielleicht war es nur das, was die Menschen außerhalb von Cant glaubten, und vielleicht sogar, weil sie es glauben *sollten*. Er begriff plötzlich, daß Titch Kiina und ihm mehr als eine bloße Information gegeben hatte. Er hatte ihnen ein Geheimnis verraten, vielleicht das größte und bestgehütete Geheimnis seines Volkes.

»Aber einige sind zurückgekommen«, murmelte er, nur, um das quälend werdende Schweigen zu durchbrechen. »Du bist nicht der einzige, der seinen Schwur gebrochen hat.«

»Das habe ich nicht«, fuhr ihn Titch an. »Du hast mich gezwungen, es —«

»Das war kein Vorwurf«, unterbrach ihn Skar. »Im Gegenteil, Titch. Begreifst du denn nicht, daß du nichts Falsches getan hast? Du bist nicht der einzige, der die Sinnlosigkeit dieses Befehles eingesehen hat.«

»Er ist nicht sinnlos, Satai. Er hat es unserem Volk ermöglicht, zu überleben, all die Zeit.«

»Indem ihr euch opfert?« Skar lachte böse. »Kiina hat recht. Das ist verrückt.«

»In deinen Augen vielleicht«, antwortete Titch. »Ihr tut es nicht, ich weiß. Ihr lehrt euren Männern und Frauen das Kämpfen, aber ihr lehrt sie nicht, zu sterben.«

»Der Sinn eines Kampfes ist im allgemeinen, ihn zu überleben«, sagte Skar vorsichtig.

»Ist er das? Hat Kämpfen überhaupt jemals einen Sinn gehabt?«

Skar seufzte. »Bitte, Titch, ich ... ich habe jetzt nicht den Nerv, eine philosophische Diskussion zu führen.«

»Ich auch nicht«, antwortete Titch ernst. »Der Sinn des Kampfes ist der Kampf, mehr nicht. Es ist der Sinn eines Schwertes, zu schneiden. Der Sinn eines Pfeiles, zu töten. Und der einzige Daseinszweck eines Kriegers, zu kämpfen.«

Der Fehler in diesen Gedanken war so offensichtlich, daß Skar sich fragte, worauf Titch hinauswollte, denn auch der Quorrl mußte ihn erkennen, noch ehe er die Worte ganz ausgesprochen hatte. »Es gibt einen Unterschied«, sagte er. »Ein Schwert kann sich sein Schicksal nicht aussuchen. Es wird *gemacht*.«

»Wir auch«, antwortete Titch bitter.

Skar wollte widersprechen, aber plötzlich erinnerte er sich an etwas, was Titch vor langer Zeit einmal zu ihm gesagt hatte, ohne daß er die wahre Bedeutung seiner Worte damals begriff: *Wir werden als Krieger gezeugt*. Natürlich hatte er nicht gewußt, wie diese Worte *wirklich* gemeint gewesen waren. Er weigerte sich selbst jetzt noch, sie zu glauben.

»Die Männer draußen vor dem Tor«, wandte Kiina ein. »Sie *hatten* Waffen, Titch.«

»Die Tempelgarde«, knurrte Titch. Skar vermochte nicht zu sagen, ob das Zittern in seiner Stimme Zorn oder Entsetzen war oder beides, aber Titchs Hände versuchten schon wieder, die Tischplatte zu zerbrechen. »Sie sind die einzigen, denen es erlaubt ist, Waffen zu tragen. Aber sie verlassen die Heilige Insel nie.«

»Bis jetzt nicht.«

Kiina warf Skar einen fast beschwörenden Blick zu. Skar hätte gerne mehr über die Kultur der Quorrl erfahren; mehr über dieses Geheimnis, das ihre gesamte Geschichte bestimmen mußte. Aber er spürte auch, daß er schon fast zu viel für den Augenblick gehört hatte. Titch wirkte äußerlich beherrscht, aber das war er nicht. Der riesige Quorrl stand kurz vor dem Zusammenbruch, sowohl seelisch als auch körperlich. Skar wollte bei keinem von beidem dabei sein. Kiina hatte recht, das Gespräch vorsichtig wieder auf ihr ursprüngliches Thema zurückzulenken. Sie konnten nicht so tun, als wäre nichts weiter geschehen, aber sie konnten zumindest über ein etwas weniger schmerzhaftes Thema reden.

»Warum haben sie diese Heilige Insel verlassen?« fragte er, als

Titch keine Anstalten machte, auf Kiinas nur halb ausgesprochene Frage zu antworten. »Nur wegen ein paar Deserteuren?«

Titch schüttelte müde den Kopf. »Es sind nicht nur *ein paar*«, sagte er. »Es hat immer einige gegeben, die versucht haben, zurückzukehren. Eine Handvoll. Ein paar Dutzend. Diesmal ... der Krieger wußte nichts Genaues, aber es müssen Tausende sein.«

»Tausende?« Kiina riß überrascht die Augen auf.

»Das Heer hat sich von Dels Truppen getrennt«, berichtete Titch. »Der Mann, dem ich meine Nachfolge anvertraute, führte sie in die Berge, zu einem Ort, an dem die Todeszeremonie würdig abgehalten werden konnte. Aber viele sind desertiert, noch ehe sie ihn erreichten. Viele verweigerten den Befehl. Vielleicht hat der Krieger gelogen, aber er behauptet, daß es zu Kämpfen kam. Kämpfen zwischen denen, die sterben wollten, und denen, die sich weigerten.«

Skar entsann sich plötzlich einer ähnlichen Situation; vor wenig mehr als einem Monat, in Drasks Trutzburg. Damals war es *Titch* gewesen, der seine eigenen Krieger getötet hatte, aus einem viel nichtigeren Grund als dem, einen *Schwur* gebrochen zu haben. Aber er begriff auch fast im gleichen Moment, wie unfair dieser Vergleich war. Der Titch von damals hatte nichts mit dem Quorrl gemein, der ihm heute gegenübersaß.

»Das ist absurd«, murmelte Kiina.

»Absurd?« Titch schüttelte heftig den Kopf. »Nein. Es ist ... fürchterlich. Du begreifst nicht, was wirklich geschehen ist, Menschenjunges. Quorrl haben gegen Quorrl gekämpft; Brüder gegen Brüder, Väter gegen Söhne. *Das* ist absurd. Sie hatten recht, die Überlebenden zu jagen und zu töten. Kein Quorrl, der das Blut eines Quorrl vergossen hat, darf dieses Land wieder betreten.«

»Hatten sie auch ein Recht, die Leute hier umzubringen?« fragte Skar leise.

»Nein«, antwortete Titch. »Und das ist auch der Grund, aus

dem *ich* sie umgebracht habe. Obwohl ich viel eher dich hätte töten sollen.«

»So?«

»Es ist eure Erfindung«, sagte Titch. »Wie nennt ihr es doch gleich? Ein *Exempel?* Ich glaube, das ist das Wort. Dieses Dorf ist nicht das einzige, dessen Bewohner den Heimgekehrten Unterschlupf gewährte. Sie haben es ausgelöscht, um die anderen zu warnen.«

»Und warum gerade dieses?« fragte Kiina.

»Weil es *mein* Dorf ist«, antwortete Titch leise. »Ich wurde hier geboren. Sie wußten, daß ich hierher zurückkehren würde.« Er lächelte bitter. »Ich bin ein bekannter Mann, Menschenkind. In meinem Volk fast so bekannt wie dein Freund Skar. Welches Beispiel wäre wohl abschreckender als das, ausgerechnet *mein* Dorf auszulöschen?«

»Und was willst du jetzt tun?« fragte Skar.

Titch starrte ihn an. »Was soll ich tun, deiner Meinung nach?«

»Es gibt zwei Möglichkeiten – du kannst hierbleiben und dir selbst leid tun, bis sie kommen und dich holen, oder du kannst versuchen, die Schuldigen an diesem Massaker zu finden und zu bestrafen.«

Titchs Antwort bestand aus einem dünnen, unendlich bitteren Lächeln. »Bestrafen«, murmelte er. »Rache! Macht sie die Toten wieder lebendig?«

»Nein«, antwortete Kiina an Skars Stelle. »Aber sie hilft den Lebenden, besser damit fertig zu werden. Auch meine Heimatstadt wurde vernichtet. Ich habe keine Sekunde lang daran gedacht, aufzugeben.«

Skar signalisierte ihr mit Blicken, den Bogen nicht zu überspannen, aber Titch reagierte ganz anders, als er erwartet hatte. Für lange, lange Zeit, fast eine Minute, starrte er Kiina nur ausdruckslos an, aber dann änderte sich etwas in seinem Blick, und plötzlich hob er die Hand und berührte unendlich sanft das Gesicht des Mädchens. Ein flüchtiges Lächeln huschte über seine groben

Züge. Er sagte kein Wort, sondern verharrte eine weitere halbe Minute in dieser Haltung, stand dann plötzlich auf und trat ans Fenster, um hinauszublicken. Kiina sah Skar fragend an, aber er antwortete nur mit einem Achselzucken. Er verstand so wenig wie sie, was das sonderbare Verhalten des Quorrl zu bedeuten hatte.

»Warum nicht?« sagte Titch nach einer Weile, ganz leise und eher zu sich selbst als an Skar oder Kiina gewandt. »Wenn schon alles sinnlos geworden ist, warum dann nicht auch noch das?« Er atmete tief und hörbar ein, drehte sich wieder herum, sah erst Kiina, dann Skar nachdenklich an und verwandelte sich jählings wieder von einem gebrochenen Mann in den kraftstrotzenden, Stärke und Zuversicht ausstrahlenden Krieger, als den Skar ihn kennengelernt hatte.

»Kannst du reiten?« fragte er.

»Das hast du mich schon einmal gefragt. Hast du *diesmal* ein Pferd?«

»Fünf Stück«, antwortete Titch. »Wahrscheinlich sogar mehr. Sie sind nicht zu Fuß gekommen. Und sie brauchten Tiere, um die Gefangenen abzutransportieren. Ich weiß nicht, wo sie sind, aber die Stadt ist nicht sehr groß. Wir werden sie finden.«

Sie verließen die Stadt noch in der gleichen Stunde. Während der nächsten beiden Tage und Nächte ritten sie weiter nach Norden, aber auch zurück in den Osten. Sie hatten nicht nur fünf, sondern ein ganzes Dutzend Pferde gefunden, die sie allesamt mitnahmen, so daß sie die Tiere oft wechseln konnten und nur Pausen einzulegen brauchten, wenn *sie* erschöpft waren. Skar schätzte, daß sie an die zweihundertfünfzig Meilen zurücklegten, ohne etwas anderes als monotone, scheinbar endlose Wälder und noch eintönigere, noch endlosere Ebenen aus karstartigem Gestein und dürren graugrünen Dornenbüschen zu sehen. Von Titch hatte er erfahren, daß es zahlreiche Gruppen wie die gab, auf die sie am ersten Tag gestoßen waren; kleinere und größere Einheiten schwerbewaffneter Soldaten, die auf der Suche nach heimkehrenden Kriegern die verstreut daliegenden Dörfer und Ortschaften bewachten oder die Wälder durchstreiften, so daß sie große Umwege in Kauf nahmen, um Straßen und Ansiedlungen aus dem Weg zu gehen. Trotzdem wurden sie zweimal fast überrascht: das erste Mal tauchte die Spitze eines Reitertrupps so überraschend vor ihnen auf, daß sie buchstäblich erst im allerletzten Moment in den Wald zurückweichen konnten, das andere Mal sahen sie in der Nacht ein Feuer zu spät; Titch war gezwungen, einen der Posten zu erschlagen und sich für Stunden von ihnen zu trennen, um eine falsche Spur zu legen, denn es war sicher, daß sie verfolgt wurden.

In der dritten Nacht bekam Skar wieder Fieber. Seine Verletzung hatte ihm bisher erstaunlich wenig zu schaffen gemacht, die Wunde heilte gut und schmerzte fast gar nicht mehr, aber der rasende Flug hierher und der unmittelbar anschließende Gewaltritt waren für ihn zu viel. Den Weg hierher hatte er mit Kraftreserven bewältigt, die er eigentlich nicht antasten durfte; dem geheimen Reservoir an Lebenskraft, das tief in jedem Menschen schlummerte, das ein Satai aber ungleich besser zu nutzen verstand. Aber auch diese Reserven waren irgendwann einmal aufgebraucht, und dieser Moment schien jetzt erreicht zu sein.

Bis zum Morgen war das Fieber so weit gestiegen, daß er zu phantasieren begann. Er stürzte zweimal vom Pferd, bis Titch ihn kurzerhand am Sattel festband. Er verlor ein paarmal das Bewußtsein, und im Laufe des Tages begannen sich seine Sinne so weit zu verwirren, daß er kaum noch etwas von dem registrierte, was um ihn herum und mit ihm geschah. Irgendwann hörte der Wald auf, und dann waren Stimmen da und Bewegung und große geschuppte Schatten, die sie umgaben. Und dann nichts mehr.

Irgendwie begriff er, daß man ihn vom Pferd hob und wegtrug; es waren sehr starke Hände, die ihn hielten, viel stärker als die Kiinas, stärker sogar noch als die Titchs, und irgendwann im

Verlauf der folgenden Nacht registrierte er auch noch, daß er wieder in einem Zimmer war, nicht mehr auf einem Lager unter freiem Himmel. Etwas war falsch an diesem Raum, und an den Gestalten, die ihn umgaben und sich um ihn sorgten, aber sein Vermögen, klar zu denken, reichte nicht mehr aus, zu ergründen, *was* so falsch und bedrohlich an diesen Eindrücken war.

Als er erwachte, war es wieder Morgen. Durch ein schmales, sehr hohes Fenster direkt neben seinem Bett fiel staubdurchwobenes Sonnenlicht auf sein Lager, und sein linker Arm tat entsetzlich weh; jemand machte sich daran zu schaffen. Er begriff instinktiv, daß es der Schmerz gewesen war, der ihn weckte, und er versuchte ebenso instinktiv, den Arm wegzuziehen. Er konnte es nicht. Der Schmerz wurde noch schlimmer, als eine harte, horngepanzerte Hand nach seinem Armstumpf griff und ihn festhielt. Ein dumpfes Dröhnen war hinter seiner Hand.

Skar wandte stöhnend den Kopf und blickte in ein Gesicht, das er im allerersten Moment für das Titchs hielt, bis ihm die Unterschiede auffielen: es war ein wenig schmaler, sehr viel älter und von einer Unzahl kleiner weißer Narben und Linien zerfurcht, die ihm etwas Maskenhaftes gaben. Die Knochenwülste über den Augen waren kleiner, und das spitze Gebiß unter den rissigen Lippen wies große Löcher auf. Der Quorrl mußte sehr alt sein.

»Wer bist du?« fragte Skar.

In den pupillenlosen dunklen Augen war kein Verstehen. Der Quorrl versuchte zu lächeln und machte gleichzeitig mit der freien Hand ein Zeichen, ruhig liegen zu bleiben. Skar gehorchte, schon wegen der Schmerzen, die ihm der unbarmherzige Griff des Reptilienwesens bereitete. Er ließ sich zurücksinken, drehte den Kopf noch ein wenig weiter und sah mit einer Mischung aus Neugier und Entsetzen auf seinen Armstumpf herab.

Es war das erste Mal, daß er die Wunde wirklich sah, und der Anblick traf ihn härter, als er erwartet hatte. Wo bisher ein harmloser weißer Verband gewesen war, erblickte er nun schwarz verkohltes, narbiges Fleisch, in dem sich Entzündungsherde wie kleine blutige Münder eingenistet hatten. Der bloße Anblick steigerte den Schmerz fast ins Unerträgliche, und die Finger des Quorrl taten ein Übriges dazu, ihm die Tränen in die Augen zu treiben. Aber er biß die Zähne zusammen und ertrug alles stumm. Er wußte weder, wo er war, noch wer dieser Quorrl mit dem vernarbten Gesicht war, aber etwas sagte ihm, daß er nichts zu befürchten hatte. Und selbst wenn – er war nicht in der Lage, irgend etwas zu unterscheiden. Das Fieber hatte ihn weiter geschwächt. Er bezweifelte, daß er auch nur die Kraft gehabt hätte, aufzustehen; geschweige denn, davonzulaufen.

Es dauerte lange, bis der Quorrl aufhörte, sich an seinem Arm zu schaffen zu machen. Er untersuchte und reinigte die Wunde sehr gründlich – allerdings nicht besonders sanft – und trug am Schluß eine dicke, übelriechende graue Salbe auf, die im ersten Moment wohltuend kühlte und dann wie Feuer zu brennen begann. Schließlich bandagierte er Skars Arm neu; und so fest, daß es ihm schon wieder die Tränen in die Augen trieb.

Skar rechnete damit, daß er nun aufstehen und gehen würde, um jemanden zu holen, aber der alte Quorrl blieb noch eine geraume Weile an seinem Lager sitzen und betrachtete aufmerksam sein Gesicht.

»Du sehr tapfer bist«, sagte er plötzlich mit einer Stimme, die wie zerbrechendes Glas klang, und sehr langsam, fast schleppend, aber auch beinahe akzentfrei. »Für einen Menschenmann.«

»Du sprichst unsere Sprache?« antwortete Skar überrascht.

»Wenig«, antwortete der Quorrl. »Aber verstehen alles. Schmerzen?«

Skar wollte automatisch den Kopf schütteln, aber noch bevor er es tat, begriff er, wie albern das wäre. Der Quorrl war Arzt, oder zumindest einer, dessen Fähigkeiten denen der *Errish* nahe kamen. Er nickte.

»Willst ... Mittel gegen Schmerz?«

»Wenn du etwas hast.«

Der Quorrl überlegte eine Weile, rührte sich aber nicht. »Habe«, antwortete er schließlich. »Aber dann schlafen. Lang und tief schlafen. Titch sagt, du nicht willst.«

»Titch ist hier?« entfuhr es Skar.

*Was für eine dumme Frage*, antwortete der Blick der dunklen Quorrl-Augen. Laut sagte das Schuppenwesen: »Ja. Holen?«

»Und Kiina?«

»Menschenjunges?« Wieder nickte der Quorrl. Dann schüttelte er fast gleichzeitig den Kopf. »Menschenkind hier, aber nicht da. Später sehen. Keine Angst. Keine Gefahr. Freunde.«

Aus irgendeinem Grund glaubte Skar dem Quorrl. »Dann geh und hole Titch«, bat er. »Ich muß mit ihm reden.«

Der Quorrl stand auf – Skar sah jetzt, daß er sehr klein war für einen Quorrl, kaum größer als er selbst, und er sah auch, daß er sich gründlich getäuscht hatte: es war kein Quorrl, sondern eine Quorrl-Frau –, schlurfte zur Tür und blieb noch einmal stehen. Ihre Blicke wurden fragend. »Da etwas, ich nicht verstehe«, sagte sie. »Bin Heilerin. Lindere Wunden und Schmerz. Aber kann nicht richtig helfen.« Sie deutete auf Skars Armstumpf. »Nicht nur Wunde. Mehr in dir. Du ... krank?«

Skar antwortete nicht gleich. Die Worte der Quorrl weckten eine Erinnerung in ihm, die er nicht haben wollte. »Ja«, sagte er schließlich, leise und in einem Ton, der der Quorrl klar machen mußte, daß er nicht darüber reden wollte.

Aber sie blieb hartnäckig. »Wie krank?« fragte sie. »Mädchen auch krank. Nicht so schlimm wie du, aber gleich. Was? Gift? Fieber aus Sümpfen? Ich wissen, sonst nicht richtig helfen. Vielleicht sterben.«

»Ich weiß«, murmelte Skar. »Aber du kannst mir nicht helfen.« Er versuchte zu lächeln und richtete sich wieder auf seinem Lager auf. »Du hast genug für mich getan«, sagte er. »Jetzt geh und hole Titch – bitte.«

Ein menschlicher Arzt hätte vielleicht widersprochen, aber die Quorrl drehte sich einfach um und ließ Skar allein.

Allerdings nur für wenige Augenblicke. Titch erschien so schnell unter der Tür, daß Skar sicher war, er hatte draußen vor dem Zimmer gewartet. Der Quorrl trug jetzt wieder eine Rüstung – nicht das goldene Schuppenkleid, in dem Skar ihn kannte, sondern einen einfachen Lederharnisch mit dazu passendem Rock. Auf seinem Rücken war ein gewaltiger Schild festgeschnallt, und um seine Hüften wand sich ein Waffengurt, aus dem die Griffe von gleich zwei Schwertern ragten. In einem davon erkannte Skar sein *Tschekal*. Der dunkelgrüne Umhang, der seine Schultern verhüllte, wurde von einer fast faustgroßen goldenen Spange zusammengehalten, deren Form Skar an etwas erinnerte. Es dauerte einen Moment, bis ihm klar wurde, daß der Quorrl die Kleider eines der Krieger trug, auf die sie bei seinem Dorf gestoßen waren.

»Wie fühlst du dich?« fragte Titch anstelle einer Begrüßung.

Skar versuchte sich aufzusetzen, was sich als gar nicht so einfach erwies, mit nur einer Hand und matt wie er war. »Gut«, log er. »Aber wo sind wir? Was ist passiert, und wo ist Kiina?«

»Welche von diesen Fragen soll ich zuerst beantworten?« Titch zog sich einen Schemel heran und ließ sich darauf nieder.

»Alle drei.« Skar machte eine weit ausholende Bewegung mit der Hand. »Was ist das hier?«

»Ein Haus. Das Gut von ... Freunden«, antwortete Titch. Es gelang ihm nicht ganz, über das kaum merkliche Stocken in seiner Stimme hinwegzutäuschen. »Auf jeden Fall sind wir in Sicherheit. Scrat ist die beste Heilerin, die ich kenne. Vielleicht die beste überhaupt.«

»Das meine ich nicht«, antwortete Skar. Er sah den Quorrl scharf an, aber Titchs Gesicht hatte sich wieder in eine Maske verwandelt, auf der keinerlei Gefühle abzulesen waren. »Es muß ziemlich riskant sein, bei *Freunden* unterzuschlüpfen, nicht?«

Wenn Titch die sonderbare Art auffiel, in der Skar das Wort betonte, so überspielte er es meisterhaft. Er zuckte nur mit den Schultern. »Wir hatten keine Wahl. Du wärst gestorben, wenn niemand dir geholfen hätte. Du erinnerst dich nicht?«

Skar schüttelte den Kopf, aber es war seltsam – Titch schien fast erleichtert darüber zu sein. Skar war jetzt sicher, daß der Quorrl ihm etwas verschwieg.

»Wie fühlst du dich?« fragte Titch noch einmal.

Diesmal dauerte es eine Weile, bis Skar antwortete. »Es geht«, sagte er. »Mein Arm schmerzt, aber es ist zu ertragen. Das Fieber ist fort«, fügte er nach einer winzigen Pause hinzu.

»Gut.« Titch nickte. »Heute abend, spätestens morgen, wirst du einen klaren Kopf brauchen.«

»Und wozu?«

»Wir können nicht hierbleiben«, antwortete Titch. »Es war schon gefährlich genug, herzukommen. Die Palastgarde durchsucht jedes Haus. Es gibt einen Ort, an dem wir uns verbergen können, aber ich bin nicht sicher, ob wir dort willkommen sind. Die Leute, denen er gehört, sind nicht ...« Er zögerte, suchte sichtlich nach Worten und rettete sich in ein fast verlegenes Lächeln. »Nun, nicht unbedingt das, was du als meine *Freunde* bezeichnen würdest.«

Skar sah ihn fragend an, aber Titch schien der Meinung zu sein, daß er für den Moment genug gesagt hatte, dann wechselte er abrupt das Thema. »Es ist schlimmer, als ich dachte«, sagte er. »Sie müssen fast alle Krieger ausgeschickt haben. Jede Straße wird bewacht, und fast täglich kommen Karawanen mit Gefangenen vorbei.« Er stand auf, sah Skar fragend an und streckte die Hand aus. »Kannst du gehen? Nur ein paar Schritte?«

Skar war ganz und gar nicht sicher, aber er nickte tapfer, schwang die Beine vom Bett und wäre prompt auf die Nase gefallen, hätte Titch ihn nicht gedankenschnell aufgefangen. *Da ist noch mehr*, hallten Scrats Worte hinter seiner Stirn nach. *Etwas in dir. Du wirst sterben.*

Er verscheuchte den Gedanken, löste in einem Anflug von fast kindischem Trotz seine Hand aus Titchs Pranke und schleppte sich aus eigener Kraft durch das Zimmer. Titch runzelte vielsagend die Stirn, enthielt sich aber jeden Kommentars und folgte ihm schweigend.

Die Tür führte auf einen kurzen, fensterlosen Korridor hinaus, der wiederum in einem geräumigen Zimmer endete, das eine Art Mischung aus Wohn-, Schlaf- und Kochraum zu sein schien, denn es gab eine Anzahl sehr großer, strohgedeckter Betten und einfacher hölzerner Möbel, und unter einem sechseckigen Rauchloch unter der Decke eine offene Feuerstelle, in der im Moment allerdings keine Glut brannte. Die Tür nach draußen stand offen, und das Licht verriet Skar, daß es fast Mittag sein mußte. Er hatte länger geschlafen, als er angenommen hatte. Seltsam, daß er sich trotzdem noch immer müde und erschöpft fühlte.

Das Zimmer war nicht leer. Auf einem der Schemel hockte ein runzeliger Quorrl, der Titch und ihn stumm und mit dem leeren Blick eines uralten Greises ansah, und in einer Ecke neben der Tür spielten zwei Quorrl-Kinder mit buntbemalten Holzklötzchen. Der Greis reagierte nicht auf ihr Eintreten, aber die beiden Kinder sprangen hoch und eilten quietschend auf sie zu.

Skar wich unwillkürlich einen Schritt zrück, als die beiden häßlichen Kreaturen näher kamen. Er hatte niemals eine besondere Beziehung zu Kindern – gleich welcher Rasse – gehabt, aber diese beiden kleinen grünen Dinger mit ihren schlaffen Krötengesichtern und den übergroßen Händen und Füßen waren das mit Abstand Abstoßendste, was er seit langer Zeit gesehen hatte. Sie hatten keine Schuppen, wie Titch oder die anderen erwachsenen Quorrl, die Skar bisher gesehen hatte, sondern eine grüne, wabbelige Haut, die schleimig aussah und außerdem ein paar Nummern zu groß schien, so daß sie fast so runzelig wirkte wie die des alten Mannes auf dem Schemel. Ihre Gesichter waren so häßlich wie die von erwachsenen Quorrls, ohne jedoch die barbarische Kraft zu haben, die die Schuppenkrieger trotz allem stark und beeindruckend wirken ließ. Er mußte sich beherrschen, um nicht angeekelt das Gesicht zu verziehen, als sich einer der jungen Quorrl an Titch vorbeidrängte und neugierig die Hand nach ihm ausstreckte.

Titch verscheuchte ihn mit einer ärgerlichen Bemerkung, als hätte er Skars Gefühle erraten. Die kleine Kröte wich tatsächlich ein paar Schritte zurück, hörte aber nicht auf, Skar anzustarren, während das zweite Quorrl-Kind an Titchs Bein herumzerrte und dabei hohe, unangenehm quiekende Töne ausstieß.

Skar konnte sich gerade noch beherrschen, Titch nicht dankbar zuzunicken, als der Quorrl auch das zweite Kind wegjagte und ihn mit raschen Schritten zur Tür führte. Er fühlte sich nicht besonders wohl in seiner Haut; Titch mußte merken, welches Unbehagen ihm der Anblick der Jungen bereitete.

Aber der Quorrl verlor kein Wort darüber, sondern wartete stumm, bis Skar neben ihm auf den Hof hinausgetreten war. Dann deutete er nach rechts. »Cron erwartet uns. Du wirst mit ihm reden müssen.«

Skars Blick folgte der Geste des Quorrl. Das Haus, in dem er erwacht war, war nur eines von einer ganzen Anzahl, und nicht einmal das größte. Was Titch als *Gut* bezeichnet hatte, war beinahe schon eine kleine Stadt für sich, von einer doppelt mannshohen Palisadenwand umgeben und kaum weniger groß als das Dorf, in dem sie gewesen waren. Zur Linken erstreckte sich eine gewaltige, mehrfach unterteilte Koppel, in der sich im Moment nur ein knappes Dutzend Pferde aufhielten, die aber mit Leichtigkeit Hunderte von Tieren aufnehmen konnte, rechts und links davon lehnten sich große, aus Holz und Stein erbaute Gebäude an die Palisadenwand. Die Fenster waren allesamt klein und schießschartenähnlich, die Türen so massiv, wie er es auch schon im Dorf erlebt hatte. Die ganze Anlage machte auf ihn eher den Eindruck einer Festung als eines Gutshofes.

Auch das Gebäude, auf das sie nun zusteuerten, wirkte wie eine kleine Burg. Über seinem flachen, zwei Stockwerke über dem Boden befindlichen Dach reckte sich ein wuchtiger Turm mit steinernen Zinnen, und die Fenster waren so schmal, daß Skar kaum einen Arm hätte hindurchstrecken können. Der Anblick dieses Hofes – und jetzt, im nachhinein, auch der der Stadt, in die sie am ersten Morgen gekommen waren – wollte nicht so recht zu Titchs Worten passen, nach denen die Quorrl im Grunde ein friedliebendes Volk waren. Aber Skar verbiß sich auch diese Frage und beeilte sich, Titch zu folgen, der mit weit ausgreifenden Schritten den Hof überquerte. Erneut fiel Skar das dumpfe Grollen und Dröhnen auf, das er schon bei seinem Erwachen gehört hatte; ein Ton, der hier draußen lauter und deutlicher war, den er aber noch immer nicht richtig einordnen konnte. Es klang wie ferner Donner, zugleich aber auch ganz anders, das Geräusch eines Erdbebens, das Dröhnen eines Wasserfalles, von allem etwas und nichts. Er hätte Titch gerne danach gefragt, aber der Quorrl ging so schnell, daß er Mühe hatte, überhaupt mit ihm Schritt zu halten.

Der Eindruck, sich in einer Festung zu befinden, verstärkte sich noch, kaum daß sie das Hauptgebäude betreten hatten. Hinter der Tür – die aus zollstarkem, eisenhartem Holz bestand und zusätzlich mit breiten Streifen aus Metall verstärkt war – befand sich nur ein winziger Raum mit einer zweiten Tür aus daumendicken Eisenstäben, die zwar nicht verschlossen war, aber ganz den Eindruck machte, als müßte selbst einer von Anschis Drachen Mühe haben, sie aufzubrechen. Jedem anderen wäre diese Tür nur sonderbar vorgekommen, aber Skar sah sie mit den Augen eines Kriegers, und er brauchte nur eine halbe Sekunde, um zu begreifen, was diese Kammer *wirklich* war: eine tödliche Falle für jeden, der die Außentür mit Gewalt aufbrechen würde. Die Decke war niedrig, zumindest für Quorrl-Maßstäbe, und wies eine Anzahl kleiner, runder Löcher auf, über deren Bewandtnis Skar ganz bestimmte Vorstellungen hatte. Dieses Haus *war* eine Festung. Eine, die selbst Skar sich anzugreifen zweimal überlegt hätte. Mindestens.

»Wer ist dieser Cron?« fragte er, während er Titch durch den schmalen Korridor folgte, der sich der Kammer anschloß.

»Der Besitzer dieses Gutes«, antwortete Titch.

»Das meine ich nicht. Ist er ein Freund von dir?«

»Ein Freund?« Titch sprach das Wort auf eine Art aus, die Skar alarmiert zu ihm aufblicken ließ. »Vielleicht«, sagte er nach einer Weile.

»Vielleicht?«

»Jedenfalls hat er uns Unterschlupf gewährt und nicht sofort umgebracht.«

»Oder ausgeliefert«, fügte Skar hinzu. »Wir bringen ihn in Gefahr, dadurch, daß wir hier sind, nicht wahr?«

Titch zuckte mit den Schultern, blieb stehen und stieß mit der linken Hand eine Tür auf, die Skar nicht einmal bemerkt hatte. Das Licht hier drinnen war sehr schwach. Er merkte sich die Frage für später – er hatte nicht vor, Titch die Antwort zu schenken – und trat hinter dem Quorrl durch die Tür.

Cron saß auf einem Stuhl, der selbst für die Maßstäbe seines Volkes geradezu gigantisch war – aber er brauchte ihn auch. Er war der mit Abstand größte Quorrl, dem Skar jemals begegnet war. Selbst sitzend war er fast so groß wie Titch, der auch für einen Quorrl *groß* war. Im Stehen mußte er ihn um zwei Hauptesslängen überragen. Seine Schultern waren geradezu lächerlich breit, und seine Pranken schienen groß genug, den Brustkorb eines normal gewachsenen Menschen zu umspannen – jede für sich. Sein Gesicht war breit, brutal, selbst für einen Quorrl, und von einer breiten, gezackten Narbe verunstaltet, beinahe wie das Skars, nur daß das Schicksal mit Cron nicht ganz so gütig umgesprungen war wie mit Skar: die Narbe verlief über sein Kinn, spaltete seinen Mund und schickte einen gezackten Ausläufer durch den braunen Krater, der einmal sein linkes Auge gewesen sein mußte. Es sah aus, als hätte jemand versucht, sein Gesicht mit einer Axt zu spalten.

»Erschreckt dich, was du siehst?«

Crons Stimme war schrill, ein hysterisches Altmännerkeifen, das ganz und gar nicht zu seiner äußeren Erscheinung paßte, aber Skar begriff auch fast im gleichen Moment, daß es nicht seine wirkliche Stimme war: Die Narbe zog sich weiter über Crons Hals und verschwand im Kragen seines bestickten Gewandes. Wahrscheinlich waren auch seine Stimmbänder verletzt worden.

»Nein«, antwortete er ruhig. »Ich frage mich, wer das getan hat. Und vor allem, womit.«

»Ein Mensch«, antwortete Cron. »Aber keine Sorge. Es ist lange her. Er hat bezahlt. Du bist Skar?«

»Falls du nicht noch mehr verletzte Satai aufgenommen hast, ja«, antwortete Skar lächelnd.

Er registrierte Titchs warnenden Blick zu spät. In Crons einzigem Auge blitzte es wütend auf, und seine gewaltigen Pranken zuckten, fast als wolle er Skar packen und mit einer einzigen ärgerlichen Bewegung zermalmen. Er beherrschte sich, aber Skar mahnte sich innerlich zur Vorsicht. Cron schien nicht über viel Humor zu verfügen.

»Ich bin Skar, ja«, fügte er rasch hinzu. »Und du mußt Cron sein.«

»Ja. Du hast von mir gehört?«

Skar schüttelte den Kopf.

»Ich habe ihn sofort zu Euch gebracht«, sagte Titch. »Wie Ihr befohlen habt.«

*Befohlen?* Skar mußte sich beherrschen, um den Quorrl nicht abermals erstaunt anzublicken. Er hatte bisher geglaubt, daß es niemanden gab, von dem Titch *Befehle* entgegennahm. Wer immer dieser Cron war, er mußte über erstaunliche Macht verfügen.

»Was wollt ihr hier?« fragte Cron.

Skar verstand den Sinn der Frage nicht sofort. Hilfesuchend sah er Titch an, aber der Quorrl wich seinem Blick aus.

»Ich ... ich begreife nicht ganz, was Ihr meint, Cron«, sagte er vorsichtig. »Titch brachte mich her, weil ich verletzt wurde, und –«

»Das meine ich nicht.« Crons Zeigefinger – der fast so dick wie Skars Handgelenk war – stocherte drohend nach seinem

Gesicht. »Das Menschenmädchen und du – was wollt ihr in unserem Land? Hat euch niemand gesagt, daß es für Menschen verboten ist, hierher zu kommen?«

»Doch.« Skar sah wieder zu Titch auf, aber der Quorrl wich ihm noch immer aus. Aus welchem Grund auch immer – von Titch hatte er keinerlei Hilfe zu erwarten. Er beschloß, das einzige zu tun, was ihm vernünftig erschien, und so nahe an der Wahrheit zu bleiben, wie nötig. »Aber ich hatte keine große Wahl.«

»Als hier zu sterben?« Cron lachte. »Du weißt nicht, wovon du sprichst, Satai. Wenn du der Tempelgarde in die Fänge gerätst, wirst du dir wünschen, nie geboren zu sein.«

»Möglich«, antwortete Skar achselzuckend. »Aber ich hatte nicht vor, mich fangen zu lassen. Und was ich zu tun habe, ist wichtiger als mein Leben.«

»Papperlapapp!« Cron machte ein unflätiges Geräusch. »Nichts ist wichtiger als das Leben, Satai. Wenn du stirbst, dann kann auch die Welt zum Teufel gehen, denn du hast nicht mehr viel davon, wenn sie sich weiterdreht. Was ist es, was du so Wichtiges in Cant zu erledigen hast?« Er kicherte. »Die Welt retten?«

»Genau das«, antwortete Skar.

Er konnte regelrecht sehen, wie dem Quorrl das Lachen im Halse stecken blieb. Drei, vier Sekunden lang starrte er Skar irritiert an, dann wandte er sich mit einem Ruck an Titch und kreischte ein paar Worte mit seiner unangenehm fistelnden Stimme, die Skar nicht verstand. Titch antwortete sehr ruhig, aber auch in sehr bestimmten Ton darauf, und etwas Neues, für Skar nicht genau zu Deutendes trat in Crons Blick, als er sich wieder an ihn wandte.

»Du willst also ins Land der Toten, wie Titch erzählt hat«, sagte er. »Was willst du dort, außer selbst zu einem Toten werden?«

Plötzlich wurde Skar zornig. Er hatte das Gefühl, eine Farce zu erleben, in der nicht nur Cron, sondern auch Titch mitspielte. Und er war einfach zu müde, um Zeit damit zu verschwenden. »Verdammt, was soll das?« schnappte er. »Wenn Titch dir schon alles erzählt hat, was soll dann dieses Verhör? Er hat dir die Wahrheit gesagt, und du wirst auch von mir nichts anderes hören!«

»Vielleicht will ich ja belogen werden«, antwortete Cron. »Vielleicht gefällt mir ja die Wahrheit nicht. Wer weiß – vielleicht gehöre ich zu denen, die nicht begeistert von der Vorstellung sind, einem Menschen dabei zu helfen, unsere Heiligtümer zu entweihen.« Er beugte sich in seinem Sessel vor, einer lebenden Lawine aus Fleisch und Panzerplatten gleich, die Skar einfach zermalmen mußte, wenn sie sich auch noch eine Winzigkeit weiter bewegte. »Vielleicht sollte ich euch der Tempelgarde übergeben, oder besser noch, den Bastarden.«

»Bring uns einfach zu ihnen«, mischte sich Titch ein. »Mehr verlange ich nicht.«

Crons Kopf ruckte herum. »Du *verlangst*?« wiederholte er. »Was *verlangst* du, General? Du hast nichts mehr zu *verlangen*.«

»Cron, bitte«, sagte Titch. »Wir beide sind immer gut miteinander ausgekommen, und –«

»O ja«, unterbrach ihn Cron, in höhnischem, bewußt überheblichem Ton. »Du bist hierhergekommen, mit deinen Kriegern und deinen Waffen, und du hast mir erlaubt, gut mit dir auszukommen. Du hast meine Frauen genommen, meinen Wein und mein Vieh, und du hast mir großzügig erlaubt, mich dafür zu bedanken. Dafür schulde ich dir einiges, du hast recht.«

»Wenn du so denkst, hättest du uns gleich umbringen sollen.«

»Wer sagt, daß ich das nicht noch tue?« gab Cron unbeeindruckt zurück. Titch wollte antworten, aber Cron schnitt ihm mit einer unwilligen Geste das Wort ab und drehte sich wieder zu Skar herum. »Man sucht euch, Satai«, sagte er. »Dich, das Menschenmädchen und diesen *Krieger* –« Er deutete auf Titch. »– hier. Auf eure Köpfe steht eine Belohnung. Was sollte mich davon abhalten, sie zu verdienen? Ganz zu schweigen von der Tatsache, daß ich mein Leben riskiere, wenn ich euch nicht ausliefere.«

»Vielleicht die Tatsache, daß wir alle in Gefahr sind«, antwortete Skar. »Nicht nur du und ich, sondern mein Volk und deines. Alle Völker Enwors.«

»Mehr nicht?« sagte Cron spöttisch.

»Vielleicht schon«, antwortete Skar. Er dachte an den gehörnten Flammendämon, den er in den Kellern des flüsternden Turmes gesehen hatte, und die unglaubliche Bosheit und Kraft, die das *Ding* verströmt hatte, und plötzlich war er gar nicht mehr so sicher, daß ihm *eine* Welt genügen würde. Vielleicht würde er weitermachen, wenn er Enwor erobert hatte, eine weitere Welt, und noch eine und noch eine, bis das ganze Universum ihm gehörte und sich in einen finsteren Pfuhl verwandelt hatte.

Etwas von seinen Gefühlen mußte deutlich in seinen Worten mitgeklungen sein, denn Cron schwieg eine ganze Weile und sah ihn nur an, und auch wenn es schwer war, im Gesicht eines Quorrl zu lesen, so registrierte Skar doch die plötzliche Verunsicherung des Schuppenwesens.

»Große Worte, Satai«, sagte er schließlich. »Aber man hat mich gewarnt, daß du es verstehst, mit Worten umzugehen. Ich werde darüber nachdenken. Und darüber, was mit euch geschieht.«

»Wir haben nicht sehr viel Zeit«, sagte Skar.

Cron winkte ab. »Ihr habt so viel Zeit, wie *ich* bestimme«, sagte er. »Jetzt geht. Ich lasse dich rufen, wenn ich entschieden habe.«

Skar wollte noch etwas sagen, aber in diesem Moment fing er einen warnenden Blick Titchs auf, und als er in Crons vernarbtes Gesicht blickte, begriff er, daß es wirklich besser war, zu schweigen. Er verstand wenig von dem, was er in den letzten Minuten gehört und erlebt hatte, aber begriff immerhin, daß Cron kein Mann war, mit dem er *diskutieren* konnte. Auf diesem Hof mußte er ein unumschränkter Herrscher sein, jemand, der es nicht gewohnt war, daß man ihm widersprach, und der seine Macht genoß. Skar war Männern wie ihm oft genug begegnet, um zu wissen, wie gefährlich diese Kombination sein konnte.

Ohne ein weiteres Wort verließen sie das Zimmer und das Haus. Erst draußen auf dem Hof blieb Skar wieder stehen und wandte sich mit einer fragenden Geste an Titch. »Was, zum Teufel, war das?« fragte er.

»Cron«, antwortete Titch achselzuckend, und in einer Art, als wäre dies allein Antwort genug. »Cron ist . . . nun, Cron eben.«

»Eine erschöpfende Auskunft«, sagte Skar spöttisch. »Und *was* ist er – außer einem größenwahnsinnigen alten Narren?«

»Unterschätze ihn nicht«, sagte Titch. Er ging weiter, und Skar folgte ihm. »Er gefällt sich darin, den Choleriker und Dummkopf zu spielen, aber das ist er nicht. Wenn uns jemand helfen kann, dann er.«

»Wobei helfen?«

Titch machte eine Kopfbewegung nach Norden. »Du willst nach Ninga, oder?«

»Nein«, antwortete Skar ärgerlich. »*Du* willst dorthin.«

Titch überging die Bemerkung. »Es gibt keinen Weg für uns, den Sturz allein zu erreichen«, fuhr er fort. »Ich dachte, wir könnten es schaffen, aber es ist unmöglich. Das ganze Land ist in Aufruhr. Überall sind Krieger. Sie bewachen jede Straße. Und es führt nur ein Weg zum Sturz. Du hast gehört, was Cron erzählt hat: Sie wissen, daß wir kommen, und sie suchen uns.«

»Wieso?« fragte Skar. »Ich habe es niemandem erzählt.«

»Ennart wußte es«, sagte Titch seufzend. »Und wenn nicht er, so haben sie es auf andere Weise erfahren. Es spielt keine Rolle, wie. Sie wissen es, und das zwingt uns, unsere Pläne zu ändern.«

*Unsere Pläne?* dachte Skar matt. Er widersprach nicht, aber Titchs Worte führten ihm deutlicher denn je vor Augen, wie wenig *er* noch Einfluß auf sein eigenes Schicksal nehmen konnte. Es waren längst Titch – und selbst Kiina! – geworden, die die Entscheidungen fällten, die Dinge taten und Entwicklungen in die Wege leiteten, auf die er nur noch reagierte. Stärker als je zuvor hatte er das Gefühl, daß ihm sein Leben aus den Fingern glitt. Es hatte eine Zeit gegeben, da war er es gewesen, der sein Schicksal bestimmte, er ganz allein. Aber sie war lange her.

Bitterkeit überkam ihn. Er sagte nichts mehr, während sie über den Hof zurück zu dem Gebäude gingen, in dem er aufgewacht war, aber als Titch eine auffordernde Geste zur Tür machte, schüttelte er nur den Kopf und ließ sich mit angezogenen Knien auf die flache Treppe vor dem Haus sinken. Er wollte noch nicht hineingehen.

Titch schien nichts dagegen zu haben, aber er bedeutete ihm mit Gesten, ein wenig zur Seite zu rücken, wohl, damit er nicht einfach über den Haufen gerannt wurde, wenn jemand das Haus verließ, und Skar gehorchte. Eine Weile blieb der Quorrl einfach stehen, dann setzte er sich in der gleichen Haltung wie Skar auf die Treppe und starrte ins Leere. Skar spürte, daß da etwas war, was Titch wissen wollte, eine Frage, die ihm nicht erst seit ein paar Sekunden, sondern schon lange auf der Seele lag, und er glaubte sogar zu wissen, wie sie lautete. Aber der Quorrl schwieg, und nach einer Weile stand Skar wortlos auf und kehrte freiwillig in sein Gefängnis zurück.

Er verließ den winzigen Raum während der nächsten drei Tage nicht, und er bekam auch Titch und Kiina während dieser Zeit nicht zu Gesicht. Die nächsten achtundvierzig Stunden verbrachte er im Grunde mit nichts anderem als den zwei Tätigkeiten, in denen er in den letzten Wochen eine gewisse Übung erlangt hatte: Schmerzen und Fieber erleiden und gefangensein. Und langen, wenn auch manchmal recht mühsamen Gesprächen mit Scrat.

Die alte Quorrl erwies sich als überraschend redselig, aber auch fast ebenso neugierig. Für jede Frage, die er stellte, mußte er drei beantworten, und Scrats Wissensdurst schien unstillbar. Sie wollte alles über die Welt wissen, aus der er kam, und die

Menschen, die in ihr lebten: Was sie taten, wie und warum. Es gab keine Antwort, mit der sie wirklich zufrieden gewesen wäre. Auf der anderen Seite erfuhr Skar eine Menge über Cron und das Leben auf seinem Gut. Nach seinem eigenen ersten Eindruck war er überrascht, welch hohe Meinung Scrat von diesem riesigen Quorrl hatte. Was er nicht erfuhr, war, was in Cant vor sich ging. Nicht, weil Scrat es ihm nicht sagen wollte, sondern weil sie es einfach nicht wußte. Wie es aussah, hatte mit Ausnahme Crons selbst und einer Handvoll seiner engsten Vertrauten niemand auf diesem Gut jemals eine Reise unternommen, die weiter als zehn Meilen gewesen wäre.

Erst am Morgen des dritten Tages sah er Titch wieder. Er schlief noch, und vor dem Schießscharten-Fenster war noch Nacht, als der Quorrl lautstark in sein Zimmer gepoltert kam und ihn wenig sanft an der Schulter rüttelte, bis er müde und widerwillig die Augen öffnete.

»Was...?!«

»Steh auf«, sagte Titch. »Rasch. Und nimm alles mit.«

In seiner Stimme war ein fast panischer Unterton, der Skar schlagartig vollends wach werden ließ. Ohne Zeit mit einer Frage zu verschwenden, stand er auf, sammelte seine Kleider ein und sah sich noch einmal aufmerksam um, ob er nichts vergessen hatte. Titch wartete reglos unter der Tür, aber es fiel ihm schwer, zu verbergen, wie ungeduldig er war. Etwas war passiert, dachte Skar. Der Quorrl hatte Angst.

Sie verließen die Hütte und überquerten den Hof, steuerten jedoch diesmal nicht Crons Wohnhaus an, sondern gingen in die entgegengesetzte Richtung, zu einem großen, würfelförmigen Gebäude, das als einziges hier auf dem Hof ganz aus Stein erbaut war und keine Fenster hatte. Auf halbem Wege begegnete ihnen eine Gruppe Quorrl, mit denen Titch einige hastige Worte in seiner Muttersprache wechselte. Skar verstand sie nicht, aber die Betonung und die raschen, nervösen Gesten, mit denen Titch sprach, verrieten ihm ihren Sinn sehr deutlich. »Krieger?« fragte er einfach, als sie weitergingen.

Titch warf einen hastigen Blick nach Norden, ehe er antwortete. »Ja. Aber sie kommen nicht unseretwegen.«

»Warum verstecken wir uns dann?«

Titch starrte ihn finster an. Seine Antwort bestand nur darin, daß er schneller ging, nicht aus einer Erklärung. Sie erreichten den würfelförmigen Bau. Titch hämmerte mehrmals lautstark mit der Faust gegen die Tür, und Skar konnte hören, wie drinnen ein schwerer Riegel zurückgezogen wurde. Metall klirrte, dann öffnete sich in der Tür ein schmaler Spalt aus gelbem Fackellicht, in dem die Silhouette eines riesenhaften Quorrl erschien. Skar wußte, daß sie Cron gegenüberstanden, obwohl er sein Gesicht nicht erkennen konnte, denn vor dem hellerleuchteten Hintergrund der Tür blieb der Quorrl ein flacher finsterer Schatten.

Dicht hinter Titch huschte er ins Haus und blieb wieder stehen, während Cron die Tür schloß und sorgsam den Riegel vorlegte. Neugierig sah er sich um. Der Raum war groß – allerdings nicht so groß, daß er die ganze Breite des Gebäudes eingenommen hätte – und fensterlos. Auf dem Boden lag schmutziges Stroh, und es stank fürchterlich nach Fäulnis und Exkrementen. Aber es war kein Quorrl-Geruch ...

Cron sagte ein einzelnes, herrisch klingendes Wort zu Titch und wandte sich um. Skar wollte ihm ganz instinktiv folgen, aber Titch hielt ihn mit einer groben Geste zurück. »Einen Augenblick, Satai.«

Skar sah den Quorrl verwirrt – aber auch ein bißchen alarmiert – an. Es kam selten vor, daß Titch ihn *Satai* nannte, und noch seltener war es etwas Angenehmes, was ihn zu dieser Wortwahl bewog.

Titchs Hand machte eine wedelnde Geste in die Richtung, in der Cron verschwunden war. »Du wirst etwas sehen, was kein Mensch sehen darf«, sagte er. »Ich weiß nicht, warum Cron es tut. Vielleicht hat er vor, dich zu töten, hinterher. Vielleicht glaubt er uns auch, aber es spielt keine Rolle.«

»Worauf willst du hinaus?« fragte Skar.

»Es wird dein Geheimnis bleiben«, fuhr Titch unbeirrt fort. »Wenn du von dem, was du hier erlebst, auch nur ein Wort verrätst, werde ich dich töten.«

»Ich werde schweigen«, antwortete Skar. »Egal, was es ist.«

»Dein Wort«, verlangte Titch.

»Mein Wort als Satai – oder dein Freund?«

»Dein Wort«, beharrte Titch. »Ich will dich nicht töten müssen, aber ich werde es tun, wenn du mich dazu zwingst. Du kennst schon zu viele Geheimnisse unseres Volkes.«

Skar antwortete nicht mehr, aber Titch wertete sein Schweigen als das, was es war. Fünf, zehn endlose schwere Herzschläge lang starrte er Skar durchdringend an, dann drehte er sich mit einem Ruck um und ging in die gleiche Richtung, in der Cron verschwunden war.

Erst, als sie den Raum zur Hälfte durchquert hatten, gewahrte Skar die schmale Tür, die sich in seiner Rückwand befand. Sie war so niedrig, daß selbst er sich bücken mußte, um nicht mit dem Kopf gegen den wuchtigen Sturz aus Felsgestein zu stoßen; Titch – oder gar Cron – mußten mehr hindurch*kriechen*, als sie gingen. Eine schmale, in engen Kehren in die Tiefe führende Treppe schloß sich an, die Titch vorsichtig hinunterbalancierte, wobei er beide Hände ausstreckte, um sich rechts und links an der Wand abzustützen. Der Gestank wurde stärker. Skar glaubte ein dumpfes Stöhnen zu hören, und das Klirren von Metall.

»Was ist das hier?« fragte er. Titch schwieg, aber es war auch eigentlich gar nicht nötig, daß er antwortete. Skar war oft genug in Gefängnissen und Kerkern gewesen, mal als Wärter, mal als Gefangener, um zu wissen, was ihn erwartete.

Und trotzdem schrie er überrascht auf, als er hinter Titch das Ende der Treppe erreichte und stehenblieb, denn *das* hatte er nicht erwartet:

Der Raum lag unter der Erde, wie zwei winzige, hoch unter der Decke angebrachte Fenster verrieten, und wurde von einem deckenhohen Gitter in zwei ungleiche Teile zerschnitten, einen, in dem sich Skar, Titch und auch Cron aufhielten, und einen anderen, größeren, in dem sich gut zwei Dutzend zerlumpter, schmutzstarrender Gestalten drängelten.

*Menschliche* Gestalten.

»Nein«, stammelte Skar. »Das ist –«

»*Schweig!*« Crons Brüllen ließ die Gefangenen auf der anderen Seite des Gitters abrupt verstummen. Skar schwieg tatsächlich, aber es war nicht die Reaktion auf Crons Befehl – den hörte er eigentlich gar nicht. Es war das Entsetzen, über das, was er *sah*.

Viele der Männer und Frauen waren schwer verletzt, und es war keiner unter ihnen, der nicht über und über mit schwärenden Wunden und Schorf bedeckt wäre. Skar sah die Spuren von Peitschenhieben und anderen Mißhandlungen, und einige der Gefangenen waren mit daumendicken Ketten an den Boden oder das Gitter gefesselt. Der Gestank war unerträglich, und nach einigen Augenblicken setzte das Stöhnen und Wehklagen wieder ein, das er oben auf der Treppe gehört hatte.

»Erschreckt dich, was du siehst?« Cron kicherte böse. »Das sollte es. Vergiß es nie, Satai, denn wenn du auch nur ein Wort davon verlauten läßt, dann teilst du ihr Schicksal.«

Skar ignorierte ihn einfach. Jetzt, als Cron vor ihm stand, sah er erst, wie groß der Quorrl *wirklich* war, ein Gigant von sicherlich achteinhalb Fuß, größer noch als Ennart, neben dem er sich wie ein Zwerg vorgekommen war. Aber er spürte keine Furcht. Nur Entsetzen über den schrecklichen Anblick, und das, was er bedeutete.

Cron blickte noch einen Moment böse grinsend auf ihn herab, dann klaubte er einen gewaltigen Schlüssel von seinem Gürtel und öffnete das Schloß in der Gittertür. Die Gefangenen begannen zu wimmern. Die, die sich bewegen konnten, wichen so weit von der Tür zurück, wie es der beengte Raum möglich machte, und die anderen begannen an ihren Ketten zu zerren.

Es dauerte einen Moment, bis Skar begriff, was Crons Tun

bedeutete. Entsetzt und ungläubig zugleich starrte er Titch an. »Ich soll . . . dort hinein?« stammelte er.

»Nicht für lange, Skar«, sagte Titch hastig. »Aber es muß sein.«

»Niemals«, sagte Skar.

Cron lachte böse. »Es liegt bei dir, ob du freiwillig zu deinen Brüdern gehst oder nicht«, sagte er. »Gehen wirst du. Aber du solltest daran denken, daß es bei *mir* liegt, ob ich dich wieder herauslasse oder nicht.«

Die Drohung in seinen Worten war nicht zu überhören. Skar machte einen Schritt, blieb noch einmal stehen und sah zu Titch hoch. Der Quorrl wich seinem Blick aus.

»Bitte, Skar«, sagte er. »Sie werden gleich hier sein. Wenn sie dich irgendwo anders als *hier unten* finden, dann sterben wir alle.«

»Meint ihr nicht, daß sie hier ganz besonders aufmerksam nachsehen werden?« fragte Skar.

»Sicher«, antwortete Cron. »Aber sie suchen nach einem Satai, der den Göttern den Krieg erklärt hat. Nicht nach einem verkrüppelten Mann, der kaum genug Kraft hat zu stehen. Geh!«

Er unterstrich das letzte Wort mit einer herrischen, befehlenden Geste, und Skar trat widerstrebend durch die Gittertür. Cron verriegelte das Schloß hinter ihm wieder und wandte sich ohne ein weiteres Wort zum Gehen, aber Titch blieb noch einen Moment da. Auch er schwieg, aber in seinem Blick war etwas, was Skar schaudern ließ; ein stummes Flehen um Vergebung, als wäre das, was er hier sah, noch nicht einmal das Schlimmste. Drei, vier Sekunden lang blickten sie einander nur an, dann fuhr der Quorrl herum und rannte aus dem Keller.

Widerstrebend drehte sich Skar wieder herum und blickte in die Reihe ausgezehrter, schmutziger Gesichter, die ihm entgegenstarrte. Der Anblick erfüllte ihn mit Grauen, zugleich aber auch mit Ekel und Abscheu, obwohl es Männer und Frauen *seines* Volkes waren, denen er gegenüberstand. Der Gestank war ekelerregend. Auf dem Boden lag verfaultes Stroh, dazwischen Kot und Unrat. Ihm wurde übel. Er machte einen Schritt, blieb wieder stehen und sah sich hilflos um.

»Wer ... wer seid ihr?« fragte er. »Wie kommt ihr hierher, und wie —«

»Gib dir keine Mühe, Skar«, sagte eine Stimme neben ihm. »Sie können dir nicht antworten.«

Eine eisige Hand schien nach Skars Herzen zu greifen. Er fuhr herum, riß erschrocken die Augen auf und unterdrückte nur noch im letzten Moment einen Schrei, als er erkannte, wer da zu ihm gesprochen hatte.

*»Kiina!«*

Das Mädchen war so schmutzig und heruntergekommen wie die anderen Gefangenen, und es hockte mit angezogenen Knien in der äußersten Ecke des Verließes, so daß er es bisher nicht einmal gesehen hatte. Kiina blickte ihn an, aber sie machte keine Anstalten, aufzustehen und zu ihm zu kommen. Als er zu ihr ging, sah er, daß sie gefesselt war: ein daumenbreiter Metallring spannte sich um ihr rechtes Fußgelenk, der mit einer Kette an der Wand befestigt war.

Eine Hand griff nach ihm, als er sich auf Kiina zubewegte. Instinktiv schüttelte Skar sie ab und fuhr herum, als andere Finger sich in sein Haar zu krallen versuchten. Ein schmutziges, vom Wahnsinn gezeichnetes Gesicht tauchte vor ihm auf, Finger tasteten nach seinen Augen. Skar schlug sie beiseite und wich einen Schritt zurück, aber der Mann folgte ihm, die Hände wie Krallen nach seinem Gesicht ausgestreckt und kleine, quietschende Töne ausstoßend. Speichel lief über sein Kinn und zeichnete glitzernde Spuren in den eingetrockneten Schmutz darauf.

»Verschwinde«, sagte Skar. »Laß mich in Ruhe!«

Der Mann schien seine Worte nicht zu verstehen. Er kam weiter näher und versuchte abermals, Skars Gesicht zu berühren. Skar packte ihn, versetzte ihm einen Stoß, der ihn rückwärts taumeln und zusammen mit drei oder vier weiteren Gefangenen zu Boden fallen ließ, aber sofort waren andere heran, fünf, sechs, sieben Männer und Frauen, die in eindeutig drohender Haltung auf ihn zutraten. Aus dem Chor wimmernder Stimmen war ein drohender Singsang geworden. Und plötzlich bekam Skar Angst.

»Verschwindet«, sagte er drohend. »Kommt nicht näher.«

Niemand reagierte auf seine Worte. Skar wich einen weiteren Schritt zurück, spürte, daß er fast an der Wand angelangt war und spreizte die Beine. Drohend hob er die Arme und ballte die rechte Hand zur Faust.

Als der erste Mann heranstürmte, empfing ihn Skar mit einem Fußtritt in den Leib, der ihn mit einem gurgelnden Laut zusammenbrechen ließ. Einen zweiten ließ er einfach an sich vorbeistürmen und stellte ihm ein Bein, so daß er wuchtig gegen die Wand fiel und wimmernd liegenblieb. Und noch ehe die anderen Zeit fanden, sich zu so etwas wie einem koordinierten Angriff zu formieren, sprang Skar seinerseits auf sie zu. Er schlug einen Mann mit dem Ellbogen nieder, rammte einem zweiten das Knie in den Leib und ließ einen dritten Angreifer, der sich von hinten auf ihn zu werfen versuchte, wie ein lebendes Geschoß über seinen Rücken fliegen.

Skar war sich darüber im klaren, daß er keine sehr guten Aussichten hatte, diesen Kampf zu gewinnen. Er war stärker als sie, besser in Form und vor allem ein Kämpfer, kein halb verhungerter Mann, den Krankheit und Schmerz halb wahnsinnig gemacht hatte, aber sie waren *viele*. Zu viele für ihn. Wenn er diesen ungleichen Kampf gewinnen wollte, dann *schnell*.

Er täuschte einen Schritt zur Seite, wartete eine Zehntelsekunde, bis gleich drei der Angreifer seine Bewegung nachzuvollziehen versuchten, und drehte sich blitzschnell um seine Achse. Sein Fuß kam hoch und landete mit der ganzen furchtbaren Wucht der Drehung im Gesicht eines der Gefangenen. Skar hörte Knochen brechen. Der Mann fiel kreischend auf die Knie, verbarg das Gesicht in beiden Händen und spie Blut und Zähne auf den Boden. Skar sprang vor, stieß ihn mit dem Ellbogen vollends nieder und schlug einen zweiten Mann nieder, der ihn zu umgehen versuchte.

Aus den Augenwinkeln sah er einen Schatten auf sich zurasen. Instinktiv riß er den Arm hoch, blockte den Hieb mit dem Unterarm ab und schlug schnell und hart zurück.

Im nächsten Momemt fiel er auf die Knie und krümmte sich selbst vor Schmerz. Er hatte mit der Linken zugeschlagen, blitzschnell und ganz instinktiv, wie er es seit Jahrzehnten gewöhnt war, aber er *hatte* keine linke Hand mehr, sondern nur noch einen pochenden, kaum verheilten Stumpf, der auf die grobe Behandlung mit unerträglichen Schmerzen reagierte.

Skar schrie. Es war so schlimm, daß er fast das Bewußtsein verloren hätte und sich nur noch mit Mühe aufrecht hielt. Schatten umgaben ihn. Das Johlen der Menge wurde triumphierend. Finger krallten sich in sein Haar und rissen seinen Kopf zurück, und eine Handkante landete in einer ungeschickten Imitation seines eigenen Hiebes an seiner Kehle; sehr hart, aber schlecht gezielt. Der Schlag zerquetschte seinen Kehlkopf nicht, sondern sandte nur einen neuen Schauer schier unerträglicher Schmerzen durch seinen Hals. Er keuchte, riß sich mit aller Kraft los und taumelte irgendwie auf die Füße.

Er kämpfte wie ein Berserker. Es waren keine Satai-Techniken mehr, die er anwandte: er hieb und drosch und trat einfach wild um sich, halb wahnsinnig vor Schmerz und Angst, in einem Zustand dicht an der Grenze zur Bewußtlosigkeit, der ihn die Hiebe, die unentwegt auf ihn herunterprasselten, kaum mehr spüren ließ.

Und plötzlich war es vorbei. So schnell, wie sich die Gefangenen auf ihn gestürzt hatten, wichen sie wieder vor ihm zurück. In den weit aufgerissenen Augen des halben Dutzends Jammergestalten war nur noch Angst. Zwei Männer lagen reglos am Boden, zwei weitere krochen wimmernd und blutend davon. Skar hob die Arme.

»Nicht, Skar«, sagte Kiina. »Sie haben nur Angst. Laß sie.«

Und für Bruchteile von Sekunden war die Wut wieder da, der alte, unbezwingbare Wille zu töten, nur daß er diesmal nicht von außen auf ihn einströmte, sondern aus einem Bereich tief im Grunde seiner Seele kam, das Flüstern seines Dunklen Bruders, der nach Blut verlangte. Und er war stark. Stärker als je zuvor.

»Skar – nicht!«

Er machte einen weiteren Schritt, blieb stehen und drehte sich schwer atmend zu Kiina um, sah sie aber nur eine Sekunde lang an, ehe er seine Aufmerksamkeit wieder den Männern zuwandte. Sie waren weiter vor ihm zurückgewichen, und in ihren Augen stand jetzt der gleiche Ausdruck wie vorhin, als sie Cron gesehen hatten. Sie *hatten* Angst. Aber das bedeutete nicht, daß sie sich nicht sofort wieder auf ihn stürzen würden, wenn er auch nur eine Sekunde unaufmerksam war.

Sehr langsam, und ohne die Gefangenen dabei völlig aus dem Auge zu lassen, ließ er sich neben Kiina in die Hocke sinken und sah sie an.

»Großer Gott, Kind, was ist passiert?« fragte er. Er keuchte. Alles drehte sich um ihn. Sein Herz hämmerte schnell und schmerzhaft, und sein Arm tat unerträglich weh. Der frische Verband, den Scrat am vergangenen Abend angelegt hatte, begann sich rot zu färben. »Wieso bist du hier? Was haben sie dir getan?«

»Getan?« Kiina versuchte zu lächeln, aber unter all dem Schmutz und eingetrockneten Blut auf ihrem Gesicht wurde es eher eine Grimasse. »Sie haben mir nichts getan, Skar.«

»Das sehe ich!« sagte Skar wütend. »Ich bringe Cron um, wenn ich ihn in die Finger bekomme, das schwöre ich. Und Titch gleich dazu!«

»Sie haben mir nichts getan«, beharrte Kiina. »Sie haben mich nur gebunden, um mich zu schützen.« Kiinas Finger wanderten an ihrem Bein herab und glitten über das rostige Eisen des Fußrings. Die Haut darunter war aufgescheuert und blutig, und dem Schorf nach zu schließen, mußten die Wunden – so weit sie nicht unentwegt wieder aufgerissen wurden –, mehrere Tage alt sein.

»Zu schützen?« wiederholte Skar ungläubig.

»Den Gefesselten tun sie nichts«, antwortete Kiina mit einer Geste auf die Gestalten hinter Skar. »Frag mich nicht, warum, aber es ist so. Niemand hat mich angerührt, seit ich hier bin.«

»Du warst ... die ganze Zeit über hier unten?«

Kiina nickte. »Vom ersten Moment an.«

»Ich bringe Titch um!« schwor Skar, und in diesem Moment meinte er es ganz genau so, wie er es sagte. »Dieses verdammte Ungeheuer!«

»Du tust ihm Unrecht«, sagte Kiina. »Es war nicht seine Schuld.«

Skar lachte schrill, aber Kiina schüttelte abermals und mit aller Überzeugung, die sie aufbringen konnte, den Kopf. »Dieses Monstrum Cron hat mich hier eingesperrt«, sagte sie. »Titch wollte es nicht, aber er hat ihm gar keine Wahl gelassen. Er hätte auch dich hierherbringen lassen, wenn Titch nicht sein Leben für dich verpfändet hätte.«

Skar schwieg verwirrt. Er verstand immer weniger, was hier vorging. Kiina hätte verzweifelt sein müssen, zumindest zornig, aber sie schien im Gegenteil fast *dankbar*. Einen Moment lang fragte er sich ernsthaft, ob er dabei war, den Verstand zu verlieren. Verstört sah er sich in der winzigen, mit Leibern vollgestopften Zelle um und versuchte vergeblich, die zerlumpten, stinkenden Gestalten als menschliche Wesen zu akzeptieren. Es gelang ihm nicht. Wenn diese Kreaturen jemals Menschen gewesen waren, dann hatte Cron ihnen alle Menschlichkeit schon vor langer Zeit genommen.

»Was ist das hier?« flüsterte er.

»Crons Sklaven«, antwortete Kiina. »Ich weiß nicht, wer sie sind und woher sie kommen.«

Skar zögerte. Sekundenlang hockte er einfach reglos da und starrte in die Reihe stummer Gesichter, die ihm voller Angst entgegenblickten, dann deutete er mit der gesunden Hand auf einen Mann, dessen Blick ihm nicht ganz so trüb und verwirrt erschien wie der der anderen.

»Du«, sagte er. »Wer bist du? Woher kommst du?«

»Er kann dir nicht antworten, Skar«, sagte Kiina noch einmal. »Ich weiß nicht einmal, ob er dich versteht. Aber selbst wenn, kann er nicht sprechen. Sie haben ihnen die Zungen herausgerissen.«

Seltsam – aber Skar erschrak nicht einmal besonders. Nach allem war auch diese weitere Grausamkeit nurmehr ein Tropfen in dem Ozean aus Entsetzen, in dem er zu ertrinken drohte. Er fragte sich, ob Titch wirklich glaubte, daß er sein Wort halten und nicht über *das hier* erzählen würde. Wenn ja, war er ein Narr.

»Warum hat er es mir nicht gesagt?« murmelte er. Die Frage galt viel mehr ihm selbst als Kiina, aber sie antwortete trotzdem.

»Titch?« Sie lachte leise. »Hättest *du* es ihm gesagt, wenn es umgekehrt gewesen wäre?«

»Daß wir Sklaven halten?« Skar zuckte bewußt gleichgültig mit den Achseln. »Und? Ich kenne einige Männer, die sich Quorrl als Arbeitssklaven …«

Er sprach nicht weiter, als er Kiinas Blick begegnete. Und er ahnte die Wahrheit, noch bevor das Mädchen sie aussprach. Im Innersten hatte er sie vom ersten Moment an geahnt. Keiner dieser Männer und Frauen war in der Verfassung, körperliche Arbeit zu leisten, nicht einmal die leichteste.

»Es sind keine Arbeitssklaven, Skar«, sagte Kiina ruhig. »Das hier ist Crons Vorratskammer.« Sie machte eine weit ausholende, zitternde Handbewegung. »Sie essen sie.«

Die Krieger kamen mit dem ersten Licht des neuen Tages. Die beiden winzigen Fenster unter der Decke wurden zu grauen rechteckigen Löchern in der Wand, als Skar den Hufschlag hörte, einen dumpfen, nur allmählich näherkommenden Klang, der aber von jenem machtvollen Dröhnen durchdrungen war, das das Nahen sehr vieler Reiter verriet. Er hätte viel darum gegeben, an der Wand hinaufklettern zu können, um die Ankunft der Krieger zu beobachten, aber nur mit einer Hand und schwach, wie er war, erwies sich das als unmöglich. Außerdem hatte er Titchs Warnung nicht vergessen. Seine Rolle als halb verhungerter Gefangener hätte enorm an Glaubwürdigkeit eingebüßt, hätte man ihn in drei Metern Höhe unter der Decke klebend vorgefunden.

Und er hatte auch gar nicht mehr die Energie dazu. Dieses Verlies und vor allem das, was es bedeutete, hatten ihn erschüttert. Kiinas Worte hatten ... alles zerstört. Er wußte nicht, ob er jemals wieder Vertrauen zu Titch würde haben können, ob er es jemals wieder über sich bringen würde, ihm in die Augen zu sehen. Er hatte versucht, den Quorrl zu hassen; zumindest Zorn auf ihn zu empfinden, aber nicht einmal das konnte er. Dabei waren es nicht einmal die bloßen Tatsachen selbst, die ihn so erschütterten. Kannibalismus war ihm nicht fremd; er war im Laufe seines Lebens auf mehr als ein Volk gestoßen, das Menschenfleisch aß, und unter ihnen waren auch *Menschen* gewesen. Was es so schlimm machte, was ihn nicht einfach nur erschütterte, sondern wirklich *weh* tat, war der Umstand, daß Titch es ihm nicht gesagt hatte.

Zumindest begriff er jetzt, warum die Quorrl auf Crons Hof so wenig Notiz von ihm genommen hatten. Der Anblick eines Menschen war nichts Besonderes für sie. Sein Geschmack wahrscheinlich auch nicht.

»Was sind das für Männer?« fragte Kiina, als der Hufschlag näher kam und den ganzen Hof über ihnen wie dröhnender Donner auszufüllen schien. Sie sah zum Fenster hoch. »Krieger, die uns suchen?«

Skar schüttelte langsam den Kopf. Er hatte über Titchs Worte nachgedacht, und trotz der Verbitterung, die er beim bloßen Gedanken an den Quorrl verspürte, glaubte er ihm. »Nein«, sagte er. »Jedenfalls nicht nur. Etwas geht hier vor.«

Kiina lachte rauh. »Was für eine tiefschürfende Erkenntnis, Satai.«

»Ich meine es ernst«, antwortete Skar. »Es ist nicht nur das hier. Irgend etwas ... geschieht in diesem Land. Etwas Entsetzliches.« Und es war längst nicht nur die Desertation von Titchs Kriegern. Er hatte dieses Land nie zuvor gesehen, bis vor wenigen Tagen nicht einmal seinen Namen gewußt, und doch spürte er, daß die furchtbare Veränderung, die von ganz Enwor Besitz ergriffen hatte, auch vor den Grenzen Cants nicht Halt gemacht hatte. Etwas geschah in diesem Land, und jede lebende Kreatur mußte es spüren.

»Titch hat Angst«, sagte Kiina leise. Skar sah sie fragend an. »Er hat Angst, seit wir Cant erreicht haben«, fügte sie hinzu.

»Hat er dir das gesagt?«

»Ich weiß es«, antwortete Kiina. »Ich spüre, wenn jemand Angst hat. Du hast auch Angst. Aber aus anderen Gründen als Titch.«

Skar antwortete nicht darauf. Sie hatten überhaupt wenig gesprochen in der letzten Stunde; was nicht zuletzt daran gelegen hatte, daß Kiina viel zu erschöpft gewesen war, um zu reden. Skar hatte sich neben sie gesetzt und die Gefangenen im Auge behalten, die in respektvollem Abstand zu Kiina und ihm auf dem Boden hockten, und sie hatte den Kopf an seine Schulter gelehnt und war in einen unruhigen, fiebernden Schlaf gesunken, aus dem sie immer wieder hochgeschreckt war.

»Was wirst du tun, wenn du hier heraus bist?« fragte Kiina plötzlich.

»Wir«, verbesserte Skar. »Es muß heißen – was werden *wir* tun, wenn *wir* hier heraus sind.«

»Wir?« Kiinas Lippen verzogen sich zu der schwachen Karikatur eines Lächelns. »Ich glaube nicht, daß ich es schaffe«, sagte sie. »Ich bin so ...«

»Müde?« schlug Skar vor. »Das ist kein Wunder, nach dem, was du mitgemacht hast. Cron wird dafür bezahlen.«

»Das ist es nicht«, antwortete Kiina. »Ich fühle mich schlecht, Skar. Nicht erst seit zwei Tagen. Ich weiß nicht, was es ist. Ich bin ... manchmal habe ich das Gefühl, innerlich zu brennen.«

»Der Weg hierher war sehr anstrengend«, sagte er. »Du bist kein Satai.« Er hätte ihr sagen können, was der *wirkliche* Grund für ihre Schwäche war, das verzehrende Feuer, das noch immer in ihr loderte und sie töten würde, wenn es ihnen nicht gelang, das Heilige Wasser der Quorrl zu erreichen. Aber er tat es nicht. Kiina mochte die Wahrheit ahnen, aber solange sie sie nicht wirklich *wußte*, bestand auch nicht die Gefahr, daß sie verzweifelte und einfach aufgab. Wer war er, ihr diese barmherzige Lüge zu verwehren?

»Du hast darauf bestanden, mich zu begleiten«, sagte er. »Jetzt bestehe ich darauf, daß du es auch weiter tust. Du kannst später sterben, wenn du unbedingt willst. Aber jetzt erlaube ich es nicht.«

Kiina lächelte pflichtschuldig. »Also gut«, sagte sie matt. »Was also werden *wir* tun, nachdem wir hier heraus sind – und Cron den Hals umgedreht haben?«

Skar machte eine Kopfbewegung zum Fenster hinauf. »Titch will noch immer nach Ninga – wo und was immer dieser Ort auch ist. Und ich habe eine Verabredung weiter im Norden.«

»Im Land der Toten.«

»Sie nennen es wohl so, ja.«

»Du willst sie immer noch ganz allein besiegen?«

»Ich habe sie auch ganz allein geholt«, antwortete er. Aber das war nicht die wirkliche Antwort. Er wollte sie nicht *besiegen*. Und er konnte es auch nicht. Niemand konnte die Kreatur der *Sternengeborenen besiegen*. Er wußte, daß dort im Norden, irgendwo noch jenseits der Grenze des Quorrl-Gebietes, die Entscheidung fallen würde, aber sie würde anders aussehen, als er sich jetzt schon vorzustellen vermochte. Ein Kampf? Er dachte an das flammende Ungeheuer, das Ennart in seinem Wahnsinn aus den Abgründen der Zeit heraufbeschworen hatte, und plötzlich war er fast sicher, daß es auf ihn wartete, im Norden, im Land der Toten. Der Dämon – und sein Dunkler Bruder. Der *Daij-Djan* war nicht besiegt, auch das begriff er plötzlich mit unerschütterlicher Gewißheit. Wie so vieles war auch dieser Gedanke nur ein Wunsch gewesen, die verzweifelte Hoffnung, wenigstens der schwarzen Chimäre entkommen zu sein. Aber er war noch da, tief verborgen in ihm, eingewoben in einen schwarzen Kokon aus Vergessen und Furcht, aber bereit für den Moment, an dem er endgültig hervorbrechen würde. Er hatte ihn einmal besiegt, ganz einfach, indem er ihn mit etwas konfrontierte, was ihm fremd war: der Lüge. Ein zweites Mal würde es ihm nicht gelingen, das wußte er.

»Das ist ... keine Antwort, Skar«, sagte Kiina. Irgend etwas an der Art, in der sie sprach, ließ Skar sich zu ihr herumdrehen, und als er in ihre Augen blickte, überlief ihn ein eisiger Schauer. Sie war blaß und schmutzig und sah *krank* aus, aber das Entsetzen in ihrem Blick hatte einen anderen Grund.

»Du wirst sterben«, sagte sie leise, als er nicht antwortete. »Du weißt das. Du ... du hast es die ganze Zeit über gewußt. Du gehst dorthin, um zu sterben.«

»Unsinn«, antwortete Skar. »Du sprichst in letzter Zeit ein bißchen zu viel vom Tod.«

»Du wirst sterben und mich allein lassen«, beharrte Kiina. »Ich weiß es. Was immer dich dort erwartet, es wird dich umbringen.«

*Und das muß es auch*, dachte er. *Denn wenn es das nicht tut, wird es mich in etwas verwandeln, was tausendmal schlimmer als der* Daij-Djan *ist.*

Er sprach diesen Gedanken nicht aus, und Kiina kam auch nicht mehr dazu, eine weitere Frage zu stellen, denn in diesem Moment wurde die Tür auf der anderen Seite des Gitters aufgestoßen, und eine Anzahl Quorrl betraten den Kerker. Unter den Gefangenen brach sofort Unruhe aus, so daß Skar die Schuppenkrieger im ersten Moment nicht richtig erkennen konnte, aber eine der grüngrauen Gestalten überragte die anderen um mehr als Haupteslänge. Cron. Skar hielt nach Titch Ausschau, konnte ihn aber in dem Durcheinander von schuppigen Leibern nicht entdecken, und er wagte es nicht, zu aufmerksam hinzusehen.

Eine Peitsche knallte. Die Gefangenen, die nicht gefesselt waren, wichen wie am Morgen angstvoll zur Wand zurück, als die Tür in der Gitterwand geöffnet wurde. Skar senkte hastig den Blick, zog die Knie an den Leib und bettete die Stirn darauf, als wäre er zu matt, um auch nur den Kopf zu heben, blinzelte aber aus den Augenwinkeln aufmerksam zur Tür hinüber.

Cron und zwei weitere Quorrl betraten die Zelle. Die beiden Männer neben Cron waren Krieger, riesige Gestalten in den mattschimmernden Rüstungen der Tempelgarde, mit Schwertern und kurzen, stachelschwänzigen Peitschen bewaffnet, mit deren Stielen sie die Gefangenen auf Abstand hielten. Skar versuchte, einen Blick auf Crons Gesicht zu erhaschen. Seine Züge waren so alt und häßlich, wie er sie in Erinnerung hatte, und sein einziges Auge loderte im Widerschein der Fackel wie ein Stück glühender Kohle. Und trotzdem war Skar sicher, so etwas wie Angst auf dem Gesicht des Quorrl zu erkennen.

Die drei schuppigen Riesen gingen bis zur Mitte des Verlieses und blieben stehen. Cron begann mit schneller, fistelnder Stimme auf einen der Krieger einzureden, aber Skars Aufmerksamkeit galt eher dem zweiten Quorrl. Der Krieger sah langsam in die Runde, und er tat es mit einer Aufmerksamkeit, die ein wenig über das zu erwartende Maß hinausging. Er suchte etwas. *Jemanden*. Titch hatte sich getäuscht. Es mochte noch einen anderen Grund geben, aus dem die Quorrl hier waren, aber sie waren *auch* gekommen, um nach Kiina und ihm zu suchen.

*Einem Mädchen von zwanzig Jahren und einem Mann, der ihr Vater sein konnte,* dachte er. Plötzlich hatte er das Gefühl, daß der Quorrl ihn einfach erkennen *mußte*. Er hätte nicht neben Kiina bleiben dürfen, sondern sich unter die anderen Gefangenen mischen müssen, spätestens, als die Quorrl kamen. Jetzt war es zu spät.

Der Quorrl kam näher, vielleicht durch Zufall, vielleicht nicht, aber Skar spürte, daß er irgend etwas *tun* mußte. Er konnte den

Blick der dunklen Fischaugen regelrecht spüren. Mühsam hob er den Kopf, sah dem Quorrl einen Moment lang direkt ins Gesicht und ließ sich dann wieder zusammensacken. Der Quorrl musterte ihn aufmerksam, *sehr* aufmerksam, ihn und Kiina. Wenn er Verdacht schöpfte, waren sie verloren. Vielleicht – nur vielleicht – konnte er diese beiden Quorrl und auch Cron besiegen, wenn er den Vorteil der Überraschung ausnutzte; aber draußen auf dem Hof mußten Dutzende von Kriegern sein.

»Schlag mich«, flüsterte er, ohne die Lippen zu bewegen. Kiina sah ihn verwirrt an. »Frag jetzt nicht, sondern schlag mich mit der Kette. So fest du kannst.«

Kiina verstand ganz offensichtlich kein Wort; und sie reagierte auch nicht. Skar hob den Kopf, musterte den Quorrl eine Sekunde lang mit leerem Blick und drehte sich dann zu Kiina um. Seine rechte Hand griff nach ihrer Brust und drückte hart und schmerzhaft zu, so daß sie ein überraschtes Keuchen ausstieß. Instinktiv versuchte sie ihn abzuschütteln, aber Skar hielt sie unbarmherzig fest und machte Anstalten, sich mit dem ganzen Körper auf sie zu werfen. Kiina wehrte sich immer noch nicht.

Ein Peitschenhieb traf seinen Rücken und warf ihn zu Boden. Skar schrie vor Schmerz, rollte herum und riß schützend die Arme über das Gesicht, als die Peitsche des Quorrl ein zweites Mal auf ihn herabsauste. Die dünnen, mit eisernen Stacheln besetzten Lederriemen rissen seine Haut auf. Blut lief über seine Unterarme und sein Gesicht. Er schrie abermals, krümmte sich vor Schmerz und verlor fast das Bewußtsein, als der Quorrl ihn in die Seite trat. Noch ein weiterer Hieb, und er würde entweder sterben oder aufspringen und sich wehren; was auf das gleiche hinauslief.

Aber er kam nicht. Der Quorrl wandte sich mit einem zornigen Grunzen um und ging zu seinem Kameraden zurück, während Kiina mit schreckgeweiteten Augen und erstarrt dasaß und abwechselnd ihn und den schuppigen Giganten anstarrte. Sie hatte nicht begriffen, was Skar getan hatte; und warum.

Durch einen Schleier aus Blut und Schmerz sah Skar zu Cron auf. Der Quorrl blickte kalt auf ihn herab, ohne die geringste Regung, ohne Mitleid oder Triumph. *Schlachtvieh*, dachte Skar. Er betrachtete ihn wie ein Stück Vieh, interessiert, aber ohne das allermindeste Gefühl. Seine rechte Hand grub sich in den Boden, so fest, daß Blut unter seinen Fingernägeln hervorquoll, aber dieser Schmerz war das einzige, was ihn noch davon abhielt, aufzuspringen und Cron die Faust ins Gesicht zu schlagen.

Er mußte wohl das Bewußtsein verloren haben, denn das nächste, was er registrierte, war Titchs Hand, die in seinem Nacken lag und seinen Kopf stützte, und einen Becher mit einer kalten, völlig geschmacklosen Flüssigkeit, der an seine Lippen gehalten wurde. Er trank, zuerst gierig und mit großen ungeschickten Schlucken, so daß das meiste wieder über seine tauben Lippen lief, dann etwas vorsichtiger. Erst dann öffnete er die Augen.

»Idiot«, sagte Titch kopfschüttelnd. »Was, zum Teufel, sollte das? Eine besonders originelle Art, Selbstmord zu begehen?«

Skar stemmte sich hoch und schüttelte seine Hand ab. Sofort wurde ihm schwindelig, aber sein Zorn auf den Quorrl war stark genug, daß er sich kein äußeres Zeichen von Schwäche erlaubte.

»Sprichst du nicht mehr mit jedem?« fragte Titch grollend, als er nicht antwortete, sondern sich mit zusammengebissenen Zähnen herumdrehte und an Kiinas Seite humpelte.

»Doch«, antwortete Skar. »Ich bin nur verblüfft, daß *du* mit *mir* sprichst. Ich unterhalte mich selten mit meinem Frühstück.«

Titch fuhr wie unter einem Schlag zusammen. Er wollte etwas sagen, fand aber offensichtlich nicht die richtigen Worte und wandte schließlich den Blick ab. In seinem Gesicht arbeitete es. Skar war sich darüber im klaren, daß er ungerecht war; und daß seine Worte dem Quorrl weh taten. Aber in diesem Moment genoß er beides.

»Er wollte mich nur schützen, Titch«, sagte Kiina. »Es war

meine Schuld. Wenn ich ... getan hätte, was er sagte, hätten sie ihn nicht geschlagen.«

Titch sah sie nachdenklich an. »Unsinn«, murmelte er. »Und es war sowieso umsonst.« Er kam näher, ohne seine Worte zu erklären, ließ sich vor Kiina in die Hocke sinken und zerbrach den Metallring an ihrem Fußgelenk ohne sichtliche Anstrengung. Kiina sah erstaunt zu ihm auf, machte aber keine Anstalten, sich zu erheben.

»Was soll das?« fragte Skar.

»Im Moment noch nichts«, erwiderte Titch. »Nur eine Vorsichtsmaßnahme – für den Fall, daß ihr schnell hier heraus müßt. Ich weiß noch nicht wie, aber ich werde einen Weg finden. Das Gebäude wird bewacht«, fügte er in bekümmertem Ton hinzu.

»Dann bring uns doch in die Küche«, sagte Skar bitter. »Sie werden doch nichts dagegen haben, daß du dir zwei saftige Braten heraussuchst, oder?«

»Ich habe daran gedacht«, antwortete Titch ungerührt. »Aber das Risiko ist zu groß. Wir müssen warten, bis es dunkel ist. Dann bringe ich euch hier heraus. Irgendwie.«

»Und die anderen?«

Titch seufzte. »Bitte, Skar. Du weißt, daß es unmöglich ist. Es sind fast fünfzig Krieger auf dem Hof. Ihr kämt keine zehn Schritte weit.«

»Sie sind also doch hier, um uns zu suchen.«

»Ja«, gestand Titch. »Aber das wußte ich nicht. Und sie sind auch nicht nur euretwegen hier.«

»Warum dann?«

»Es ist die Ehrenwache des Bestimmers«, antwortete Titch. »Bist du jetzt schlauer?«

Skar setzte zu einer Antwort an, aber Titch schnitt ihm mit einer zornigen Geste das Wort ab und stand wieder auf. »Ich muß gehen«, sagte er. »Ich hätte gar nicht kommen dürfen, aber als Cron mir erzählte, was geschehen ist, mußte ich nachsehen, wie es dir geht.«

»Wie edel«, sagte Skar sarkastisch. »Aber völlig überflüssig. Ich bin ganz in Ordnung.« Er kniff sich mit den Fingern in den linken Bizeps. »Siehst du? Festes, gesundes Fleisch. Die paar zerkratzten Stellen kann man abschneiden.«

»Du haßt mich«, sagte Titch leise.

»Hassen?« Skar schüttelte den Kopf. »Nein. Ich ... ich kann euch nicht einmal mehr verachten. Ennart hatte recht, weißt du das? Ihr seid Tiere. Ihr wart niemals etwas anderes.«

»Ich verstehe dich«, sagte Titch ruhig. »Du bist zornig, weil ich es dir nicht gesagt habe. Ich hatte Angst davor, Skar. Ich habe gehofft, daß du es nie erfährst. Ich hatte Angst, daß du genau so reagierst, wie du es jetzt tust.« Er schüttelte traurig den Kopf und machte eine Geste zu den anderen Gefangenen, die sich angstvoll vor ihm zurückgezogen hatten. »Glaubst du mir, wenn ich dir sage, daß ich niemals Menschenfleisch gegessen habe?«

»Natürlich nicht«, antwortete Skar bitter. »Du wußtest, daß du eines Tages auf mich treffen würdest, wie?«

»Nein. Ich habe es niemals getan, weil ich es ... so schrecklich finde wie du. Es ist entwürdigend. Und es gibt viele, die so denken wie ich.«

»Und das soll ich dir glauben?«

»Hast du jemals Quorrl-Fleisch gegessen?«

Skar starrte ihn an, und plötzlich kam er sich gemein und schäbig vor, Titch auf so niederträchtige Art verdächtigt zu haben. Er wollte sich entschuldigen, aber irgend etwas hinderte ihn daran, und er spürte auch, daß Titch es nicht erwartete.

»Genug jetzt«, sagte Titch in plötzlich verändertem Ton. »Ich muß fort. Sobald es dunkel wird, bringe ich euch hier heraus. Ihr unternehmt nichts, ganz egal, was passiert.«

»Auch nicht, wenn sie kommen, um uns zum Essen einzuladen?« fragte Skar freundlich. Er wollte es nicht. Er wußte, wie weh diese Worte dem Quorrl taten, aber etwas zwang ihn dazu, ihn zu verletzen und das Messer immer wieder in der Wunde herumzudrehen. Eine unhörbare Stimme flüsterte ihm zu, daß er auf dem besten Weg war, das letzte bißchen Vertrauen zwischen ihm und dem Quorrl zu zerstören, aber das war ihm gleich, in diesem Moment. Er wollte jemandem weh tun, ganz einfach, weil *ihm* weh getan worden war, und Titch kam ihm gerade recht. Um so mehr, als der Quorrl nicht in der Verfassung war, sich zu wehren.

Eine endlose Sekunde lang starrte Titch ihn einfach nur an. Dann drehte er sich mit einem Ruck herum und rannte aus dem Verlies.

Es wurde Mittag, Nachmittag und schließlich Abend. Eine Stunde vor Sonnenuntergang kamen zwei Quorrl und brachten einen hölzernen Bottich voller übelriechender Abfälle, auf die sich die Gefangenen voller Gier stürzten, kaum daß die Quorrl ihn abgesetzt hatten. Es kam zu Kämpfen unter den Männern und Frauen, und längst nicht alle bekamen zu essen. Einige wurden verletzt, und einer so schwer, daß er wahrscheinlich sterben würde.

Auch Skar hatte Hunger, aber er bewegte sich nicht von der Stelle. Allein der Gestank, der dem Bottich entströmte, drehte ihm schier den Magen herum, und schon die bloße Vorstellung, sich wie ein wütendes Tier auf das Essen zu stürzen und darum zu *kämpfen*, erfüllte ihn mit Grauen. Er betrachtete die schreckliche Szene in einem Zustand zwischen Entsetzen und Lähmung. Sein Vorsatz, Cron zu töten, für das, was hier geschah, war fester denn je. Und gleichzeitig fiel es ihm immer schwerer, diese verdreckten, hechelnden, wimmernden Kreaturen als *Menschen* zu akzeptieren. Er hatte Titch ein *Tier* genannt, aber diese zwei Dutzend Gestalten hier waren weniger als Tiere.

Die Sonne ging unter. Durch die beiden winzigen Fenster unter der Decke fiel jetzt der flackernde Schein zahlreicher Feuer, die auf dem Hof entzündet worden waren. Sie hörten Lärm: Gelächter, Stimmen, schrille, atonale Laute, die vielleicht Musik sein mochten, das Wiehern zahlreicher Pferde, und einmal das

Klirren von Waffen, das aber nicht von Kampflärm, sondern von Gelächter und anfeuernden Rufen untermalt wurde. Und eine halbe Stunde nach Sonnenuntergang kam Titch zurück.

Er war nicht allein. In seiner Begleitung befanden sich zwei weitere Quorrl aus Crons Gesinde und ein Krieger. Wie immer, wenn Quorrl das Verlies betraten, wichen die Gefangenen angstvoll vom Gitter zurück und preßten sich gegen die Wand. Aber etwas war anders, diesmal. Titch öffnete die Gittertür und betrat den Käfig zusammen mit den drei anderen Quorrl, blieb aber fast sofort wieder stehen und sah nachdenklich in die Runde. Schließlich deutete er auf einen hochgewachsenen, knochigen Mann, der sich in die entfernteste Ecke des Raumes gedrückt hatte. Die beiden Bediensteten neben ihm setzten sich in Bewegung. Der Mann schrie auf, begann zu wimmern und versuchte verzweifelt, an der Wand hinaufzuklettern. Die Angst gab ihm genug Kraft, daß er sogar einen, anderthalb Meter an Höhe gewann, ehe die Quorrl ihn erreichten und grob herunterzerrten. Er versuchte sich zu wehren, aber die Quorrl brachen seinen Widerstand mit brutalen Schlägen, die ihn halb bewußtlos in ihren Armen zusammensacken ließen.

»Was bedeutet das?« murmelte Kiina entsetzt. Sie hatte geflüstert, aber anscheinend trotzdem zu laut gesprochen, denn der Quorrl-Krieger wandte mit einem Ruck den Kopf und sah stirnrunzelnd in ihre und Skars Richtung. Skar machte eine hastige, verstohlene Geste mit der Hand, still zu sein. Menschliche Gefangene, die *sprachen*, waren sicher nicht dazu angetan, das Mißtrauen des Kriegers zu zerstreuen.

Außerdem wußte Kiina so gut wie er, was geschah. Titch war gekommen, um das Abendessen auszuwählen.

Erstaunlicherweise brach nicht einmal Panik unter den Gefangenen aus. Titch suchte drei weitere Opfer heraus, die seine Begleiter aus der Menge holten und mit kurzen Stricken zusammenbanden, aber niemand versuchte, etwas zu tun, zu fliehen, oder sich – wie Skar es getan hätte – auf die Quorrl zu stürzen, um lieber im Kampf zu sterben als *gegessen* zu werden. Diese Menschen hatten keinen Widerstandswillen mehr.

Schließlich wandte sich Titch mit einem zufriedenen Grunzen um, machte ein paar Schritte auf die Tür zu und blieb wieder stehen. Er drehte sich herum, sah stirnrunzelnd und mit schon fast übertrieben geschauspielerter Unschlüssigkeit zu Skar und Kiina hinüber und hob die Hand.

Kiina fuhr zusammen, war aber diesmal geistesgegenwärtig genug, keinen verräterischen Laut von sich zu geben. Die beiden Quorrl kamen auf sie zu, packten Kiina und Skar grob bei den Armen und zerrten sie in die Höhe. Skar wehrte sich, schon um nicht aufzufallen, aber nicht so sehr, daß die Quorrl einen Anlaß fanden, ihn niederzuschlagen. Wie die anderen Gefangenen wurden sie gebunden und mit groben Stößen aus dem Käfig bugsiert.

Das Gehen fiel Skar überraschend schwer. Er hatte Mühe, mit den anderen Gefangenen mitzuhalten und handelte sich mehr als einen derben Rippenstoß – einen davon von Titch höchstpersönlich – ein, als sie die Treppe hinaufgingen und das Gebäude durchquerten. Er hatte fast den ganzen Tag zusammengekauert neben Kiina gesessen, so daß seine Muskeln verkrampft und hart waren, aber die Bewegung half nicht; das Ziehen in seinen Gliedern wurde eher schlimmer, als sie das Gebäude verließen und den Hof in Richtung auf Crons Wohnhaus hin zu überqueren begannen. Er mußte all seine Kraft aufwenden, um überhaupt mit den anderen Schritt zu halten und nicht einfach auf der Stelle zusammenzubrechen. Die Zeit, die ihm noch blieb, war kürzer, als er geglaubt hatte.

Der Hof hatte sich seit dem Morgen völlig verändert. In der Koppel neben dem Tor befanden sich jetzt an die fünfzig Pferde, die großen, kräftigen Schlachtrosse, die die Quorrl zu reiten pflegten, ein Gutteil von ihnen noch aufgezäumt. Ein halbes Dutzend spitzer, runder Zelte von weißer Farbe war in scheinbarer Unordnung auf dem Innenhof des Gutes aufgeschlagen worden, und zwischen ihnen brannten Feuer, an denen Skar die

Silhouetten einer erschreckend großen Anzahl schuppiger Krieger erkannte. Niemand schien Notiz von ihnen zu nehmen, aber als sie das Haus fast erreicht hatten, flog ein Stein aus der Dunkelheit heran und traf einen der Gefangenen an der Schulter. Der Mann stieß einen gellenden Schrei aus und fiel auf die Knie herab, und Skar fing im letzten Moment einen warnenden Blick Titchs auf, ehe er herumfahren und etwas Unüberlegtes tun konnte. Selbst ein wütender Blick mochte schon zu viel sein, in ihrer Lage.

Sie betraten das Haus nicht durch den Haupteingang, wie vor zwei Tagen, sondern durch eine Tür auf der rückwärtigen Seite, die so niedrig war, daß sich selbst Skar hindurchbücken mußte. Dumpfes Stimmengemurmel und das flackernde gelbe Licht brennender Pechfackeln schlug ihnen entgegen, und als sie an einer offenstehenden Tür vorbeikamen, gewahrte Skar eine große Anzahl bewaffneter Krieger, die an einer langen, überreich gedeckten Tafel saßen und speisten. Dem Gelächter, Schreien und Lärm nach zu urteilen, den sie verursachten, schienen sie auch dem Wein schon reichlich zugesprochen zu haben.

Schließlich erreichten sie einen kleinen, vollkommen leeren Raum auf der Rückseite des Hauses. Titch versetzte Skar – der am Ende der kleinen Gruppe ging – einen rüden Stoß in den Rücken, der ihn haltlos gegen die Wand taumeln ließ, wandte sich an den Krieger, der ihn und die beiden anderen Quorrl begleitete, und machte eine komplizierte, unterwürfig wirkende Geste. Der Krieger antwortete nicht, drehte sich aber nach ein paar Sekunden plötzlich herum und verließ das Zimmer.

»Schnell jetzt«, sagte Titch, kaum daß sich die Tür hinter dem Quorrl geschlossen hatte. »Wir müssen weg, ehe er zurück ist.« Er gab Skar gar keine Gelegenheit, irgendwelche Einwände oder Fragen vorzubringen, sondern packte ihn und Kiina grob an den Armen und schob sie auf eine zweite Tür auf der anderen Seite der Kammer zu. Einer der anderen Gefangenen versuchte ihnen zu folgen, aber Titch stieß ihn einfach beiseite. Sie durchquerten einen langen, fast völlig dunklen Korridor, einen weiteren Raum und eine kurze, aus Balken roh zusammengezimmerte Treppe, ehe es Skar endlich gelang, sich aus Titchs Griff zu befreien und stehenzubleiben.

»Verdammt, wohin bringst du uns?« fragte er. »Was geht hier überhaupt vor? Die Männer dort unten –«

»Werden getötet«, unterbrach ihn Titch grob. »Du kannst sie nicht retten. Das einzige, was du kannst, ist mit ihnen zu sterben. Willst du das?« Er wartete Skars Antwort nicht ab, sondern stieß eine weitere Tür auf, trat rasch in den dahinterliegenden Raum und kehrte nach kaum einer Sekunde zurück.

»Alles in Ordnung«, sagte er. »Kommt herein, schnell.«

Der Raum, den sie betraten, war fast so dunkel wie der Korridor draußen, aber überraschend behaglich eingerichtet. Ein Bett, das selbst für Quorrl-Verhältnisse *groß* war, nahm den Großteil des vorhandenen Raumes ein, dazu gab es einen gewaltigen Schrank mit geschnitzten Türen und eine Anzahl allesamt etwas zu groß geratener Sitzmöbel. An den Wänden hingen Bilder, die aber in dem schlechten Licht nur als verwaschene Farbflecke zu erkennen waren.

»Crons Schlafgemach«, sagte Titch, als er Skars fragenden Blick bemerkte. »Ihr seid völlig sicher. Niemand wird hier nach einem Menschen suchen.«

»Dann suchen sie uns also doch«, sagte Kiina.

Titch schwieg eine Sekunde, dann nickte er. »Ja. Aber keine Sorge. Sie wissen, daß wir auf dem Weg nach Ninga sind, aber das ist auch alles. Cant ist groß. Und niemand weiß, wie ihr ausseht.«

»Und du?« fragte Skar.

Titch lächelte flüchtig. »Cron hat viele Bedienstete«, antwortete er. Er machte eine hastige Geste auf das Bett und wandte sich zur Tür. »Ruht euch aus. Ich werde dafür sorgen, daß ihr nicht gestört werdet. Versucht zu schlafen, das tut euch gut. Wir brechen auf, sobald die Krieger betrunken genug sind, um unaufmerksam zu werden.«

Er wollte gehen, aber Skar vertrat ihm mit einer raschen Bewegung den Weg. »Was soll das?« fragte er mißtrauisch. »Wieso brechen wir auf, und wohin? Gestern warst du noch der Meinung, daß wir hier in Sicherheit sind.«

»Das stimmte auch«, sagte Titch ungeduldig. Er versuchte an Skar vorbei zu gehen, aber es gelang ihm nicht. Und aus irgendeinem Grund verzichtete er darauf, ihn einfach aus dem Weg zu schieben, wie er es gekonnt hätte.

»Und jetzt stimmt es nicht mehr?« beharrte Skar. »Was ist passiert?«

»Nichts«, sagte Titch. »Nichts, was dich beunruhigen müßte.«

»Oh, ich verstehe«, sagte Skar zornig. »So, wie eure geheimen Eßgewohnheiten, wie? Sie haben mich auch nicht beunruhigt, so lange ich sie nicht kannte.«

Titch seufzte. »Bitte, Skar«, sagte er. »Mach es nicht schlimmer, als es ist. Es war schwer genug, Cron dazu zu überreden, uns zu verbergen. Wenn sie euch morgen früh noch hier finden, dann stirbt er genau wie wir. Und wir sind nicht so gut befreundet, daß er sein Leben für mich riskieren würde.« Er schnitt Skar mit einer wütenden Bewegung der Faust das Wort ab, als der abermals widersprechen wollte, und schob ihn jetzt doch aus dem Weg. »Ich bin in ein paar Stunden zurück«, sagte er. »Dann erkläre ich euch alles. Versucht zu schlafen oder tut, was ihr wollt, aber macht um Gottes willen keinen Lärm.«

Skar starrte die geschlossene Tür hinter dem Quorrl wütend an. Für einen Moment war er nahe daran, ihm einfach nachzulaufen; ganz gleich, was dann geschah. Und vielleicht hätte er es sogar getan, hätte Kiina ihn nicht in diesem Augenblick sanft an der Schulter berührt und wortlos den Kopf geschüttelt, als würde sie seine Gedanken lesen. So verließ er seinen Platz an der Tür und begann vorsichtig das Zimmer zu inspizieren; soweit dies in der herrschenden Dunkelheit möglich war.

Crons Schlafraum erwies sich als Enttäuschung. Es gab eine

zweite Tür, die aber verriegelt war, und ein schmales Fenster, vor dem ein hölzerner Laden hing, den Skar nicht zu öffnen wagte. Er fand weder Essen noch Wasser, noch etwas, das er als Waffe hätte benutzen können. Der Schrank und die beiden eisenbeschlagenen Truhen, die es gab, waren voller Kleider, grober Röcke und Hemden, aber auch überraschend kunstvoll bestickter Roben und Blusen, die Skar eher in einem Königshaus erwartet hätte als in der Kammer eines Quorrl.

Als er seine Inspektion beendet hatte, trat er ans Fenster. Durch die Ritzen in den Läden konnte er gut genug hinaussehen, um einen großen Teil des Hofes zu überblicken. Und diesmal nahm er sich mehr Zeit dazu als vorhin, auf dem Weg hierher. Er sah jetzt, daß längst nicht alle Quorrl, die neu angekommen waren, die Rüstungen der Tempelgarde trugen. Viele von ihnen waren in schwarze, mit dünnen Silberstickereien verzierte Gewänder gehüllt, die ihnen mehr von einem Priester als einem Krieger gaben und ihn auf bedrückende Weise an Anschi und ihre Drachenreiterinnen erinnerten.

Gerade, als er sich wieder umdrehen und zu Kiina zurückgehen wollte, fiel ihm eine Bewegung am Tor auf. Zwei der schwarzgekleideten Quorrl hatten ein Pferd aus der Koppel geholt, auf dessen Rücken sich ein sonderbares Gebilde aus Stangen und großen, goldbeschlagenen Kisten befand; Kopf und Hals des Pferdes waren unter einem dünnen Zierpanzer aus zisiliertem Goldblech verborgen, und an seinen Fesseln befanden sich lange, gebogene Metalldornen. Die Männer führten das Tier quer über den Hof direkt auf das Haupthaus zu, wobei ihnen die Quorrl-Krieger respektvoll Platz machten. Sie gerieten außer Sicht, ehe Skar erkennen konnte, was es wirklich mit diesem Tier auf sich hatte, aber er spürte, daß er etwas ungemein Wichtiges beobachtet hatte.

Kiina hatte Titchs Rat befolgt und sich auf das gewaltige Bett gelegt, als er vom Fenster zurücktrat. Im ersten Moment glaubte er, sie schliefe, denn sie lag völlig ruhig auf der Seite, den Arm angewinkelt und als Kissen unter den Kopf geschoben, und mit geschlossenen Augen. Wie schon ein paarmal überkam Skar ein warmes, sehr tiefes Gefühl von Zärtlichkeit, als er sie betrachtete. Aber es verging rasch. Er war zu müde und zu zornig, um irgend etwas anderes zu fühlen als Unruhe und Haß.

»Glaubst du, daß wir es schaffen?« fragte Kiina plötzlich.

Skar fuhr leicht zusammen. Er hatte nicht einmal bemerkt, daß sie die Augen geöffnet hatte und ihn ansah. »Ich weiß es nicht«, gestand er. »Es sind viele Krieger draußen.«

»Die Männer unten im Haus«, sagte Kiina nach einer Weile. »Die, die mit uns hergebracht worden sind. Sie ... sie werden sie töten, nicht?«

»Ich fürchte, das haben sie schon«, murmelte Skar.

»Um sie zu essen.« Kiina richtete sich auf, zögerte einen Moment und stand dann mit einer überraschend energischen Bewegung ganz auf. Aber sie kam nicht auf ihn zu, sondern ging an Skar vorbei zum Fenster, um auf den Hof hinabzusehen.

»Das ist entsetzlich«, flüsterte sie. »Sie sind ... Titch ist ein Ungeheuer, aber ich dachte, er wäre trotzdem dein Freund.«

»Das ist er auch.«

Kiina drehte sich um und starrte ihn an. »Aber sie essen *Menschen!*«

»Ich weiß«, sagte Skar. »Du selbst hast einen Drachen geritten. Wie viele deiner Schwestern sind von Drachen gefressen worden?«

»Das ist etwas anderes!« behauptete Kiina erregt.

Skar widersprach ihr nicht, aber er stimmte auch nicht zu, sondern trat wortlos neben sie ans Fenster und blickte wieder auf den Hof hinaus. Er fragte sich, warum er die Quorrl plötzlich verteidigte, aber es war, als könne er nicht mehr zurück, jetzt, wo er diese Rolle einmal übernommen hatte.

»Es ist nicht ihre Schuld«, sagte er leise. »Sie sind nicht von selbst so geworden, Kiina. Dieses Volk ist ...« Er stockte. Kiina wußte längst nicht alles, was *er* wußte. Sie hatte den größten Teil der Zeit, die sie im Turm gewesen waren, schlafend verbracht, und es hatte weder für Ennart noch für Anschi irgendeinen Grund gegeben, ihr die Geschichte der Quorrl zu erzählen, so wie ihm oder Titch.

»Was sind sie?« fragte Kiina, als er nicht weitersprach.

»Ich glaube, das wissen sie selbst nicht«, flüsterte Skar. »Ein Heer. Eine Waffe.« Er zitierte Ennarts Worte aus dem Gedächtnis, so gut er konnte: »Die Antwort der Ssirhaa auf die Kreatur der *Sternengeborenen.*« Er hob die Hand und deutete auf die Ansammlung von Zelten und großen schuppigen Gestalten unten auf dem Hof. »Die Ssirhaa haben sie erschaffen, verstehst du? Sie sind Krieger. Die perfektesten Kämpfer, die du dir vorstellen kannst. Zu nichts anderem erschaffen als zum Töten. Dieses ganze Volk ist nichts als ein gewaltiges, vergessenes Heer.«

*Das nur darauf wartet, loszuschlagen und ganz Enwor niederzurennen*, wisperte eine Stimme hinter seiner Stirn. Er wußte, daß das nicht wahr war, aber die Stimme seines Dunklen Bruders war verlockend, seine Lüge von einer Art, die sie selbst dann noch gefährlich sein ließ, wenn man sie erkannt hatte.

»Titch ist anders«, widersprach Kiina überzeugt.

Skar nickte. »Und nicht nur er. Sie haben sich verändert. Es ist viel Zeit vergangen.«

»Das klingt, als wolltest du sie verteidigen.«

»Vielleicht will ich es.« Er verbesserte sich: »Nein, nicht vielleicht. Es gibt noch immer Quorrl wie Cron oder diese Krieger da unten. Aber die meisten wollen keinen Krieg mehr. Wir werden Frieden mit ihnen schließen.«

»Frieden? Mit den Quorrl?«

»Hast du nicht selbst Titch gerade verteidigt?«

»Titch ist kein normaler Quorrl!« antwortete Kiina. »Er ist . . .« Sie suchte nach Worten und hob nach ein paar Sekunden hilflos die Schultern. »Ich weiß es nicht. Aber er ist nicht wie die anderen Quorrl.«

Skar spürte, daß das Gespräch sich im Kreis drehte. Kiina war einfach nur müde und krank, und er selbst kaum in der Verfassung, mit ihr zu diskutieren. Ganz davon abgesehen, daß er sich nicht einmal über seine eigenen Gefühle im klaren war. Vielleicht hatte Titch recht, und sie sollten die Zeit nutzen, um ein wenig zu schlafen. Wenn sie flohen und – was nicht auszuschließen war – verfolgt würden, würden sie all ihre Kraft brauchen.

»Leg dich wieder hin«, sagte er. »Ruh dich aus. Ich werde Wache halten.«

Eine Stunde vor Morgengrauen. Skar fuhr aus dem Sessel hoch, in dem er eingeschlafen war. Er brauchte ein paar Sekunden, um in die Wirklichkeit zurückzufinden. Er erinnerte sich an einen krausen Traum ohne Handlung, in dem er halb wahnsinnig vor Angst gewesen war, ohne sich darauf zu besinnen, *was* ihm solche Furcht eingejagt hatte. Und der Geschmack von Blut. Automatisch hob er die Hand und betastete seine Lippen. Der Geschmack war immer noch da, und er fühlte klebrige warme Feuchtigkeit an den Fingerspitzen. Skar konnte selbst nicht sagen warum, aber er vermied es krampfhaft, seine Finger anzusehen, als er die Hand wieder senkte.

»Seid ihr soweit?« fragte Titch, als Skar seine Benommenheit endlich überwunden hatte und ihn fragend anblickte.

Skar nickte, trat an das gewaltige Bett heran, auf dem Kiinas schlafende Gestalt sonderbar verloren wirkte, und rüttelte sanft an ihrer Schulter. Sie erwachte sofort, aber wie Skar schien auch sie Mühe zu haben, den Schlaf ganz abzuschütteln.

»Was ist los?« murmelte sie. »Wo sind wir?«

Skar deutete auf Titch. »Wir müssen weg. Komm.«

Das Mächen stand auf und bückte sich nach seinem Umhang, aber Titch hielt sie mit einem raschen Kopfschütteln zurück. Skar sah erst jetzt, daß er ein eng zusammengerolltes Bündel unter dem linken Arm trug.

»Zieht das hier an«, sagte er, während er es auf dem Boden ausrollte und zwei schwere, aus grobem schwarzem Stoff gewo-

bene Mäntel zutage förderte. Skar nahm eines der Kleidungs-
stücke auf und streifte es über, ohne viele Fragen zu stellen. Der
Stoff scheuerte auf der Haut und war schwer wie Stein, und
obwohl der Mantel sichtlich für einen kleingewachsenen Quorrl
gefertigt war, kam er sich darin vor wie ein Kind, das in den
Mantel eines Erwachsenen geschlüpft war. Als er versuchte, die
Kapuze überzustreifen, fiel sie über seine Stirn und nahm ihm
jede Sicht. Titch grinste schadenfroh, als Skar sich wieder befreit
hatte.

»Damit kommen wir nie durch«, sagte Kiina, die die gleichen
Probleme wie Skar hatte; eigentlich sogar mehr, denn sie war
ein gutes Stück kleiner als er.

»Das müßt ihr auch nicht«, erwiderte Titch. »Aber einem
flüchtigen Blick halten sie stand. Mehr ist nicht nötig. Cron hat
Pferde für uns bereitstellen lassen.«

»Und wenn jemand ein wenig aufmerksamer hinsieht?« fragte
Skar.

Titch schüttelte entschieden den Kopf. »Es ist dunkel. Die
meisten Krieger schlafen. Niemand wird Notiz von euch nehmen. Und sobald wir erst einmal in den Wäldern sind, sieht uns
sowieso niemand.« Er öffnete die Tür, lugte vorsichtig hinaus
und hob die Hand. »Alles ruhig. Kommt.«

Sie verließen das Haus auf demselben Weg, auf dem sie es
betreten hatten.

Das große, festungsähnliche Gebäude war vollkommen ruhig,
und auch über dem Hof hatte sich eine fast unheimliche Stille
ausgebreitet, in der das dumpfe Dröhnen aus dem Norden wie
das Grollen eines näherkommenden Gewitters klang; halblaut,
dumpf und ungemein düster, ein Dröhnen, als bebe die Erde.
Skar und Kiina blieben im Schatten der Tür stehen, während
Titch ein paar Schritte vorausging und sich sichernd nach allen
Seiten umsah. Erst als er ihnen ein Zeichen gab, folgten sie
ihm.

Skar fühlte sich nicht gut. Er versuchte sich einzureden, daß dies hier ein ganz normaler Kampf war, eine Situation, wie er sie in der einen oder anderen Form schon unzählige Male erlebt hatte, aber es gelang ihm nicht. Etwas war anders. Sie waren auf der Flucht, und es war auch nicht das erste Mal, daß er *dies* tat, aber etwas daran war ... falsch.

Er machte nur ein paar Schritte, ehe er wieder stehenblieb; halb im Schutze eines Zeltes, aber doch so, daß er aus mindestens zwei Richtungen deutlich zu sehen war. Unsicher sah er sich um. Das Gefühl, einen Fehler zu machen, wurde stärker.

»Was ist los?« fragte Titch unwillig. »Wartest du auf eine Ehrengarde?«

Skar ignorierte ihn. Er wußte, daß da noch etwas war; etwas, das er vergessen hatte. Titch. Titch hatte etwas gesagt, gesagt oder getan, was wichtig war. Aber er wußte einfach nicht, was. Er ...

Sein Blick streifte den wuchtigen Steinbau, in dessen Keller sich das Verlies befand. »Die Gefangenen«, sagte er. »Was ist mit ihnen?«

Titch runzelte übertrieben die Stirn. »Was soll damit sein?« fragte er. »Willst du sie mitnehmen?«

»Du hast gesagt, es wäre sinnlos, etwas für sie tun zu wollen«, beharrte Skar. »Was hast du damit gemeint?«

»Was, zum Teufel, soll ich damit gemeint haben?« fauchte Titch. »Sie sterben sowieso, ob jetzt oder in ein paar Tagen. Du kannst nichts für sie tun. Sie waren tot, im gleichen Moment, in dem sie die Grenzen dieses Landes überschritten, das weißt du verdammt nochmal so gut wie ich!« Er machte eine zornige Handbewegung, als Skar erneut widersprechen wollte. »Vielleicht diskutieren wir später darüber, wenn es Euer Gnaden genehm ist«, sagt er bissig. »Oder wenigstens an einem anderen Ort. Wenn sie uns hier draußen finden, dann bekommst du schneller heraus, was ich gemeint habe, als dir lieb sein dürfte. Und wir auch!«

»Er hat recht, Skar«, sagte Kiina. »Wir müssen weg!«

Unter allen anderen Umständen hätte Skar ihr zugestimmt und wäre weitergegangen. Aber etwas war anders. Titch verschwieg ihm etwas, das spürte er. Und es war wichtig, daß er es herausbekam.

»Ich gehe keinen Schritt mehr, ehe du nicht geantwortet hast«, sagte er stur; und in einem Ton, der klar machte, daß er diese Worte bitter ernst meinte.

Titch resignierte. »Also gut«, seufzte er. »Der Bestimmer ist nicht nur gekommen, um die Eier abzuholen. Er hat . . . Befehle aus Ninga mitgebracht.«

»Befehle, die die Gefangenen betreffen?« vermutete Skar.

»Ja.« Titch nickte. »Sie sollen . . . getötet werden. Und nicht nur hier. Der Befehl gilt überall. Alle menschlichen Gefangenen werden hingerichtet.«

*Deinetwegen.* Titch sprach dieses letzte Wort nicht aus, aber Skar hörte es so deutlich, als hätte er es getan. Es gab keine andere Erklärung.

Plötzlich erinnerte er sich wieder an die Blicke, mit denen der Krieger am Morgen die Gefangenen gemustert hatte. Die Quorrl wußten, daß sie hier waren. Aber sie wußten nicht, *wer* sie waren. Also töteten sie alle Menschen, deren sie habhaft werden konnten.

»Das ist –«

»Was immer es ist, es ist nun einmal so«, unterbrach ihn Titch. »Du kannst nichts dagegen tun. Sie wären sowieso gestorben. Vielleicht ist es so barmherziger.«

Natürlich sagte Titch dies nur, um ihn zu trösten; vielleicht ein wenig aufzumuntern. Wenn die Worte in Skars Ohren nicht zynisch klangen, so lag dies ganz allein an ihm, nicht an dem, was Titch sagte, oder wie. Und trotzdem mußte er sich plötzlich beherrschen, um nicht die Faust zu ballen und sie dem Quorrl ins Gesicht zu schlagen.

Vielleicht hätte er es sogar getan, aber aus dem Zelt, hinter dem sie standen, drang plötzlich ein unwilliges Knurren, gefolgt von dem Geräusch, mit dem sich ein schwerer Körper auf einem Lager herumdreht. Für Sekunden erstarrten sie alle zur Reglosigkeit und warteten auf Schritte oder einen alarmierenden Schrei.

Keines von beiden kam: aber Skar begriff, daß Titch zumindest in *einer* Hinsicht recht hatte: dies war wirklich nicht der richtige Ort, um zu *diskutieren*.

Sie warteten, bis in dem Zelt wieder Ruhe eingekehrt war, und gingen weiter. Skar konnte nicht sehr viel sehen. Wie Kiina hatte er die Kapuze des viel zu großen Mantels tief in die Stirn gezogen und hielt den Kopf gesenkt, so daß er nur den einen schmalen Bereich unmittelbar vor seinen Füßen einsehen konnte. Aber Titch führte sie zuverlässig.

Sie durchquerten das improvisierte Lager, in das die Krieger Crons Hof verwandelt hatte, näherten sich dem Tor und durchschritten es. Es gab tatsächlich einen Wächter, aber wie Titch prophezeit hatte, schlief er tief und fest, wobei er so laut schnarchte, daß sich Skar fragte, wieso der Lärm nicht längst das halbe Lager aufgeweckt hatte.

Er wollte stehenbleiben, als sie den Palisadenzaun hinter sich hatten, aber Titch machte eine rasche, warnende Bewegung und deutete auf eine Felsgruppe, die in der Nacht nur als Ansammlung formloser Finsternis zu erkennen war. Als sie näher kamen, hörte Skar das leise Schnauben eines Pferdes, und unmittelbar darauf trat eine große, in eine silberbestickte Toga gehüllte Gestalt aus der Dunkelheit.

»Ihr kommt spät!« begrüßte sie Cron. »Und ihr macht mehr Lärm als eine Herde wilder Banyas. Warum geht ihr nicht gleich zu den Kriegern und verabschiedet euch von ihnen?«

Titch überging die Bemerkung. »Sind die Pferde bereit?« fragte er.

Cron deutete in die Dunkelheit hinter sich. »Meine drei besten Tiere. Und Nahrung und Wasser für eine Woche.«

»Du scheinst ja plötzlich sehr um unser Wohlergehen bemüht zu sein«, sagte Skar spitz.

Titch blickte ihn erschrocken an, und auch Kiina runzelte verwirrt die Stirn. Aber Skar mußte sich beherrschen, um den Cron nicht auf der Stelle anzugreifen. Es war ihm gleich, ob Cron ihnen half oder nicht, und warum er es tat. Er konnte nur an eines denken: daran, daß er vor wenigen Stunden zusammen mit einem halben Dutzend Männern das unterirdische Verlies verlassen hatte; und daß das riesige schuppige Wesen, das vor ihm stand, höchstwahrscheinlich einen oder zwei dieser Männer *gegessen* hatte.

Cron überwand den Unmut schnell, den Skars Worte in ihm wachgerufen haben mußten. »Keineswegs, Satai«, sagte er. »Ich will nur sichergehen, daß ihr nicht zurückkommt.«

»Keine Sorge«, sagte Titch. »Das werden wir nicht – wenn du die Wahrheit gesagt hast. Wenn nicht, komme ich persönlich wieder und töte dich, das schwöre ich dir.« Er machte eine Handbewegung zu Kiina. »Bring die Pferde.«

Cron funkelte ihn an. Aber der Streit der beiden Quorrl ging nicht weiter, wie Skar erwartet hatte; Cron drehte sich einfach auf dem Absatz herum und verschwand so lautlos in der Nacht, wie er gekommen war, und Titch starrte ihm finster nach.

»Was ist das, zwischen euch beiden?« fragte Skar. »Eine alte Rechnung?«

»Nicht ganz«, antwortete Titch. »Oder vielleicht doch, ja. Aber wenn, dann ist es eine, die er mit allen Kriegern hat. Er haßt uns alle, und die Krieger am meisten. Er hat diesen Hof ganz allein aufgebaut, mit seinen bloßen Händen. Ihm wurde nichts geschenkt. Uns...« Er zuckte mit den Schultern. »Ich habe dir erzählt, wie die Krieger unseres Volkes behandelt werden, ehe sie Cant verlassen.«

»Und deshalb ist er so verbittert?«

»Nicht nur«, antwortete Titch. »Es gibt Stimmen, die behaupten, Cron wäre in Wahrheit ein Bastard. Ich weiß nicht, ob es wahr ist, aber je länger ich ihn kenne, desto mehr glaube ich an dieses Gerücht.«

»Ein Bastard?« Es war das zweite Mal, daß Skar diesen Begriff aus Titchs Mund hörte. Und das zweite Mal, daß er ihn auf so sonderbare Art betonte. »Was soll das sein?«

»Du wirst sie kennenlernen«, antwortete Titch ausweichend.

»Sie werden uns helfen, in den Tempel zu gelangen – wenn sie uns nicht vorher umbringen, heißt das.«

Skar kam nicht dazu, eine weitere Frage zu stellen, denn in diesem Moment kehrte Kiina mit den Pferden zurück. Es waren drei riesige, ungemein starke Tiere, die durch ihren stämmigen Körperbau kleiner wirkten, als sie waren. Hinter ihren Sätteln waren prall gefüllte Packtaschen festgeschnallt, und am Sattelzeug des größten Tieres entdeckte Skar einen ledernen Waffengurt, aus dem die Griffe von zwei Schwertern ragten. Eines davon gehörte ihm.

Sie stiegen in die Sättel, wobei Skar sich mit nur einer Hand so ungeschickt anstellte, daß Kiina ihm schließlich wortlos half, und wendeten die Tiere. Titch deutete auf einen schmalen Trampelpfad, der nur ein Dutzend Schritte vom Tor entfernt vom Hauptweg abzweigte und im Wald verschwand.

Aber Skar ritt nicht los. Er drehte sein Tier ganz im Gegenteil mit einemmal wieder um und sah noch einmal zu Crons Hof zurück. Die Männer und Frauen dort drüben würden sterben, wahrscheinlich noch bevor die Sonne aufging. Und es war seine Schuld.

»Es gibt nichts, was du für sie tun könntest.« Titchs Hand berührte fast sanft seinen verwundeten Arm. »Sie wären so oder so gestorben, Skar. Du weißt das.«

Skar streifte seinen Arm ab. »Ich weiß.« Er drehte sich im Sattel herum und machte eine Bewegung, als wolle er sein Pferd wenden, verhielt dann aber im letzten Augenblick noch einmal.

»Mein Schwert«, verlangte er. »Gib es mir zurück.«

Titch zögerte, und für einen winzigen Moment war Skar fast sicher, daß der Quorrl *wußte*, was er vorhatte. Aber dann beugte er sich schweigend zur Seite, löste die lederne Scheide mit dem

*Tschekal* von seinem Sattelgurt und reichte ihm die Waffe. Skar befestigte die Hülle ungeschickt an seinem Gürtel, zog das Schwert hervor und drehte die schmale, glitzernde Klinge in der Hand. Das Gefühl von Stärke und Unbesiegbarkeit, das ihn fast jedesmal überkam, wenn er die Klinge aus unzerstörbarem Stahl zog, blieb diesmal aus. Er fühlte sich nur elend.

»Was hast du vor?« fragte Titch. »Willst du ganz allein zurückreiten und sie befreien?« Der Quorrl versuchte zu lachen, aber es mißlang. Die Worte hatten scherzhaft klingen sollen, aber sie taten es nicht.

Skar sah ihn an, ergriff das Schwert fester und nickte. »Ganz genau das.«

Titchs Augen weiteten sich überrascht, aber er kam nicht einmal mehr dazu, etwas zu sagen. Er war ihm einfach zu nahe, als daß er noch irgend etwas tun konnte. Skar schlug ihm den rubinbesetzten Knauf des *Tschekal* mit solcher Wucht gegen die Stirn, daß er glaubte, den Schädel des Quorrl knirschen zu hören. Titch seufzte, sank im Sattel nach vorne und drohte vom Pferd zu stürzen. Skar ließ blitzschnell seine Waffe fallen, fing den Quorrl auf und stemmte sich mit aller Gewalt gegen sein Gewicht.

Seine Kraft reichte nicht. Er spürte, wie Titch weiter und weiter aus dem Sattel glitt und nun auch noch ihn zu Boden zu reißen drohte, und zu allem Überfluß begannen nun auch ihre Pferde unruhig zu tänzeln.

»Kiina! Hilf mir!« verlangte er.

Das Mädchen hatte fassungslos zugesehen, was er getan hatte, und es begriff offensichtlich auch jetzt noch nicht ganz, *warum* er es tat. Aber sie reagierte wenigstens. Mit einer Behendigkeit, die Skar ihr in ihrem Zustand kaum noch zugetraut hätte, lenkte sie ihr Pferd neben das des Quorrl und griff mit beiden Händen zu. Mit vereinten Kräften gelang es ihnen, den Quorrl im Sattel zu halten und in eine Lage zu bugsieren, in der er nicht sofort wieder zur Seite kippte.

»Binde ihn fest!« befahl Skar. »Rasch. Wir beide bekommen ihn nie wieder aufs Pferd, wenn er stürzt!«

»Aber was –?«

»Tu, was ich sage!« unterbrach sie Skar zornig.

Kiina fuhr wie unter einem Hieb zusammen. Aus der Verwirrung auf ihrem Gesicht wurden Zorn und Trotz, aber zu Skars Erleichterung nutzte sie den Moment nicht zu einem ihrer berüchtigten Auftritte, sondern löste gehorsam ein Seil vom Sattel ihres Pferdes und band den Quorrl auf dem Rücken seines Tieres fest, so gut sie konnte.

»Und jetzt verschwindet!« befahl Skar. »Nimm ihn mit und reite eine, zwei Meilen in den Wald hinein. Ich komme nach, sobald ich kann.«

»Warum hast du das getan?« murmelte Kiina verstört.

»Weil er mich niemals gehen lassen würde«, antwortete Skar. »Aber ich muß.«

»Du –« Kiinas Augen wurden groß, als sie endlich begriff. »Du willst *zurück?!*« ächzte sie. »Aber das ist Wahnsinn! Sie werden dich umbringen!«

»Vielleicht«, antwortete Skar ungerührt. »Aber ich bin es ihnen schuldig. Das mußt du verstehen.« Er wollte sich umwenden und einfach losreiten, und wäre Kiina nicht Kiina gewesen, hätte er es auch getan. Aber er wußte, daß er ihr eine Erklärung schuldig war; so, wie er es diesen Männern und Frauen dort drinnen im Lager schuldig war, daß er zurückkam.

»Verstehen?« sagte Kiina. »Was, Skar? Daß du ... alles wegwirfst, nur um einer *Geste* willen?«

»Es ist nicht nur eine Geste«, widersprach er. »Sie sterben unseretwegen. Du weißt, warum dieser Befehl gegeben wurde, alle Menschen zu töten.«

»Aber sie sterben so oder so!« widersprach Kiina verzweifelt. »Kein Mensch ist jemals lebend aus Cant zurückgekehrt!«

»Das ist etwas anderes«, sagte Skar ruhig. »Ich muß es tun, Kiina. Sie sterben, weil *wir* gekommen sind. Wenn ich jetzt gehe und sie ihrem Schicksal überlasse, was unterscheidet mich dann noch von Ian und seinen Brüdern?«

»Du ... du bist wahnsinnig, Skar«, stammelte Kiina.

»Ja«, antwortete er. »Das bin ich wohl.« Und damit riß er sein Pferd herum und sprengt los, direkt auf das offenstehende Tor im Palisadenzaun des Hofes zu.


ENDE
des neunten Bandes

# GOLDMANN TASCHENBÜCHER
*Fordern Sie das kostenlose Gesamtverzeichnis an!*

Literatur · Unterhaltung · Bestseller · Lyrik

Frauen heute · Thriller · Biographien

Bücher zu Film und Fernsehen · Kriminalromane

Science-Fiction · Fantasy · Abenteuer · Spiele-Bücher

Lesespaß zum Jubelpreis · Schock · Cartoon · Heiteres

Klassiker mit Erläuterungen · Werkausgaben

\*\*\*\*\*\*\*\*\*\*

Sachbücher zu Politik, Gesellschaft,

Zeitgeschichte und Geschichte; zu Wissenschaft,

Natur und Psychologie

Ein Siedler Buch bei Goldmann

\*\*\*\*\*\*\*\*\*\*

Esoterik · Magisch reisen

\*\*\*\*\*\*\*\*\*\*

Ratgeber zu Psychologie, Lebenshilfe,

Sexualität und Partnerschaft;

zu Ernährung und für die gesunde Küche

Rechtsratgeber für Beruf und Ausbildung

Goldmann Verlag · Neumarkter Str. 18 · 8000 München 80

--------------------------------------------------

Bitte senden Sie mir das neue Gesamtverzeichnis.

Name: _____

Straße: _____

PLZ/Ort: _____